QUI SÈME LE VENT

Né en 1991, Marieke Lucas Rijneveld est un jeune prodige des lettres néerlandaises. Connu surtout pour sa poésie, il a reçu l'International Booker Prize en 2020 pour son premier roman, *Qui sème le vent*.

MARIEKE LUCAS RIJNEVELD

Qui sème le vent

TRADUIT DU NÉERLANDAIS (PAYS-BAS)
PAR DANIEL CUNIN

BUCHET CHASTEL

Titre original :
DE AVOND IS ONGEMAK
Publié par Uitgeverij Atlas Contact, Amsterdam.

ISBN : 978-2-253-10367-7 – 1re publication LGF

La fébrilité donne des ailes à l'imagination.

Maurice GILLIAMS

PARTIE I

Il est écrit : « Je fais toutes choses nouvelles ! »
Mais les accords sont une corde à linge de chagrin,
des rafales affilées fracturent la foi de quiconque
cherche à fuir ce cruel commencement. Le grésil
flagelle la floraison, n'en subsiste qu'une bouillie vitreuse ;
dans la violence, un gibier de potence secoue son pelage.

Jan WOLKERS

1

J'avais dix ans et je ne quittais plus ma parka. Ce matin-là, maman nous a enduits, l'un après l'autre, de graisse à traire pour nous protéger du froid aigre ; elle plongeait les doigts dans une boîte jaune de la marque Bogena pour en tirer un onguent qui sert normalement à prévenir crevasses, callosités et nodules en chou-fleur aux trayons des vaches. Le couvercle de la boîte étant tout gras, elle ne pouvait se passer d'un torchon pour le dévisser. De ce produit émane la même odeur que de la mamelle qui mijote parfois dans un bouillon sur la cuisinière, en tranches épaisses saupoudrées de sel et de poivre, un plat qui m'horrifie tout autant que la pommade qui emboucanait ma peau ce jour-là. Cela n'empêchait pas maman de nous planter ses gros doigts en pleine figure, comme dans un des fromages dont elle tâte la croûte avant de la tapoter pour vérifier la progression de sa maturité. Sous la lumière de l'ampoule de la cuisine, tapissée de fientes de mouches, nos joues pâles luisaient. Depuis une éternité, on attendait l'abat-jour, un bel abat-jour fleuri, mais quand on en repérait un au village, maman mettait un point d'honneur à chercher plus avant. Un manège qui durait depuis déjà trois ans. Le matin en question, avant-veille de Noël, sentant la pression de ses pouces visqueux dans mes orbites, j'eus peur, durant quelques secondes, qu'elle ne pousse trop fort et que mes globes oculaires en viennent à rouler dans mon crâne comme des billes. Qu'elle ne me dise : « Voilà c'qui arrive quand on rêvasse à longueur de journée ! Tu veux pas arrêter un peu de bouger les yeux ! Fige-les comme un bon fidèle qui lève les siens vers Dieu quand le ciel est sur le point de s'ouvrir. » D'accord, mais bon, par ici, le ciel ne s'ouvre que pour une chute de neige, rien qui ne prête à fixer niaisement la voûte céleste.

Au milieu de la table du petit déjeuner trônait une petite corbeille à pain en osier, le fond recouvert d'une serviette rehaussée d'anges de la Nativité. Certains d'entre eux mettaient leur zizi à l'abri derrière une trompette, d'autres derrière une touffe de gui. Même en tenant la serviette à contre-jour de l'ampoule, je ne parvenais pas à voir à quoi le bidule pouvait ressembler ; je pariai pour une tranche de mortadelle roulée en cigare. Sur la serviette en papier, maman avait disposé avec soin une variété de tranches : du pain blanc, du pain complet aux graines de pavot, du christolle. Tenant un chinois d'une main sûre, elle avait couvert de sucre glace la partie supérieure croustillante de ce gâteau d'hiver, couche pareille à la première neige légère tombée sur le dos des vaches groningues, avant qu'on ne les rentre. Le clip du sachet de pain se trouvait invariablement sur la boîte à biscottes, histoire de ne pas l'égarer : un simple nœud pour fermer l'emballage de plastique, maman trouvait ça minable.

« D'abord le salé, ensuite le sucré. »

Sa consigne habituelle. Une règle qui nous permettrait de devenir grands et forts, aussi grands que le géant Goliath et aussi forts que le Samson de la Bible. De surcroît, il nous fallait sans manquer boire un grand verre de lait, le plus souvent tiédasse – elle en puisait un litre quelques heures plus tôt dans le bidon. Il arrivait qu'une pellicule jaunâtre se formât dessus ; quand on ne buvait pas assez vite, celle-ci restait collée au palais. La meilleure chose à faire, c'était de tout avaler cul sec, les yeux fermés, une tactique que maman estimait irrévérencieuse alors même que la Bible n'édicte rien sur la façon de boire du lait – plus ou moins vite ou plus ou moins lentement –, non plus que sur la nécessité de savourer le goût de la viande de vache. J'ai pris une tranche de pain blanc dans la corbeille, l'ai posée sur mon assiette, le bas vers le haut, de sorte que ça ressemble à la paire de fesses blafarde d'un nourrisson, ressemblance plus frappante encore quand on en tartine une moitié de pâte au chocolat. Malgré la routine, cette opération ne manquait pas de nous amuser, mes frères et moi. À chaque fois, ils me disaient : « T'en as pas marre d'lécher le caca du cucul ? » Mais bon, d'abord commencer par le salé avant de passer au chocolat…

— Quand on laisse trop longtemps des poissons rouges dans l'noir, y deviennent tout blancs, chuchotai-je à l'oreille de Matthies.

Puis je couvris mon pain de six rondelles de cervelas en faisant en sorte qu'elles ne dépassent pas d'un millimètre. *Tu as six vaches dont on en mange deux. Combien t'en reste-t-il ?* À chaque chose que je mangeais, j'entendais la voix du maître résonner dans ma tête. Pourquoi ces calculs stupides portaient-ils systématiquement sur de la nourriture – pommes, gâteaux, parts de pizza ou biscuits ? Ça m'échappait. Quoi qu'il en soit, l'instituteur avait abandonné tout espoir de m'apprendre un jour à compter, de voir un jour mon cahier d'une blancheur de neige, sans la moindre biffure rouge. Ne m'avait-il pas fallu un an pour apprendre à lire l'heure, papa assis pendant des plombes à mon côté, dans la cuisine, penché sur le cadran d'horloge prêté par l'école, que certains jours, par désespoir, il balançait par terre, en faisant sauter le mécanisme si bien que cette merde ne s'arrêtait plus de sonner ? Malgré cet apprentissage, il arrive encore que les aiguilles se transforment sous mes yeux en vers de terre, ceux-là mêmes que nous extirpons du sol avec un croc, derrière l'étable, avant d'aller à la pêche. Quand on en tient un entre le pouce et l'index, il se recroqueville dans tous les sens ; il suffit de le tapoter pour qu'il se calme un moment, immobile sur la paume de la main, pareil à un lacet à la fraise du magasin de bonbons Van Luik.

— Pas de messes basses quand on est tous à table ! me reprocha ma sœur Hanna, assise à côté d'Obbe, en face de moi.

Quand une chose lui déplaît, elle coulisse les lèvres de gauche à droite.

— Y a des mots qui sont encore trop grands pour tes petites oreilles. Y passent pas dans les trous, répliquai-je, la bouche pleine.

Par ennui, Obbe tournait son lait, un doigt plongé dans le verre. Il en brandit la peau avant de bientôt la tartiner sur la nappe. Elle y resta collée, on aurait dit de la morve blanchâtre. Dégueulasse. Je savais que le côté souillé du tissu, où la peau allait sécher, pourrait très bien se trouver le lendemain devant ma chaise. Pas question, dans pareil cas, de poser mon assiette sur la table. Nous savions tous que les serviettes faisaient de la figuration et que maman, le petit déjeuner terminé, les remettrait, repliées et déplissées, dans le tiroir ; qu'elles n'étaient pas destinées à nos doigts sales ni à nos bouches barbouillées. D'une certaine façon, j'aurais trouvé assez pathétique de froisser les angelots dans mon poing comme des moustiques, d'ainsi briser leurs minuscules ailes ou de souiller de confiture de fraise leurs cheveux blancs d'ange.

— Comme j'suis un peu pâlot, ça va m'faire du bien de prendre l'air, chuchota Matthies.

Il sourit et, dans un grand effort de concentration, planta son couteau dans la partie blanche du pot Duo Penotti pour éviter de prendre de la pâte brune. Duo Penotti n'apparaissait sur la table que pendant les vacances scolaires. Plusieurs jours à l'avance, nous en avions l'eau à la bouche. Les vacances de Noël venant de commencer, l'heure avait sonné – le plus beau moment, c'était quand maman retirait l'opercule, ôtait du bord du pot le résidu de colle et nous montrait la surface zébrée brun et blanc, laquelle nous rappelait le motif, à chaque fois différent, d'un veau qui vient de naître. L'enfant qui avait obtenu les meilleures notes cette semaine-là se servait le premier ; je passais toujours en dernier.

Je bougeai les fesses sur ma chaise, il manquait quelques millimètres à mes orteils pour toucher le sol. J'aurais aimé garder tout le monde à la maison, répartir les membres de la famille comme des rondelles de cervelas dans la ferme. Si le maître de la dernière année de primaire nous avait raconté hier, ultime jour de classe de l'année, que certains manchots du pôle Sud qui partent pêcher ne reviennent jamais, cela ne pouvait être un hasard. Certes, nous n'habitons pas au pôle Sud, mais on ne se les caille pas moins. Un froid tel que le lac était gelé et que de la glace se formait dans les abreuvoirs des vaches.

À côté de chacune de nos assiettes, il y avait deux sachets de congélation bleu clair. J'en brandis un et adressai un regard interrogateur à maman.

— C'est pour mettre par-dessus vos chaussettes, répondit-elle en souriant.

Son sourire creusait dans chacune de ses joues un petit cratère à jus de viande.

— Comme ça, vos pieds vont rester bien au chaud et bien au sec.

Tout en parlant, elle préparait le petit déjeuner de papa qui aidait une vache à vêler ; après chaque tartine, elle faisait glisser le couteau entre le pouce et l'index pour recueillir, du dos plat de la lame, le beurre au bout de ses deux doigts. De son côté, papa était certainement assis sur un tabouret de traite en train de recueillir le colostrum, de petits nuages s'élevant de son dos en sueur. Haleine et fumée de cigarette. Je notai qu'il n'y avait pas de sachets bleus à côté de son assiette : sans doute avait-il de trop grands pieds, le gauche en particulier, déformé à la suite d'un accident de moissonneuse-batteuse survenu alors qu'il n'avait qu'une vingtaine d'années. Sur la table, maman avait posé, près de la place qu'elle occupait, la sonde en argent avec laquelle elle juge de la saveur des derniers fromages qu'elle a faits. Avant d'en entamer un, elle enfonce l'ustensile au beau milieu, perçant la pellicule de plastique, le tourne deux fois, puis le retire tout doucement. Pour déguster un menu carottage de fromage au cumin, elle met le même recueillement et la même dévotion que pour manger, au temple, le bout de pain blanc de la Cène, prenant son temps, les yeux dans le vide. Un jour, Obbe avait ironisé : « Le corps de Jésus, c'est du fromage, faut pas en abuser sur nos tartines, autrement y restera bientôt plus rien de Lui. »

Maman ayant dit la prière du matin et remercié Dieu : « C'est d'en haut que Sa providence nous verse une riche abondance », Matthies recula sa chaise, suspendit par les lacets ses patins noirs à son cou et mit dans sa poche les cartes de Noël que maman lui avait demandé de glisser dans la boîte aux lettres de quelques connaissances. Matthies se rendait au lac où on le rejoindrait plus tard ; il s'apprêtait à participer avec quelques copains au Tour des Polders, un parcours de trente kilomètres. Le vainqueur remporterait un sandwich au pis de vache et à la moutarde ainsi qu'une médaille d'or sur laquelle était gravé « An

2000 ». J'aurais aimé lui enfiler un sac de congélation sur la tête, presser le zip autour de son cou, pour qu'il n'attrape pas froid, reste au chaud longtemps. Il me tripatouilla les cheveux que je m'empressai d'aplatir ; après quoi je balayai les miettes tombées sur ma veste de pyjama. Matthies portait toujours la raie au milieu ; il mettait du gel sur chaque mèche de devant, on aurait dit deux volutes de beurre sur une soucoupe, comme celles que maman préparait vers la Noël – du beurre dans une barquette, elle ne trouvait pas ça festif, c'était pour les jours ordinaires. Or, la naissance de Jésus n'est pas un jour ordinaire. Pas même si elle revient sans faute chaque année, de même qu'Il meurt sans faute chaque année pour nos péchés – ce qui me paraissait bizarre et qui m'amenait souvent à me dire : le pauvre, ça fait pourtant déjà une éternité qu'Il est mort, l'aurait-on oublié ? Mieux valait que je garde ça pour moi, autrement adieu biscuits aux perles de sucre, adieu histoire des Rois mages, adieu histoire de leur étoile.

Matthies gagna l'entrée pour vérifier dans le miroir s'il était bien coiffé. Même si, en raison du froid, ses mèches allaient se plaquer sur son front, aussi dures que du béton.

— J'peux venir avec toi ? lui demandai-je.

Papa avait descendu mes patins en bois des combles et fixé les sangles de cuir brun à mes chaussures. Depuis quelques jours, mains ramenées dans le dos, je me déplaçais dans la ferme en patins, protège-lames fixés dessus pour éviter de trop rayer le sol – pour éviter que maman ne recourût à l'embout plat de l'aspirateur et ne fît disparaître mon désir de participer au Tour des Polders. J'avais les mollets bien musclés. J'étais suffisamment bien entraînée pour me risquer sur la glace sans chaise pliante pour garder l'équilibre.

— Non, pas possible, répondit-il avant d'ajouter d'une voix plus douce afin que moi seule l'entende : Parce qu'on va aller de l'autre côté.

— Moi aussi, je veux aller de l'autre côté, chuchotai-je.

— Quand tu seras plus grande, je t'emmènerai.

Il coiffa son bonnet de laine et me sourit, découvrant son appareil aux élastiques bleus en zigzag.

— Je serai rentré avant la tombée de la nuit, a-t-il assuré à maman.

Passant la porte, il s'est retourné une dernière fois pour me dire au revoir en agitant la main, scène que je devais, par la suite, passer et repasser dans ma tête, jusqu'au jour où, son bras refusant de se lever, j'ai commencé à douter du fait que nous nous soyons dit au revoir.

2

On n'avait que Nederland 1, Nederland 2 et Nederland 3, aucune chaîne commerciale. Selon papa, il n'y avait pas « de la fesse » sur les nôtres, mots qu'il prononçait, non sans postillonner, comme si un moucheron avait atterri sur sa langue. Mots qui me ramenaient surtout aux patates que maman déshabillait chaque soir et plongeait, coupées en deux, dans une casserole – au plouf que ça faisait. Penser de trop longues minutes à des fesses, à des gens nus, me disais-je, ça vous fait pousser des germes sur la peau qu'il convient de séparer de la chair à la pointe d'un couteau. Les germes verts, on les donne aux poules, elles en raffolent. J'étais allongée sur le ventre, devant le meuble en chêne qui renferme le poste de télévision. L'une des boucles de mes patins à glace avait roulé dessous quand, de colère, je les avais envoyés balader d'un coup de pied. J'étais trop petite pour aller de l'autre côté et trop grande pour patiner derrière l'étable, sur la rigole à purin. Pour être honnête, on ne pouvait pas appeler ça « patiner » : ça tenait plus d'une sorte de frotti-frotta sur la glace, à l'instar des oies qui atterrissent à cet endroit à la recherche de quelque chose à se mettre sous le bec ; de surcroît, chaque éraflure de la surface laissait échapper une odeur pestilentielle, l'acier des patins se colorant en brun clair. On devait avoir l'air de sottes, ma petite sœur et moi, là, pareilles à des oies, titubant d'un bord à l'autre de cette rigole, le corps engoncé dans plusieurs couches d'habits, alors que les autres se lançaient dans le Tour du Polder sur le grand lac, au bord duquel tout le village se réunissait.

— On va pas pouvoir aller regarder Matthies, annonça papa. Y a un veau qui a la diarrhée.

— Mais vous l'aviez promis ! je criai.

N'avais-je pas d'ailleurs déjà fourré mes pieds dans les sachets de congélation ?

— Un cas de force majeure, répliqua papa.

Il tira sur le béret noir jusqu'au niveau de ses sourcils. Une fois, deux fois, je hochai la tête de haut en bas. Face à un cas de force majeure, on ne fait pas le poids. Personne, de toute façon, n'aurait pu aller à l'encontre des vaches. On les met toujours en avant. Même quand elles ne réclament aucune attention, même quand elles sont casées, chacune à sa place dans l'étable, gavées et lourdaudes, elles se démerdent pour faire office de force majeure. La moue boudeuse, je croisai les bras. Inutiles donc, les multiples entraînements sur mes patins en bois. J'en gardais juste des mollets plus durs que ceux du Jésus en porcelaine qui, de la taille de papa, veillait dans l'entrée. Je jetai délibérément les sachets de congélation dans la poubelle, sous le marc de café et les miettes de pain de façon que maman ne puisse pas les réutiliser – le sort qu'elle réservait généralement aux serviettes en papier.

Sous le meuble, les moutons proliféraient. J'exhumai de la poussière une épingle à cheveux, un raisin plus sec que sec, un Lego. Quand des membres de la famille ou des conseillers presbytéraux viennent à la maison, maman prend soin de fermer les portes du meuble : il ne faut pas qu'ils sachent que, le soir venu, nous nous laissons distraire du chemin de Dieu. Pour sa part, tous les lundis, sans faute, elle regarde *Lingo* : plantée derrière sa planche à repasser, elle cherche à trouver les mots et nous sommes en conséquence priés de ne pas faire de bruit ; à chaque fois qu'elle fournit la bonne réponse, le fer émet un sifflement, de la vapeur s'en élève. Ce quiz privilégie des mots ne figurant pas dans la Bible ; cependant, elle semble les connaître. Comme certains vous font piquer un fard, elle les a baptisés « joues rouges ». Un jour, alors que l'écran était noir, Obbe a dit que la télévision, c'était l'œil de Dieu ; si maman ferme les portes, c'est en réalité pour qu'Il ne nous voie pas. Pour qu'elle n'ait pas honte de nous, puisqu'il nous arrive de beugler des joues rouges à une autre heure que celle de la diffusion de son programme préféré. Ces mots, maman s'efforce de nous en décrotter, plaçant un pain de savon vert entre nos dents, comme s'il s'agissait de faire disparaître taches de gras et macules de boue de nos plus beaux habits d'écoliers.

J'avançai encore la main à la recherche de la boucle. De là où je me trouvais, je voyais la cuisine. Soudain, les bottes vertes de papa apparurent devant le réfrigérateur, des fétus et de la bouse collés aux semelles. Il venait sans doute prendre des fanes de carottes dans le bac à légumes ; il les tranchait à l'aide de la rénette qu'il trimballe toujours dans une poche de son bleu de travail. Depuis des jours, il faisait des allers-retours entre cuisine et clapier. La part de gâteau qui restait du septième anniversaire d'Hanna fit elle aussi le voyage ; en la voyant à chaque fois que j'ouvrais la porte du frigo, l'eau me venait à la bouche. Je n'avais pu résister à l'envie de prélever, du bout de l'ongle, une miette du sucre glace rose et de fourrer l'index dans ma bouche, de me frayer ensuite un passage dans la crème pâtissière, laquelle avait formé un petit bonnet jaune sur le sommet de mon doigt. Papa n'en avait rien remarqué. « Quand il a un truc dans la tête, il ne l'a pas à l'arrière-train », aime à dire grand-mère du côté austère ; aussi le soupçonnais-je d'engraisser mon lapin, cadeau de Line, la voisine, pour le dîner de Noël qui devait se tenir d'ici à deux nuits de sommeil, dans la pièce de devant. Arrive-t-il à papa de s'occuper des lapins ? Non. Le menu bétail, il le trouve à sa place sur une assiette. Il n'aime que les animaux qui remplissent son champ de vision ; or, mon lapin n'en occupe pas même la moitié. N'a-t-il pas affirmé un jour que les vertèbres cervicales sont la partie la plus fragile du corps ? À ces mots, ça avait craqué dans ma tête, le même bruit que celui que maman fait en broyant dans sa main une poignée de vermicelles au-dessus de la casserole. Et une corde n'était-elle pas depuis peu accrochée à la poutre du grenier ? « En prévision d'une balançoire », avait assuré papa. La balançoire n'avait toujours pas fait son apparition. Je ne comprenais pas pourquoi il n'avait pas placé la corde dans son atelier, entre ses tournevis et sa collection de boulons. Peut-être, me raisonnais-je, tient-il à ce que l'on assiste au spectacle. Peut-être cela va-t-il se produire si l'on vient à pécher. En un éclair, je vis mon lapin la nuque brisée, pendouillant, au-delà du lit de Matthies, à la corde du grenier, position idéale pour que papa entreprenne de l'écorcher. En un geste pareil à celui qu'effectue maman le matin, armée de l'éplucheur, pour dépouiller la saucisse fumée de sa peau. Mais cette fois, c'est Bouclette et non une saucisse qui allait atterrir dans le beurre frémissant, au fond de la cocotte, sur feu doux ; l'odeur de lapin rôti ne tarderait pas à envahir la maison si bien que la famille Mulder au grand complet, reniflant de loin que le repas de Noël était prêt, réserverait son appétit. J'avais relevé que, depuis quelque temps, je n'avais plus à me montrer chiche en nourrissant mon lapin ; en plus des fanes que lui apportait papa, il avait droit à une double dose de granulés. Bien que ce fût un mâle, je l'avais baptisé Bouclette, en hommage à la chevelure de la belle présentatrice du journal télévisé pour les enfants. J'aspirais à la mettre en haut de ma liste de cadeaux, mais je ne l'avais vue dans aucun catalogue de jouets.

De fait, j'étais persuadée qu'il n'était pas uniquement question, à l'égard de mon lapin, de générosité. Voilà pourquoi j'avais suggéré à papa, avant le petit déjeuner, alors qu'on rentrait les vaches, de songer à d'autres animaux. Un bâton à la main, j'incitais les bovidés à avancer, le plus simple étant de leur tapoter le flanc.

— À Noël, des enfants de ma classe mangent du canard, du faisan, de la dinde... Ils les farcissent en les remplissant par le croupion de pommes de terre, d'ail, de poireaux, d'oignons, de betteraves, à les faire exploser !

D'un œil en coulisse, je considérai papa. Il hocha la tête. Au village, il y a différentes gradations de hochement. Unique façon de se distinguer de son voisin. J'ai appris à toutes les décrypter. Son hochement, c'était celui qu'il adresse entre autres aux marchands de bestiaux quand ceux-ci lui font une offre trop peu élevée, mais qu'il doit s'en contenter : la bête n'est pas en très bonne santé, il ne peut faire autrement que la bazarder.

— Les faisans, dans les environs, ça pullule, surtout dans les oseraies, je repris en contemplant la zone couverte de végétation qui s'étend à gauche de la ferme.

J'en vois là, parfois, dans un arbre ou dans l'herbe. Quand ils me repèrent, ils se laissent tomber comme une pierre, restent immobiles jusqu'à ce que je m'éloigne. Alors, et pas avant, ils osent redresser la tête.

Papa hocha de nouveau la tête. Il tapa le sol de son bâton et fit « ksss ! ksss ! » pour que les vaches pressent un peu le pas. Nos tâches terminées, j'avais regardé dans le congélateur : entre les sachets de viande hachée et ceux de légumes, pas le moindre canard, pas le moindre faisan, pas la moindre dinde.

Les bottes de papa disparurent de mon champ de vision. Ne restèrent que quelques fétus sur le sol. Je glissai la boucle dans la poche de mon pantalon et gravis l'escalier, en chaussettes. Une fois dans ma chambre qui donnait sur la cour, accroupie contre le lit, je repensai à la main de papa sur ma tête quand, après avoir rentré les vaches, on était retournés dans le pré pour relever les taupières. Lorsque aucune bête n'est prise, papa garde les mains toutes raides dans les poches – rien ne justifie une récompense. Dans le cas contraire, on extirpe à l'aide d'un tournevis rouillé les petits cadavres sanguinolents pliés en deux, ce que je fais penchée en avant de façon que papa ne voie pas les larmes sur mes joues, amorcées par la vue de ces petites vies tombées sans méfiance dans un piège fatal. J'imaginais cette même main en train de tordre le cou de mon lapin tout comme elle déverrouille une bouteille d'azote : il existe une seule façon de faire cela convenablement, pas deux. Et je voyais maman poser l'inerte Bouclette sur le plat en argent qui accueille en principe, le dimanche après le culte, la salade russe. Elle l'exposerait sur un lit de mâche et le garnirait de cornichons, de tomates coupées en quatre et de carottes râpées, d'une pincée de thym aussi. Je regardai mes propres mains, leurs fines lignes capricieuses. Des mains trop petites encore pour servir à d'autres fins que tenir quelque chose. Assez petites encore pour tenir dans celles de papa ou celles de maman tandis que les leurs ne tenaient pas encore dans les miennes, *la* différence entre eux et moi : celles de papa peuvent serrer le cou d'un lapin, celles de maman s'emparer d'un fromage pour le retourner dans son bain de saumure, toujours avides d'attraper quelque chose. Quand on n'est plus à même de tenir avec tendresse un être humain ou un animal, mieux vaut lâcher prise et s'intéresser à autre chose.

J'appuyai de plus en plus fort mon front contre le bord du lit. Sentant le bois froid imprégner ma peau, je fermai les yeux. Parfois, je trouve débile de chercher un coin d'obscurité pour prier, mais peut-être en va-t-il de l'invocation à Dieu comme de ma couette lumineuse : ne faut-il pas le noir total pour qu'étoiles et planètes diffusent de la lumière et offrent une protection contre la nuit ? Je posai mes mains jointes sur mes genoux. Fâchée, je songeai à Matthies qui était sans doute en train de boire un chocolat chaud dans l'une des baraques au bord de la glace, à lui reprenant la course, les joues rouges, au dégel qui commencerait demain – la présentatrice aux bouclettes avait mis en garde le Père Noël : toits glissants et brouillard épais – il risquait de se perdre, Matthies aussi peut-être, mais la faute lui en reviendrait entièrement. Durant quelques secondes, je visualisai mes patins dont on avait graissé les sangles et qui pouvaient dorénavant regagner les combles dans leur boîte. Je songeai à tout ce pour quoi j'étais encore trop petite, au fait que personne ne me disait que j'étais assez grande pour quoi que ce soit, au nombre de centimètres auxquels tout ça équivalait sur le montant de la porte. Puis j'ai demandé à Dieu s'il pouvait, s'il Vous plaît, prendre mon frère Matthies au lieu de mon lapin. « Amen. »

3

— Il peut pas être mort ! lança maman au vétérinaire.

Elle se redressa à côté de la baignoire, retira de sa main le gant de toilette bleu clair. Elle s'apprêtait à laver les fesses d'Hanna ; à défaut, ma petite sœur risquait d'attraper des vers : ils vous font des trous dans le corps comme dans les feuilles de chou. Moi, j'avais l'âge de me débrouiller toute seule pour ne pas en choper. Je serrai les bras autour de mes genoux afin que le vétérinaire, entré sans prévenir et sans frapper dans la salle de bains, ne voie que le minimum de ma nudité. D'une voix précipitée, il dit :

— Juste de l'autre côté du lac, à cause du chenal, la glace n'était pas assez épaisse. Il a patiné un long moment en tête, plus personne ne l'a revu.

Je compris tout de suite qu'ils ne parlaient pas de Bouclette. Un quart d'heure plus tôt, mon lapin était en train de grignoter ses fanes dans sa cage. De plus, le vétérinaire ne paraissait pas du tout plaisanter. Il entrait souvent chez nous pour parler des vaches. Peu de gens s'avancent d'ailleurs jusqu'ici pour autre chose que les vaches, mais cette fois, un truc clochait, il n'avait pas mentionné les bestiaux une seule fois, pas même pour nous désigner nous, les enfants, en demandant comment allaient les génisses. Comme il baissait la tête, j'ai étiré le buste pour regarder par la fenêtre au-dessus de la baignoire. Le crépuscule tombait déjà, un groupe de diacres en noir approchait pour nous donner l'accolade; jour après jour, ils venaient en personne nous apporter le soir et le bonsoir. Je me dis que Matthies n'avait pas vu le temps passer, ça lui arrivait – papa lui avait d'ailleurs offert une montre à aiguilles phosphorescentes. Par étourderie, il la portait sans doute aujourd'hui à l'envers. À moins qu'il ne fût encore en train de distribuer les cartes de vœux… Je me laissai glisser dans l'eau, posai le menton sur mes bras mouillés, scrutai maman à travers mes cils. Depuis peu, une brosse était fixée dans la fente du courrier de notre porte d'entrée; ajoutée au rabat, elle contrecarrait les courants d'air. À travers les poils de cette brosse, je zieutais parfois ce qui se passait dehors. De même, en regardant à travers mes cils, j'eus le sentiment d'épier sans que personne me voie, que maman et le vétérinaire ne remarquaient pas que je les écoutais, que je parvenais à gommer les lignes qui se formaient autour de ses yeux et de sa bouche à elle – des lignes qui n'avaient rien à faire là – et à recréer, du bout du pouce, les fossettes de ses joues. À l'exemple des gens qui ont beaucoup à dire, maman n'est pas habituée à hocher la tête; or, voilà qu'elle ne cessait de branler du chef. Pour la première fois, je me suis dit : maman, je t'en prie, dis quelque chose, ne serait-ce qu'au sujet du rangement à faire, des veaux qui ont pour la énième fois la diarrhée, de la météo des prochains jours, de la porte des chambres qui frottent par terre, de notre ingratitude à nous, tes enfants, du dentifrice séché aux commissures de nos bouches. Muette, elle gardait les yeux fixés sur le gant de toilette qu'elle tenait au creux de la main. Le vétérinaire tira le marchepied placé sous le lavabo et s'assit dessus. Sous son poids, un craquement se fit entendre.

— Avec Evertsen, le fermier, on l'a repêché dans le lac, fit-il avant d'observer deux secondes de silence, ses yeux passant d'Obbe à moi. Votre frère est mort.

Je détournai les miens, les posant sur les serviettes suspendues près du lavabo, raidies par le froid glacial. Je voulais que le vétérinaire se lève et dise que tout cela était une erreur, que les vaches ne diffèrent pas beaucoup des fils, elles aussi gagnent un jour le vaste monde, mais retournent à l'étable le soir même avant le coucher du soleil, à l'heure des affouragements.

— Il est parti patiner, a argumenté maman, il va pas tarder à rentrer.

Elle serra en boule le gant de toilette au-dessus de l'eau du bain ; en tombant à la surface, les gouttes décrivirent de petits cercles. Sa main heurta mes genoux que je tenais contre mon ventre. Pour me donner une contenance, je lançai un bateau en Lego sur les vagues que faisait ma sœur Hanna. Elle n'avait pas compris les paroles qui venaient d'être prononcées. Je me suis dit que je pouvais faire comme si j'avais les oreilles bouchées, une bonde impossible à retirer. L'eau du bain se réchauffa un peu : sans que je m'en rende compte, mon pipi s'échappait. Je regardai le jaune ocre qui se répandait comme un nuage avant de se mélanger à l'eau. Hanna ne remarqua rien. Autrement, elle se serait redressée d'un coup en poussant un cri strident : « Cochonne ! » Elle tenait une Barbie à la surface de l'eau.

— Si je la tiens pas, elle va se noyer.

La poupée portait un maillot de bain rayé. Une fois, sans que personne s'en aperçoive, j'avais glissé un doigt dessous pour tâter les nénés en plastique. Plus durs que la boule de graisse sur le menton de papa. J'observai le corps nu d'Hanna, le même que le mien. Mais différent de celui d'Obbe. Debout à côté la baignoire, lui portait encore ses habits. Il venait de nous parler d'un jeu vidéo : il s'agissait de tirer sur des gens qui éclataient comme des tomates charnues. Après nous, il prendrait son bain, dans la même eau. Sous la ceinture, je savais qu'il avait un robinet pour faire pipi, et en dessous un barbillon de dindon. Parfois, ça me tracassait, ce truc qui pendouillait et dont personne ne parlait. Le symptôme d'une maladie mortelle, qui sait. Maman appelait cette installation « le bigoudi », mais n'était-ce pas pour éviter le mot « cancer » dans le souci de ne pas nous effrayer ? Étant donné que grand-mère du côté cool avait succombé à cette malédiction. Juste avant de rendre le dernier souffle, elle s'était préparé un verre d'advocaat ; papa avait raconté que, lorsqu'ils avaient trouvé la défunte, la crème fouettée avait suri, que tout surissait quand quelqu'un vient, tant inopinément que de façon programmée, à mourir. Pendant des semaines, je n'avais pas trouvé le sommeil : dans le noir, le visage de grand-mère, allongée dans son cercueil, ne cessait de m'apparaître ; à la longue, de la liqueur, d'une texture de jaune d'œuf, dégoulinait de sa bouche entrouverte, de ses orbites et de ses pores.

Maman nous tira, Hanna et moi, par le bras pour nous sortir du bain ; ses doigts laissèrent des marques blanches sur ma peau. D'habitude, elle nous enveloppait dans une serviette avant de nous demander, au bout d'un moment, si on était bien sèches : il ne s'agissait pas en effet de rouiller ou, pire, de moisir comme les joints des carreaux de la salle de bains. Cette fois, elle nous laissa claquer des dents sur le tapis. J'avais encore de la mousse sous les bras.

— Sèche-toi bien, chuchotai-je à ma petite sœur qui frissonnait à côté de moi, en lui tendant une serviette toute rugueuse. J'ai pas envie de devoir te détartrer d'ici peu.

Je me penchai pour vérifier la propreté de mes orteils : c'est là que les champignons commencent en général à apparaître. Personne ne put voir, de la sorte, mes joues rougir comme des FireBalls. *Un lapin et un garçon s'affrontent à la course. Combien de kilomètres par heure manquera-t-il à l'un pour l'emporter ?* La voix de l'instituteur se manifestait dans ma tête, lui qui, tout en parlant, me plantait sa longue baguette dans le ventre pour me forcer à répondre. Après les orteils, je contrôlai à la va-vite le bout de mes doigts – parfois, papa plaisante en disant que la peau risque de se décoller si on reste trop longtemps dans le bain, et que, dans pareil cas, il se verrait obligé de la clouer sur la paroi de la grange, à côté de celles des lapins dépiautés. Quand je me relevai pour m'envelopper dans la serviette, papa venait de surgir à côté du vétérinaire. Il tremblait. Des flocons de neige parsemaient les épaules de son bleu de travail; il était blême. Il ne cessait de souffler dans ses mains réunies en conque. Je pensai à l'avalanche dont l'instituteur nous avait parlé, même si un tel phénomène ne survient probablement jamais dans nos campagnes. Mais je compris qu'il ne pouvait s'agir de ça : papa se mit en effet à pleurer et Obbe à bouger la tête de gauche à droite, à la manière d'un essuie-glace, pour effacer les larmes.

Le même soir, à la demande de maman, Line, la voisine, ôta les décorations du sapin de Noël. Assis sur le canapé, Obbe et moi – je me dissimulais derrière les bouilles enjouées de Bart et Ernest imprimées sur le devant de mon pyjama, bien que mon angoisse les dominât d'une tête et dépassât leurs crêtes, et croisais les doigts comme on le fait dans la cour de l'école quand on vient de dire un truc sans y croire, quand on cherche à revenir sur une promesse, sur toutes nos prières –, on regarda à contrecœur l'arbre disparaître de la pièce en laissant derrière lui une traînée de paillettes et d'aiguilles. Je ressentis alors un élancement dans la poitrine, bien plus fort qu'au moment où la nouvelle avait franchi la bouche du vétérinaire : Matthies allait certainement revenir, pas le sapin. En écoutant *Jimmy,* tube de Boudewijn de Groot – on en connaissait les paroles par cœur et on attendait avec impatience les phrases qui parlaient de « la tronche de l'homme d'affaires», «tronche», un mot qu'il nous était interdit de prononcer –, on avait décoré l'arbre quelques jours plus tôt : de petits et de gros Pères Noël, des boules scintillantes, des angelots, de longs colliers de perles, des petites couronnes en chocolat. À présent, on voyait par la fenêtre du séjour Line le transbahuter dans une brouette, couvert d'une bâche orange, jusqu'au bord de la route. Seule dépassait la pointe en argent; elle avait oublié de l'enlever. Je gardai le silence : à quoi celle-ci aurait-elle pu servir dès lors que nous n'avions plus de sapin ? Line remit la bâche en place à quelques reprises, mais cela pouvait-il changer quoi que ce soit à ce qu'on avait sous les yeux, à la situation ? Récemment, dans cette même brouette, Matthies m'avait trimballée; je m'étais cramponnée aux bords couverts d'une fine couche de bouse sèche. J'avais alors remarqué qu'il avait le dos plus courbé qu'avant, la faute aux tâches pénibles qui lui incombaient, à croire qu'il se souciait déjà de se rapprocher de la terre. Quand il s'était soudain mis à courir, j'avais été soulevée toujours un peu plus à chaque secousse. L'inverse, songeai-je, l'inverse aurait dû se produire. C'est moi qui, en cette avant-veille de Noël, aurais dû piloter Matthies dans la cour de la ferme, en imitant le bruit d'un moteur. Certes, il était bien trop lourd pour que je le dépose moi-même au bord de la route avant de le couvrir de la bâche orange comme on le faisait pour les veaux morts avant qu'un camion ne passe les ramasser et qu'on les oublie. Le lendemain, il serait né de nouveau et rien n'aurait rendu cette soirée différente des autres.

— Il y a de la fesse, chuchotai-je à Obbe en lui montrant les anges.

Ils étaient posés sur le buffet bas à côté des étoiles en chocolat, à moitié fondues dans leur emballage. Ces angelots-là ne mettaient pas leur zizi à l'abri derrière une trompette ni derrière une touffe de gui. Si papa avait remarqué qu'ils ne portaient pas de vêtements, il les aurait sans doute remballés dans le papier d'aluminium. Un jour, j'avais brisé l'aile de l'un d'eux pour voir si elle repousserait d'elle-même, une manipulation qui entre à coup sûr dans les compétences de Dieu. Je voulais un signe de Sa part, qu'Il montre qu'Il existe vraiment et qu'Il est là pour nous, y compris en plein jour. Cela me paraissait pratique : de la sorte, Il pourrait veiller au grain, garder un œil sur Hanna, protéger les vaches de la fièvre de lait ou d'une inflammation des pis. Comme rien ne se passait, le membre amputé ne repoussant pas, j'ai enterré l'ange entre quelques oignons rouges oubliés dans le potager.

— Les anges sont toujours à poil, me glissa Obbe.

N'ayant toujours pas pris son bain, il traînait, une serviette autour de son cou, qu'il tenait par les deux extrémités, tel un boxeur prêt à en découdre. Dans la baignoire, l'eau et mon pipi devaient être tout froids.

— Ils ne se les gèlent jamais ?

— Ce sont des créatures à sang froid, comme les serpents et les puces d'eau. Ils n'ont donc pas besoin de vêtements.

Je hochai la tête et, quand la voisine est revenue, posai par précaution la main sur le zizi en porcelaine de l'un des angelots. Dans l'entrée, Line s'est essuyé les pieds plus longtemps que nécessaire. Ce qui serait dorénavant le cas de chaque visiteur. La mort demande en premier lieu un déplacement, un report de la douleur. Réclame de se pencher sur de petites choses – ce que faisait maman en vérifiant si des parcelles de présure séchée ne traînaient pas autour de ses ongles. Pendant une seconde, j'ai espéré que Line rentrerait accompagnée de Matthies. Que mon frère s'était caché dans l'arbre creux au fond du pré, jeu ayant fini par le barber, d'autant que ça s'était remis à geler dehors. Aux endroits les plus friables, la glace redurcissait sans doute, empêchant mon frère, sous la surface du lac, de trouver une sortie ; il lui faudrait fouiller l'étendue entière, tout seul sous la nuit noire. On allait éteindre toutes les lumières, y compris la baladeuse du club de patinage. Quand Line eut fini de s'essuyer les pieds, elle parla à maman, à voix si basse que je ne captai aucune de ses paroles. Je voyais certes ses lèvres bouger tandis que maman gardait les siennes serrées, pareilles à deux limaces qui copulent. Personne ne faisant attention à moi, j'écartai la main du zizi de l'ange. Maman gagna la cuisine tout en enfonçant une énième épingle dans son chignon. Elle en ajoutait toujours plus, à croire qu'elle essayait de la sorte de consolider sa tête pour que celle-ci ne s'ouvre pas d'un coup sec en dévoilant tout ce qui se passait dedans. Elle réapparut en tenant le sachet de biscuits fourrés décorés de nonpareilles. On l'avait acheté au marché. Je m'étais réjouie de goûter ces petites couronnes au chocolat, d'en faire craquer les minuscules perles de sucre colorées entre mes molaires, mais voilà que maman les offrait à Line tout comme elle lui remit la tarte au riz qui patientait dans le réfrigérateur ainsi que les roulades que papa avait prises chez le boucher. Y compris le rouleau rouge et blanc des quatre-vingts mètres de ficelle, de quoi saucissonner nos corps pour éviter qu'ils ne tombent en rondelles. Plus tard, il m'est arrivé de penser que là résidait l'origine du vide : la faute ne reposait pas sur la mort de Matthies mais sur ces journées des 24 et 25 décembre dont on s'est défait par le biais de ces casseroles pleines et des boîtes de salade russe recyclées.

4

Dans la pièce de devant se trouvait le cercueil, mon frère dedans. Du chêne, une petite vitre coulissante au niveau du visage et des poignées en métal. Depuis trois jours. Le premier, Hanna avait toqué contre le verre et dit d'une voix fluette : « C'est plus drôle maintenant, Matthies. Arrête de faire l'idiot. » Elle resta quelques secondes sans bouger, sans faire le moindre bruit de peur de ne pas entendre la réponse qu'il aurait pu lui murmurer. La réponse ne venant pas, elle retourna jouer avec ses poupées derrière le canapé, son corps frêle frissonnant comme une libellule. Comme j'aurais aimé la tenir entre le pouce et l'index et lui souffler de l'air chaud ! Je ne pouvais tout de même pas lui dire que Matthies dormait d'un sommeil éternel, qu'à partir de maintenant nous aurions tous une petite vitre dans le cœur où notre frère était mis en bière. Hormis grand-mère du côté cool, on ne connaissait personne qui dormait d'un sommeil éternel. Certes, à la longue, on se réveillera tous. « Si Dieu le veut, nous vivrons », ainsi que l'exprime souvent grand-mère du côté austère ; elle, au réveil, elle ressent des raideurs dans les genoux et a mauvaise haleine : «J'ai l'impression d'avoir avalé un moineau crevé.» Pas plus que mon frère, ce petit oiseau ne devait se réveiller.

Le cercueil était posé sur un tapis blanc fait au crochet, à même le buffet bas, qui recevait en principe, lors des anniversaires, biscuits salés fourrés au fromage, cacahuètes, verres remplis d'une sorte de sangria… Comme à l'occasion de ces jours de fête, des gens faisaient cercle. Cette fois, le nez enfoncé dans un mouchoir ou dans le cou d'un proche. Ils échangeaient de beaux propos au sujet de Matthies, alors que, dans sa boîte, il était moche et aussi dur qu'un biscuit soufflé saveur tomate que l'on retrouve, derrière un fauteuil ou sous le meuble télé, plusieurs jours après un apéritif. Lisse et tendu, son visage semblait en cire d'abeille. Sous ses paupières, les infirmières avaient glissé du papier calque de manière à les maintenir closes; moi, je les aurais préférées ouvertes pour échanger avec lui un dernier regard, pour ne jamais oublier la couleur de ses yeux, pour que lui ne m'oublie pas. La deuxième flopée de visiteurs partie, j'essayai de remonter ses cils; je ne pus m'empêcher de penser à la crèche en papier que j'avais faite à l'école, à son vitrail en papier calque coloré représentant Marie et Joseph, derrière lequel on allumait une bougie chauffe-plat pendant le petit déjeuner de Noël. Le papier s'illuminait, Jésus pouvait naître dans l'étable ainsi éclairée. Les yeux de mon frère, gris et ternes, ne présentaient pas même un semblant de motif de vitrail; aussi ai-je rabaissé sans tarder ses paupières et coulissé le verre de la vitre. Avec du gel, les infirmières avaient essayé de reconstituer ses boucles, mais celles-ci ressemblaient à des cosses de pois brunies et flétries échouées sur son front. Quant à maman et à grand-mère, elles lui avaient passé un jean ainsi que son sweater préféré, le bleu-vert rehaussé, au niveau de la poitrine, du mot HEROES imprimé en majuscules. La plupart des héros bédéesques et romanesques que je connaissais tombaient du haut d'immeubles ou dans un brasier, s'en tirant avec juste quelques égratignures. Je ne comprenais pas pourquoi il en allait différemment de Matthies, pourquoi il demeurerait immortel uniquement dans nos pensées. Comment oublier qu'il avait sauvé un jour un héron de la moissonneuse-batteuse alors que la machine allait déchiqueter l'animal ! Il eût fini dans une botte de foin en guise de fourrage.

Cachée derrière la porte, j'avais entendu grand-mère alors qu'elle habillait mon frère : « Il faut toujours nager vers l'obscurité, je te l'avais pourtant dit ! » Imaginer comment on parvient à atteindre l'obscurité à la nage, ça me dépassait. En réalité, il s'agit des différences de teintes. Quand il y a de la neige sur la glace, il faut chercher la lumière ; mais quand il n'y a pas de neige, la surface apparaît plus claire que le trou dans la glace. Voilà pourquoi il faut nager vers les ténèbres. Matthies m'en avait parlé, dans ma chambre, avant de partir ; épaisses chaussettes de laine aux pieds, il m'avait montré comment il convient de patiner, en écartant les jambes puis en les rapprochant. Une esquisse de grand écart. Assise sur mon lit, je l'avais observé. Langue collée au palais, j'avais émis un clic semblable à celui des patins de vitesse qu'on entend à la télé et que nous aimions tant. À présent, j'avais l'impression d'avoir dans la bouche non plus une langue, mais un insidieux chenal. Je n'osais plus faire le moindre cliquetis.

Grand-mère sortit de la pièce en tenant un flacon de savon Zwitsal – la présence du papier calque sous chaque paupière s'expliquait peut-être : il fallait éviter que du savon ne pique les yeux de Matthies. Une fois que mon frère serait rafistolé, elles pourraient les retirer tout comme on ôtait la bougie de la crèche afin que Marie et Joseph pussent reprendre le cours de leur vie. Pendant un court instant, grand-mère me serra contre sa poitrine ; elle sentait les crêpes aux lardons et au sirop d'érable faites à base de colostrum : une pile grasse et aux bords croustillants trônait à la cuisine, les restes du déjeuner. À table, papa avait demandé :

— Qui a dessiné, sur sa crêpe, un visage avec de la confiture de mûres, des raisins secs et des lamelles de pomme ?

Il nous avait tous regardés avant de s'attarder sur grand-mère qui lui souriait tout aussi gaiement que sa propre crêpe.

— Le pauvre petit, il est quand même beau, fit-elle.

Sur sa figure se formaient de plus en plus de taches brunes, à l'exemple des pommes qu'elle avait coupées et dont une lamelle formait la bouche de sa crêpe. La vieillesse nous blettit.

— On pourrait pas poser à côté de lui une crêpe roulée ? C'est son plat préféré.

— Ça va puer. Tu veux quand même pas attirer les asticots ?

J'écartai ma tête de sa poitrine puis regardai les angelots, dans leur boîte, sur la deuxième marche de l'escalier, prêts à retourner sous les combles. J'avais été autorisée à les remballer un à un dans le papier d'aluminium, couchés sur le ventre. Je n'avais toujours pas pleuré, j'essayais bien mais sans y parvenir, pas même en m'efforçant d'imaginer la chute de Matthies à travers la mince couche de glace. Ses mains qui cherchent à s'agripper au bord du trou, lui-même qui cherche la lumière ou l'obscurité, ses habits et ses patins alourdis par l'eau. Je retins mon souffle, sans même tenir trente secondes.

— Non, dis-je. Ces froussards d'asticots, je les déteste.

Grand-mère me sourit. Pourquoi n'arrêtait-elle pas de sourire ? Pourquoi papa ne lui avait-il pas tripatouillé la figure de la pointe des dents de sa fourchette comme il l'avait fait avec sa propre crêpe ? Elle se mit à sangloter, mais pas avant d'être seule dans la pièce de devant.

Durant les nuits où le cercueil était à la maison, je descendais en catimini pour vérifier si mon frère était vraiment mort. D'abord, je restais à me tourner et me retourner dans mon lit ou à « faire la bougie », jambes dressées en l'air, mains sous les hanches. Sous la lumière du matin, la mort ne faisait guère de doute, mais dès que le soir tombait, les doutes surgissaient. Qu'en serait-il si on avait mal regardé et s'il venait à se réveiller une fois sous terre ? À maintes reprises, j'ai espéré que Dieu se raviserait et qu'Il ne m'avait pas écoutée quand je L'avais prié de protéger Bouclette de même que naguère – je devais avoir sept ans – lorsque j'avais réclamé un vélo neuf : un rouge, au moins sept vitesses, une selle souple à double suspension pour ne pas avoir mal à l'entrejambe en rentrant de l'école face au vent. Un vélo que j'attendais toujours... Si je descends tout de suite, espérais-je, je vais trouver sous le lin blanc non pas Matthies, mais mon lapin. Bien sûr, cela m'attristerait, mais sans me mettre, j'imagine, dans des états aussi fiévreux : une palpitation des veines du front quand j'essayais, dans le lit, de retenir mon souffle pour me représenter la mort ; tout mon sang, épais comme de la cire, qui me descendait à la tête quand je faisais « la bougie ». Finalement, je laissais retomber mes jambes puis ouvrais sans bruit la porte, traversais le palier sur la pointe des pieds et entreprenais de descendre les marches. Papa m'avait devancée : regardant entre les barreaux de l'escalier, je le voyais assis sur une chaise, près du cercueil, tête posée sur la vitre. Je regardais ses cheveux blonds ébouriffés, qui sentaient en permanence la vache, même quand il sortait du bain, et son corps voûté, traversé de secousses. Il s'essuyait le nez dans la manche de son pyjama, qui durcirait sous la morve comme les manches de ma parka. Les yeux toujours rivés sur lui, je commençais à sentir des élancements dans ma poitrine ; je m'imaginais en train de regarder Nederland 1, Nederland 2 ou Nederland 3 et de zapper si jamais les scènes m'oppressaient. Papa restait sur sa chaise ; j'attrapais froid aux pieds. Quand enfin il se levait pour se recoucher – lui et maman passaient leurs ultimes nuits dans leur lit à eau dans lequel il allait sombrer –, je descendais les dernières marches et prenais sa place, encore chaude. Je pressais la bouche sur le verre, de même que, dans mes rêves, je la pressais sur la glace, et soufflais. Je goûtais le sel des larmes de papa. Le visage de Matthies avait la pâleur du fenouil, des lèvres violettes à cause du mécanisme qui le maintenait congelé. J'aurais aimé pouvoir arrêter l'appareil et voir mon frère se dégeler dans mes bras. Puis le transporter à l'étage. Qui sait, la nuit nous porterait conseil, ainsi que papa disait quand il envoyait l'un de nous au lit, privé de repas parce qu'on s'était mal comporté. Je demanderais alors à Matthies si c'était là la bonne façon de nous quitter.

La première nuit, papa me vit, les mains jointes autour de deux barreaux de l'escalier, la tête passée entre eux. Il renifla, levant la tête :

— Ils ont mis du coton dans son anus à cause du caca. Au-dedans, il est encore chaud, ça me rassure.

Je retins mon souffle et me mis à compter : trente-trois secondes de détresse respiratoire. Quelques entraînements de plus et je parviendrais à retenir assez longtemps ma respiration pour extirper Matthies de son sommeil. De même que les œufs de grenouille que nous pêchons au printemps, à l'épuisette, dans le fossé derrière l'étable, et que nous gardons dans un seau, la queue et les pattes des têtards se développant toujours plus, de même Matthies se métamorphoserait peu à peu : d'être inanimé, il deviendrait un gars plein de vie.

Le matin du troisième jour, planté en bas de l'escalier, papa me demanda si je voulais l'accompagner chez Janssen pour y chercher des betteraves fourragères et les apporter dans le nouveau polder. J'avais surtout envie de rester près de mon frère pour être certaine qu'il ne dégèlerait pas en mon absence, qu'il ne disparaîtrait pas de notre existence comme un flocon de neige ; d'un autre côté, je ne voulais pas décevoir papa. Aussi ai-je revêtu ma salopette sous ma parka rouge, la fermeture Éclair remontée jusqu'au menton. D'un autre âge, notre tracteur me secouait dans tous les sens à chaque nid-de-poule, à chaque bosse, ne me laissant d'autre choix que m'agripper au rebord de la vitre ouverte. Mal à l'aise, je regardai papa de biais : il restait des marques sur son visage, le lit à eau avait tracé des affluents, imprimé le lac sur sa peau. Le dodelinement du corps de maman, de son corps à lui, l'idée qu'un corps dodeline dès qu'il entre en contact avec l'eau, l'avaient empêché de dormir. Demain, ils achèteraient un matelas ordinaire. Mon ventre gargouilla.

— J'ai envie de faire caca.

— Pourquoi t'as pas fait avant de partir ?

— Parce que j'avais pas encore envie.

— C'est pas possible, on sent à l'avance quand ça va venir.

— Moi, j'ai rien senti, je crois que c'est du caca liquide.

Papa gara le tracteur dans un champ, arrêta le moteur et tendit le bras devant moi pour m'ouvrir la portière.

— Va faire ça au pied du frêne, là-bas.

Je dégringolai de la cabine, enlevai ma parka, baissai salopette et slip sur mes genoux, imaginant déjà la diarrhée éclabousser l'herbe comme les giclées de caramel que grand-mère verse sur le riz au lait. Je serrai les fesses. Appuyé contre le pneu du tracteur, papa alluma une cigarette et regarda de mon côté.

— Si tu t'éternises, les taupes vont se faufiler dans ton trou de balle.

La sueur a perlé sur mon front. Je visualisai le coton dont il m'avait parlé deux nuits plus tôt, les taupes y creuser des galeries quand mon frère serait enterré et ces mêmes taupes tout retourner ensuite en moi. Mon caca m'appartenait, mais une fois dans l'herbe, il appartiendrait au monde entier…

— Vas-y, pousse ! fit papa.

Il s'approcha de moi et me tendit un mouchoir dans lequel il s'était déjà mouché. Il avait un regard dur que je ne lui connaissais pas, même si je savais qu'il détestait devoir attendre : se retrouver à cogiter le portait à fumer davantage. Personne au village ne passe du temps à cogiter sur soi, ce serait courir le risque de voir les récoltes pourrir sur pied – les récoltes, c'est dans les champs, pas en soi-même. Je respirai la fumée de papa, de sorte que ses soucis devinssent les miens. Puis je priai Dieu à la va-vite de me préserver du cancer des poumons quand j'aurai l'âge de l'avoir : en échange, je me porterais volontaire pour protéger les crapauds et autres amphibiens dès qu'ils sortiraient de leur hibernation, saison où ils risquent leur vie en traversant la chaussée. « Le juste prend soin de son bétail », avais-je lu dans la Bible. Ainsi, comme l'enfant qui, en jouant, crie « Soleil ! », je serais à l'abri des maladies.

— J'ai plus envie, dis-je.

Fière de moi, j'ai remonté mon slip et ma salopette, renfilé ma parka, fermeture relevée jusqu'au menton. J'étais capable de contenir mon caca ; dorénavant, rien ne m'obligerait à perdre quoi que ce soit de ce que je tenais à garder.

Papa écrasa sa cigarette dans une taupinière.

— Boire beaucoup d'eau, ça aide, c'est pareil pour les veaux. Autrement, ça pourrait bien sortir un jour par l'autre côté.

Il posa la main sur ma tête, je fis de mon mieux pour marcher en restant bien droite. Il y avait donc deux choses dont je devais tenir compte : les vomissements et la diarrhée.

On se dirigea vers le tracteur. Le nouveau polder était plus vieux que moi. Pourtant, on s'entêtait à le dire « nouveau ». Chose du même ordre à propos du terrain au pied de la digue où était établi le médecin jusqu'à ce qu'on y aménage une aire de jeux, dont un toboggan qui glissait mal : malgré ce changement, on continuait à se donner rendez-vous au « Vieux Toubib ».

— Tu crois que les vers et les asticots vont bouffer Matthies ? demandai-je à papa sans oser le regarder.

Un jour, à table, il avait lu ce passage d'Ésaïe : « Ta magnificence est descendue au Sépulcre, avec le son de tes lyres. Tu es couché sur une couche de vers, et la corruption est ta couverture ! » Aujourd'hui, je redoutais que cela n'arrive à mon frère. Sans répondre, papa ouvrit sans ménagement la portière. Fébrile, je voyais devant moi le corps de mon frère percé peu à peu de trous, pareil à l'emballage transparent d'une barquette de fraises.

Parmi les betteraves fourragères, certaines étaient pourries en leur cœur. Comme je les ramassais, une matière pâteuse blanche, qui rappelait le pus, collait à mes doigts. Papa en balançait nonchalamment par-dessus son épaule, dans la remorque. En chutant, elles émettaient un bruit mat. À chaque fois qu'il me regardait, mes joues me brûlaient. Il faut qu'on réserve des moments, songeai-je, auxquels papa et maman n'auront pas le droit de me regarder – de même qu'il y a des horaires auxquels on a le droit de regarder la télévision et d'autres où cela est interdit. Qui sait si Matthies n'avait pas renoncé à rentrer à la maison parce que les portes du meuble télé étaient fermées et que personne ne nous tenait à l'œil ?

Je n'osai plus poser la moindre question à son propos. Je jetai les dernières betteraves dans la remorque, repris place à côté de papa dans la cabine. Au-dessus du rétroviseur, sur le métal rouillé, un autocollant portait la mention : TRAYEZ LES VACHES, PAS LES PAYSANS !

Une fois rentré, papa, aidé d'Obbe, traîna dehors le lit à eau bleu foncé. Il en retira la valve et le bouchon de sécurité et le vida dans la cour. Peu après, une mince couche de glace se forma. Je n'osai pas me risquer dessus, de peur que toutes les nuits de papa et de maman se mettent à craquer, de peur de passer à travers. Petit à petit, le matelas noir s'est recroquevillé comme un paquet de café sous vide. Puis papa l'a roulé et déposé au bord de la route près du sapin de Noël que l'entreprise de recyclage Rendac ramasserait lundi. Obbe me fila un coup de coude :

— Le voilà.

Je regardai dans la direction de son doigt tendu et vis sur la digue le corbillard noir s'approcher progressivement, tel un grand corbeau, tourner à gauche puis entrer dans la cour, passant sur la couche de glace laissée par le lit à eau : ça craqua effectivement. Le pasteur Renkema et deux de mes oncles en descendirent. Papa les avait choisis, eux ainsi que deux paysans, Janssen et Evertsen, pour porter le cercueil de chêne dans le corbillard puis à l'intérieur du temple pendant que retentirait le cantique 416, l'accompagnement étant assuré par le petit ensemble au sein duquel Matthies avait joué des années durant du trombone à coulisse. La seule chose qui a eu du sens cet après-midi-là, c'est que des hommes ont porté deux héros sur leurs épaules.

PARTIE II

1

De près, les verrues des crapauds ressemblent à des câpres. Boutons de fleurs verdâtres que je trouve dégueulasses. Quand on en fait péter une en la pinçant entre le pouce et l'index, une substance aigre en sort pareille à celle des glandes à venin de ces batraciens. Du bout d'un bâton, je tâte le derrière mou de l'un d'eux. Une bande noire court sur son dos. Il ne bronche pas. J'appuie un peu plus fort, la peau rugueuse se plisse autour de l'extrémité du bâton, le ventre lisse se colle à l'asphalte réchauffé par les premiers rayons du soleil printanier : époque à laquelle ces bêtes gluantes aiment traîner sur cette surface.

— Moi, je cherche juste à t'aider, je murmure.

Sur la route qui traverse le polder, je place le lampion à côté de moi. De couleur blanche, il présente, en son milieu, des froncements. «La parole de Dieu est une lampe pour nos pieds et une lumière sur le chemin de la vie», a dit le pasteur Renkema en distribuant, au temple, ces cylindres à tous les enfants. Il n'est pas encore vingt heures, mon mince cierge a déjà fondu de moitié. J'espère que le rayonnement de la parole de Dieu ne va pas décliner aussi vite.

À la lumière de mon lampion, je relève que le crapaud n'a pas les pattes antérieures palmées. Peut-être est-il né ainsi, peut-être un héron a-t-il fait un festin des membranes en question. Ça n'est pas sans rappeler la drôle de jambe de papa qu'il traîne dans la cour derrière lui comme l'un des boudins de sable trop lourds posés sur l'ensilage.

— Il y a de l'orangeade et un Milky Way pour tout le monde, lance derrière moi une bénévole de la communauté réformée.

L'idée de devoir manger un Milky Way dans un endroit où il n'y a pas de toilettes à proximité suffit à contracter mon estomac. Quant à l'orangeade, rien ne nous dit que personne n'a éternué dessus ou craché dedans. Quelqu'un a vérifié la date de péremption des Milky Way ? Qui sait si la barre de chocolat remplie de nougat n'a pas pris une teinte blanchâtre, la même que celle que revêt la figure de celui qui en mange et tombe malade ? La mort ne saurait guère tarder, j'en suis persuadée. Je m'efforce d'oublier les Milky Way.

— Si vous ne vous grouillez pas, je glisse aux crapauds, vous aurez, en plus de votre bande sur le dos, une ou deux belles zébrures de pneus.

À force de rester accroupie, j'ai mal aux genoux. Le batracien dont je m'occupe plus particulièrement ne bronche toujours pas. L'un de ses congénères tente de faire du stop en grimpant sur son dos, il s'agrippe à ses aisselles, mais glisse et retombe à chaque fois à côté. Je suis sûre qu'ils ont, comme moi, peur de l'eau.

Je me redresse, reprends mon lampion et, sans que personne me voie, dissimule les deux crapauds dans la poche de ma parka. Puis j'observe le groupe, à la recherche des deux gilets jaunes fluorescents. Maman a insisté pour que nous en mettions un :

— Autrement, vous allez vous retrouver aplatis comme une crêpe, comme des crapauds écrasés par les voitures. Personne n'est pressé de voir ça. En mettant le gilet, vous êtes des sortes de lampions.

Obbe en avait reniflé la matière.

— Je vais pas enfiler, ça, moi. On va passer pour des clowns avec ces trucs cracra qui puent la sueur. Crois-moi, personne n'en porte.

— J'ai toujours tort, hein, avait soupiré maman, les commissures tombantes.

Ces derniers temps, les commissures de ses lèvres tombent sans discontinuer, à croire qu'une tare est accrochée à chacune d'entre elles un peu comme aux coins de la nappe de la table du jardin.

— T'as pas tort, maman. Bien sûr qu'on va les mettre, je l'ai rassurée en faisant signe à Obbe.

Les gilets jaunes, on ne les utilise que lorsque les élèves de dernière année de primaire passent leur permis vélo. Chaque année, maman joue alors un rôle important. Elle prend place sur un petit siège de pêcheur au milieu du seul carrefour de la bourgade, arbore son regard soucieux, lèvres pointées en avant – un coquelicot qui refuse d'éclore. Sa tâche consiste à s'assurer que tous les enfants tendent bien le bras et sortent vivants de ce croisement. À ce carrefour, pour la première fois de ma vie, j'ai eu honte de ma mère.

Un gilet fluorescent à moitié ouvert s'approche de moi. De la main droite, Hanna porte un seau noir qui contient des crapauds. Le vent agite les pans de son gilet. Ça me donne des sueurs.

— Ferme bien ton gilet !

Hanna hausse les sourcils, des agrafes à tous les plis de son visage. Sa contrariété perdure le temps d'un long regard. En cette période où le soleil se fait plus chaud, les taches de rousseur se multiplient autour de son nez. Une image me traverse l'esprit : une Hanna aplatie aux taches de rousseur éparpillées sur les pavés, pareille à des crapauds réduits en charpie. Et nous de la ramasser, la racler à l'aide d'une pelle.

— Mais j'ai trop chaud, rétorque-t-elle.

À ce moment-là, Obbe se plante entre nous. Ses longs cheveux blonds pendouillent en mèches grasses sur sa figure. Il ne cesse de les ramener derrière ses oreilles, mais ceux-ci reprennent peu à peu leur place.

— Regardez, celui-là ressemble au pasteur Renkema, visez un peu cette grosse tête, ces yeux globuleux. Et il n'a pas plus de cou que Renkema !

Sur sa paume, il tient un crapaud brun. On rigole, mais pas trop fort : on ne se moque jamais du pasteur, pas plus qu'on ne se moque de Dieu. Ce sont des amis intimes, mieux vaut être prudent. Moi, je n'ai pas encore d'amies intimes, mais en secondaire, il y a beaucoup de filles qui pourraient le devenir. Élève brillant, Obbe est cinq classes au-dessus de moi, Hanna est encore en primaire. Elle a autant d'amis que Jésus avait de disciples.

Soudain, Obbe dresse son lampion au-dessus de la tête du crapaud. La peau du batracien revêt un éclat jaune pâle. Il contracte les paupières. Obbe se met à ricaner.

— Ils adorent la chaleur, dit mon frère, c'est pour ça qu'en hiver, ils se réfugient, leur sale gueule la première, dans la boue.

Il rapproche toujours plus le lampion de la petite tête hideuse. Quand on fait cuire des câpres, elles deviennent toutes noires et croquantes. Alors que je m'apprête à chasser la main d'Obbe, la dame de l'orangeade et des Milky Way se pointe. Il s'empresse de remettre l'animal dans son seau. La femme porte un sweater sur lequel on peut lire : ATTENTION ! MIGRATION DE CRAPAUDS ! Sans doute a-t-elle repéré la frayeur sur le visage d'Hanna car elle nous demande si tout va bien, si voir tant de bêtes écrasées ne nous dégoûte pas trop. Dans un geste affectueux, je pose le bras sur l'épaule de ma petite sœur qui fait la moue. Il en faut de peu qu'elle se mette à chialer, je le sais, comme ce matin quand Obbe a écrabouillé une sauterelle d'un coup de sabot sur le mur de l'étable. C'est probablement le heurt sonore qui l'a effrayée ; cependant, elle n'en a pas démordu : il s'agissait de la vie de cette petite bête, des ailes recroquevillées devant la tête de la sauterelle comme des mini-antennes. Elle avait vu la vie, Obbe et moi avions vu la mort.

La dame de l'orangeade sourit de guingois, sort de la poche de son manteau un Milky Way pour chacun de nous. Par politesse, j'accepte la confiserie, mais dès qu'elle regarde ailleurs, je retire l'emballage et laisse tomber la barre de chocolat dans le seau des crapauds : il est peu probable qu'ils souffrent jamais de maux de ventre.

— Les Rois mages se portent bien, je lui dis.

Depuis le jour où Matthies n'est pas rentré à la maison, je nous ai baptisés les Rois mages : un jour, nous retrouverons notre frère, même s'il nous faudra pour cela, chargés de cadeaux, faire de longs voyages.

J'agite mon lampion pour chasser un oiseau. Le cierge oscille dangereusement, une goutte de cire tombe sur ma botte. La peur fait fuir l'oiseau dans un arbre.

Où que l'on pédale dans le village et les polders, des petits cadavres secs de batraciens traînent, pareils à des napperons. Un seau plein dans une main, le lampion dans l'autre, tous les enfants et les bénévoles gagnent le talus opposé qui conduit au lac. Ce soir, l'eau paraît un parangon d'innocence. Au loin se dessinent le contour des usines, des immeubles aux dizaines de lumières, le pont qui relie le village à la ville, analogue au passage que Moïse se fraye en étendant la main sur la mer : « Le Seigneur chassa la mer toute la nuit par un fort vent d'est; il mit la mer à sec, et les eaux se fendirent. Les fils d'Israël entrèrent au milieu de la mer à pied sec, les eaux formant une muraille à leur droite et à leur gauche. » Hanna me rejoint et fixe le lointain.

— Regarde toutes ces lumières. Peut-être qu'ils organisent là-bas un défilé de lampions tous les soirs.

— Non, c'est parce qu'ils ont peur du noir.

— C'est toi qui as peur du noir.

Je secoue la tête de droite à gauche. Mais Hanna est déjà en train de vider son seau ; des douzaines de crapauds et de grenouilles se dispersent à la surface du lac. La succession des plongeons, de ces bruits voilés, me donne le vertige. Je constate que la doublure de ma parka colle à mes aisselles. Pour avoir moins chaud, je bouge les bras, tel un oiseau qui s'apprête à s'envoler.

— T'aimerais bien y aller, de l'autre côté, toi ? me demande Hanna.

— Y a rien à voir là-bas, ils n'ont même pas une seule vache.

Je lui bouche la vue en me plantant devant elle puis je plaque le pan gauche de son gilet sur la bande Velcro, appuie dessus pour qu'il reste bien fixé au pan droit.

Ma sœur fait un pas de côté. Aujourd'hui, elle a une queue-de-cheval. À chacun de ses mouvements, on dirait que ses cheveux l'encouragent en la poussant dans le dos. J'ai bien envie de lui enlever son élastique. De façon qu'elle n'aille pas imaginer que tout est possible, qu'elle pourrait chausser un jour ses patins et se risquer sur la glace…

— Tu veux pas savoir à quoi ça ressemble, là-bas ?

— Bien sûr que non, idiote… Tu sais bien que…

Au lieu de terminer ma phrase, je balance le seau vide dans l'herbe.

Je m'éloigne d'elle en comptant mes pas. Au quatrième, Hanna m'a rejointe. Quatre, c'est mon chiffre préféré. Les quatre estomacs de la vache, les quatre saisons, les quatre pieds de chaise. Le poids que je ressentais à l'instant dans la poitrine éclate, semblable aux bulles d'air qui se dispersent à la surface du lac.

— Sans vaches, y doivent s'ennuyer là-bas, s'empresse-t-elle de dire.

À la lueur des cierges, on ne voit pas qu'Hanna a le nez de travers. Elle louche de l'œil droit, on dirait qu'elle cherche en permanence à régler son regard, à la manière de l'obturateur d'un appareil photo. J'aimerais mettre dedans une pellicule vierge pour être sûre que sa vue ne lui jouera pas des tours. Je lui tends la main, elle l'attrape. Elle a les doigts poisseux.

— Obbe parle à une fille, dit-elle.

Je jette un œil derrière moi. Le corps d'échalas de mon frère semble avoir tout à coup appris à se mouvoir ; il fait quelques grands mouvements des bras, rit à gorge déployée pour la première fois depuis belle lurette. Puis il s'accroupit sur la berge. Sans doute se met-il à raconter à la fille une belle histoire sur les crapauds, sur nos bonnes intentions, en aucun cas sur l'eau, à peine réchauffée par le soleil, où les crapauds nagent à présent et au fond de laquelle Matthies s'est retrouvé voici un an et demi. Sur la digue, lui et la fille rebroussent chemin. Au bout de quelques mètres, ils se dissolvent dans l'obscurité. On retrouve uniquement, sur l'asphalte, son lampion à moitié brûlé. À côté, le cierge vert écrasé, on dirait du caca d'oie. Je ramasse le lampion avec ma pelle. On ne peut pas le laisser traîner ici après cette soirée de bons et loyaux services. Près de la ferme, je le suspends à la branche de l'un des saules taillés en têtard. Alignés, les arbres penchent la tête du côté de ma chambre, pareils à un groupe de conseillers presbytéraux qui écoutent aux fenêtres. Alors que j'ai oublié leur présence, je sens les crapauds bouger dans ma poche. Je pose une main protectrice sur cet endroit de ma parka. Je me tourne à moitié et dis à Hanna :

— Pas un mot à papa ni à maman à propos de l'autre côté. Ça les déprimerait encore plus.

— J'dirai rien. C'était une idée stupide de ma part.

— Très stupide.

Par la fenêtre, on voit papa et maman assis sur le canapé. Vus de dos, ils ressemblent aux moignons de cierge de nos lampions. Avec un peu de salive, on les éteint.

2

Maman se trompe de plus en plus sur les rations de nourriture qu'elle se sert. Dès qu'elle s'assied, elle dit : « Vue d'en haut, mon assiette me paraissait plus pleine. » Par moments, j'ai peur que ce soit notre faute, qu'elle soit comme un perce-oreille qu'on grignoterait du dedans. Pendant le cours de biologie, la prof nous a raconté qu'après la naissance de ses petits, la maman perce-oreille s'offre en pâture à eux ; au lieu de s'entre-dévorer, les bébés affamés dévorent leur maman sans en laisser la moindre miette. À aucun moment, ils ne pleurent cette perte. De même que maman a pour habitude de garder toujours un morceau de cordon-bleu sur le bord de son assiette – « Le meilleur pour la fin » –, de même elle se garde à présent pour la fin du repas, au cas où nous, ses petits, n'aurions pas la peau du ventre bien tendue.

Vue d'en haut, notre famille – il m'arrive de plus en plus souvent de la regarder ainsi – me semble moins rétrécie, du fait de l'absence de Matthies, qu'auparavant. Ainsi, la place vide à table se réduit-elle à un dossier et un siège sur lequel mon frère ne se balance plus avec nonchalance et contre lequel papa ne grogne plus : « Quatre pieds ! » Personne n'a le droit de s'asseoir sur cette chaise. Je présume que c'est au cas où il se pointerait un de ces quatre. « Le jour où Jésus reviendra, ce sera une journée comme toutes les autres. La vie suivra son cours. De même, lorsque Noé a construit son arche, les gens ont continué à vaquer à leurs occupations, travaillant, mangeant, buvant, se mariant… On attend le retour de Matthies comme celui de Jésus », avait dit papa pendant les obsèques. Quand il reviendra, j'avancerai sa chaise de façon que son ventre touche le bord de la table ; ainsi, il n'en mettra pas partout en mangeant et il ne pourra pas s'esquiver. Depuis sa mort, les repas durent tout au plus un quart d'heure. Dès que la grande aiguille et la petite aiguille se tiennent droites, papa se remet sur ses jambes. Il coiffe son béret noir et va s'occuper des vaches, même si elles n'ont besoin de rien.

— Qu'est-ce qu'on mange ? demande Hanna.

— Des grenailles avec des haricots, je réponds après avoir soulevé l'un des couvercles.

La casserole me renvoie mon reflet pâle. Je m'adresse un sourire timide, fugace surtout afin que maman ne se décide pas à me fixer jusqu'à ce que je rabaisse les commissures de mes lèvres. À la maison, il n'y a aucune raison de rire, de sourire. Derrière l'étable où l'on insémine les vaches, et nulle part ailleurs, hors de la vue de nos parents, il nous arrive d'oublier ce commandement.

— Pas de viande ?

— Elle a attaché. Brûlée, je chuchote.

— Comme d'hab.

Maman me tapote le dos de la main, je lâche le couvercle, il tombe, laissant un cercle vaporeux sur nappe.

— Pas si vite ! fait-elle avant de fermer les yeux.

Tout le monde l'imite immédiatement, même si Obbe et moi avons coutume d'en garder un entrouvert pour contrôler ce qui se passe. Jamais nos parents n'annoncent le moment de la prière, c'est à nous de le deviner.

— Tandis que beaucoup mangent le pain de douleur, Tu nous nourris avec générosité. Donne-nous toutefois de ne pas nous perdre dans cette vie périssable, de faire tout selon Ta volonté pour que nous ayons la vie éternelle. Amen, récite papa d'une voix compassée.

Il rouvre les yeux. Maniant l'écumoire, maman remplit une à une chaque assiette. Elle a oublié de mettre en route la hotte : la maison pue le contre-filet cramé, les fenêtres sont embuées. Toute personne qui viendrait à passer ne verrait rien et ne remarquerait donc pas que maman porte encore à cette heure sa robe de chambre rose. Au village, on regarde beaucoup ce qui se passe chez les voisins, histoire de savoir à quelle heure ils rentrent, comment ils se tiennent chaud… Papa cale sa tête entre ses mains. Toute la journée, il reste tête haute, mais dès qu'il est à table, elle lui pèse trop. Par instants, il la redresse pour porter la fourchette à sa bouche, puis il la laisse retomber. Les élancements s'accentuent dans mon estomac, j'ai l'impression qu'une main en perfore la membrane. Le silence règne si ce n'est que fourchettes et couteaux crissent sur les assiettes. Je tire un peu sur les cordons de ma parka. De préférence, je me tiens accroupie sur ma chaise. Mon ventre, qui gonfle de plus en plus, me fait alors moins mal. Et puis, cette posture m'offre une meilleure vue sur la tablée. Papa la trouve irrévérencieuse. De sa fourchette, il tapote mon genou jusqu'à ce que je me remette sur mes fesses. Laissant parfois des rayures rouges sur ma peau : les jours sans Matthies s'alignent ainsi comme les bâtonnets sur le mur d'une prison.

Sans prévenir, Obbe se penche vers moi.

— Tu sais à quoi ça ressemble, un accident dans un tunnel piétonnier ?

Je suis en train de planter les dents de ma fourchette dans un haricot vert, de l'eau s'en écoule, c'est à présent une flûte à bec. Avant que je réponde, Obbe ouvre la bouche. Il me montre une bouillie de pomme de terre mêlée de chicots de haricot et d'un peu de compote de pommes. On dirait du vomi. Obbe rit, avale les dégâts causés par l'accident. Sur son front se détache une marque bleu clair. Dans son sommeil, il se cogne contre la tête du lit. Il est encore trop jeune pour s'en inquiéter. Selon papa, les enfants n'ont pas à se faire du souci : les soucis ne surgissent que lorsqu'on a des patates à arracher. Il n'empêche, je découvre de plus en plus de soucis en moi, ils me tiennent éveillée la nuit, j'ai l'impression qu'ils grossissent.

À force de voir maman maigrir et ses robes s'élargir, je crains qu'elle ne meure bientôt et que papa ne l'accompagne. Je les suis toute la sainte journée afin qu'ils ne clamsent ni ne disparaissent en un tour de main. Je les garde à tout instant dans un coin de l'œil, tout comme les larmes qui me viennent en pensant à Matthies. Jamais je n'éteins le globe terrestre sur ma table de chevet avant d'avoir entendu le ronflement de papa et deux soupirs des ressorts de leur lit : maman se tourne invariablement de droite à gauche et de gauche à droite avant de trouver la bonne position. À la lumière de la mer du Nord, j'attends que tout soit immobile et silencieux. Lorsqu'ils rendent visite à des connaissances du village – maman hausse les épaules quand je lui demande à quelle heure ils vont rentrer –, je reste allongée des heures à regarder le plafond. Je réfléchis à la façon dont je vais me débrouiller une fois que je serai orpheline et à l'explication que je donnerai à ma prof sur la cause de leur mort. Il existe un top 10 des causes de décès. Je les ai cherchées une fois sur Google pendant la récré. Numéro 1 : cancer du poumon. En secret, j'ai dressé ma propre liste. Voici les premières : noyade, accident de la circulation et chute dans la fosse à lisier.

Après avoir songé à l'explication en question et m'être apitoyée sur mon sort, je plonge la tête dans mon oreiller : je suis trop grande pour encore croire à la petite souris, mais trop jeune pour ne plus aspirer à elle. Pour blaguer, Obbe dit parfois qu'elle est « rat » : un matin, au lieu d'une pièce, il a retrouvé sous son oreiller sa dent ainsi qu'une tache de sang car il n'en rinçait jamais les racines. Chose qui s'est systématiquement répétée par la suite. Si jamais elle me rend visite une nuit, je la coincerai et ne la laisserai pas repartir tant que je n'aurai pas de nouveaux parents. Pour la rencontrer, je suis prête à sacrifier mes dents de sagesse. Parfois, quand les parents ne sont pas encore rentrés, je descends. En pyjama, je reste sur le canapé dans le noir, genoux l'un contre l'autre, mains jointes, et je promets à Dieu que je suis prête à avoir la diarrhée une nouvelle fois s'Il les ramène sains et saufs. À chaque instant, je redoute que le téléphone sonne et qu'on m'annonce qu'ils ont perdu le contrôle de leur guidon ou du volant, selon les circonstances. Mais le téléphone ne sonne jamais et, en général, le froid m'incite à remonter dans ma chambre où je continue à attendre sous la couette. Quand enfin j'entends la porte de leur chambre, le pas traînant de maman dans ses pantoufles, ils ressuscitent tous deux et je peux m'endormir l'esprit tranquille.

Avant d'aller au lit, Hanna et moi jouons un peu. Hanna assise par terre, derrière le canapé. Moi, les yeux rivés sur mes chaussettes remontées, le haut rabattu deux fois. Je les aplatis bien. Près de ma sœur, l'île Thunderbirds de Matthies. J'y ai souvent joué avec lui ; on tirait des fusées en l'air, on livrait bataille à un ennemi que l'on pouvait encore, à l'époque, choisir. Un casque sur la tête, Obbe est avachi, le torse sur le dossier du canapé. Il nous regarde de haut. Sur son T-shirt gris, une tache de mayonnaise en forme de carte de France.

— Celle qui arrive à dégager les arbres de l'allée, je la laisse écouter pendant dix minutes le nouveau *Hitzone* sur mon lecteur CD.

Il fait glisser le casque sur sa nuque. Dans ma classe, tout le monde possède un lecteur CD, sauf les andouilles. Les andouilles, ce sont des Croco Haribo jaunes, ceux qui restent à chaque fois au fond du paquet. Comme je ne veux pas qu'on me compare à eux, j'économise en vue de m'acheter un lecteur, un Philips antichoc pour une bonne écoute lorsque je pédale jusqu'à l'école. Et aussi une housse de protection de la couleur de ma parka. J'ai presque accumulé le montant nécessaire. Tous les samedis, papa nous donne deux euros en échange de notre aide à la ferme. Il nous les remet solennellement : « Une avance sur ta dot. » La perspective de mon achat me permet de tout oublier autour de moi, y compris que papa aimerait nous voir quitter la maison pour de bon.

À l'origine, les arbres de l'île étaient vert olive ; au fil des ans, ils se sont décolorés, la peinture en est même écaillée çà et là. Une main me pousse-t-elle dans le dos ? toujours est-il que la mienne part d'un coup et, sans le vouloir, j'ai dégagé une rangée entière d'arbres. Je les entends craquer entre mes doigts. Ce qu'une main est à même de broyer ne mérite pas d'exister. Hanna se met immédiatement à hurler.

— Je plaisantais, petite cruche ! me lance Obbe.

Alors que maman surgit de la cuisine, il se retourne et recolle les écouteurs sur ses oreilles. Maman a serré la ceinture de sa robe de chambre. Ses yeux passent à toute vitesse d'Hanna à moi puis à Obbe. Elle repère alors les débris dans ma main. Sans prononcer un mot, elle me tire par le bras, plantant ses ongles dans ma parka que je me refuse dorénavant à enlever même à la maison. Ils pénètrent à travers le tissu. Je m'efforce de rester de marbre et de ne surtout pas regarder maman : elle risquerait autrement de m'ôter ma nouvelle peau, sans pitié, ainsi qu'elle le fait des pommes de terre en les épluchant. Une fois devant l'escalier, elle me lâche.

— Va chercher ta tirelire, m'ordonne-t-elle tout en soufflant pour chasser une mèche de cheveux blonds qui la gêne.

À chaque marche que je grimpe, le battement de mon cœur s'accélère. Le proverbe de Jérémie que grand-mère énonce parfois quand elle lit le journal, s'humidifiant le pouce et l'index de manière que les problèmes du monde ne restent pas collés les uns sur les autres, me traverse l'esprit : « Le cœur est trompeur par-dessus tout, et désespérément malin ; qui le connaîtra ? »

Personne ne connaît mon cœur. Il est retranché derrière parka, épiderme et côtes. Dans le ventre de maman, mon cœur a été important pendant neuf mois, mais depuis qu'il en est sorti, plus personne ne se soucie de savoir s'il bat au bon rythme, personne ne prend peur quand il s'arrête quelques secondes ou quand il bat la chamade sous le coup d'une peur ou d'une tension.

En bas, maman me commande de poser ma tirelire sur la table de la cuisine. Il s'agit d'une vache en porcelaine fendue dans le dos. Il suffit d'ôter le bouchon en plastique qu'elle a dans le trou de balle pour en retirer les sous. Du ruban adhésif placé dessus m'oblige à exécuter deux actions au lieu d'une lorsque je suis tentée d'acheter des babioles.

— À cause de tes péchés, Il reste caché et refuse dorénavant de t'écouter, fait maman.

Elle me tend un marteau à panne fendue. Je m'efforce de ne pas penser au lecteur CD après lequel je soupire. La perte qu'ont subie papa et maman est bien pire : on ne saurait faire des économies en vue d'acheter un nouveau garçon. J'essaie de repousser le moment fatidique :

— Il y a un bouchon, tu sais…

Maman exerce une faible pression du marteau, côté prévu pour arracher pointes et clous – on dirait deux oreilles de lapin métalliques, ce qui me ramène brièvement à ce que j'ai sacrifié pour sauver Bouclette –, contre mon ventre gonflé. Je m'en empare alors – le manche est chaud, sans doute m'a-t-elle attendue en le tenant –, le lève en l'air et le laisse retomber violemment sur la tirelire. Celle-ci se fend en trois morceaux. Consciencieusement, maman glane les billets rouges et les billets bleus ainsi que quelques pièces de monnaie. D'un coup de brosse, elle recueille sur la pelle les débris de la vache. Je serre le manche du marteau tellement fort que mes articulations deviennent toutes blanches.

3

La tête pleine d'images en noir et blanc, je suis allongée sur ma couette dinosaure. Bras raides le long du corps, pieds légèrement écartés, tel un soldat au repos sur la place d'appel, ma parka en guise d'armure. Aujourd'hui, au collège, on a parlé de la Seconde Guerre mondiale. On a regardé un film sur le sujet réalisé par SchoolTV. Dès le début, j'ai eu la gorge serrée. Je revois les Juifs empilés comme des escalopes de bœuf, les Boches aux crânes rasés dans de vieilles bagnoles – on aurait dit les croupions plumés de nos poules pondeuses, roses parsemés de poils noirs ras ; quand une frénésie de picage se déclare, ce trouble n'épargne aucune d'entre elles.

Je me redresse sur mon matelas et gratte une étoile lumineuse du plafond en soupente. Papa en a déjà décollé quelques-unes, il le fait à chaque fois que je ramène une mauvaise note à la maison et que c'est à son tour de venir me souhaiter une bonne nuit. Par le passé, il inventait toujours une histoire de Billy, le champion des espiègleries. Billy qui ne fait que ce qui est interdit. À présent, Billy est gentil, il fuit les punitions, à moins que papa n'oublie de raconter ses aventures.

— Où est Billy ? je lui demande alors.

— Il est fatigué, écrasé de chagrin.

Je comprends sur-le-champ que la tête de papa est fatiguée et écrasée de chagrin, parce que c'est là que Billy habite.

— Il va revenir ?

— Ne compte pas là-dessus, répond papa d'une voix abattue.

Quand il ôte l'un des astres, il ne retire pas les pastilles Patafix blanches : elles représentent chacune l'une de mes mauvaises notes. Je colle l'étoile que j'ai grattée sur ma parka au niveau du cœur. Tandis que la prof parlait, je me suis posé une question : qu'est-ce que ça fait d'embrasser un moustachu du genre d'Hitler ? Papa n'a pas de moustache, sauf quand il boit de la bière. Un petit croissant de mousse se fixe alors au-dessus de sa lèvre. Celle d'Hitler avait au moins deux doigts d'épaisseur.

Sous ma table, j'ai posé la main sur mon ventre pour calmer les petites bêtes qui grimpent, qui grimpent. Elles me chatouillent là de plus en plus souvent ainsi qu'au niveau de l'entrecuisse. Il m'arrive de leur donner vie en imaginant que je suis allongée sur Billy. Peut-être a-t-il fini écrasé sous mon poids… une supposition que je ne prends toutefois pas au sérieux tant que papa a la tête sur les épaules et le crâne arrondi.

Il est rare que je pose des questions, elles ne me viennent tout bonnement pas à l'esprit. Aujourd'hui pourtant, j'ai levé le doigt.

— Y a des jours où Hitler pleurait quand il était tout seul, vous croyez ?

La prof, qui est en même temps ma tutrice, m'a considérée un long moment avant de répondre. Elle a des yeux qui brillent en permanence, comme si derrière eux brûlaient de petites bougies fonctionnant grâce à des piles longue durée. Peut-être attendait-elle que je me mette à pleurer de manière à voir si j'étais une bonne ou une mauvaise créature. Après tout, je n'ai toujours pas versé la moindre larme sur mon frère, pas même en silence ; mes larmes restent coincées aux coins de mes yeux. Cela tient à ma parka, ai-je supposé. Il faisait chaud dans la salle de classe ; mes larmes s'évaporeraient à coup sûr avant d'atteindre mes joues.

— Les scélérats ne pleurent pas, a fait la prof. Seuls les héros pleurent.

J'ai baissé les paupières. Obbe et moi, des scélérats ? Maman, elle, ne pleure que quand on a le dos tourné, sans faire de bruit… Tout ce qui quitte son corps est silencieux, y compris ses prouts.

La prof a ensuite raconté que l'activité favorite d'Hitler consistait à rêvasser ; il avait par ailleurs peur des maladies. Il souffrait de crampes d'estomac, d'eczéma et d'accès de flatulences, même si ses pets tenaient principalement à sa consommation fréquente de soupe de fayots. Hitler avait perdu trois frères et une sœur avant qu'ils n'aient atteint l'âge de six ans. Je lui ressemble, pensai-je, personne ne doit l'apprendre. Qui plus est, notre anniversaire tombe le même jour, le 20 avril. Dans ses bons jours, papa, calé dans le fauteuil où il aime fumer, raconte qu'il s'était agi de la journée d'avril la plus froide depuis longtemps, ce samedi où j'étais venue au monde, le teint bleu pâle, qu'il avait presque fallu me détacher de l'utérus à la manière dont un sculpteur taille la glace. Dans mon album photo, un stérilet est collé à côté de ma première échographie. Un mince tube de cuivre, au niveau de la fourche qu'il décrit, des crochets blancs comme autant de dents de requin, censés mordre et tuer le moindre spermatozoïde, et en bas un filament pareil à un filet de bave. À la nage, j'étais parvenue à me faufiler à travers tout ça. Le jour où j'ai demandé pourquoi maman avait des dents de requin dans le ventre, papa m'a répondu : «Soyez féconds et multipliez-vous, mais assurez-vous d'abord d'avoir des chambres à coucher pour tout le monde. C'était une solution de fortune, Dieu était au courant, mais toi, t'étais déjà aussi bornée qu'une vache.» Après ma naissance, maman a renoncé au stérilet. «Les enfants sont un legs du Seigneur.» On ne peut pas dire non aux legs.

Plus tard, j'ai consulté en cachette ma date de naissance sur Google. À la maison, pour surfer, il faut substituer, dans la prise, le câble d'Internet à celui du téléphone ; la connexion se fait alors en émettant une succession de bips et de crissements. On n'a pas le droit de s'éterniser : papa et maman pourraient recevoir un coup de fil important, ce qui ne se produit en réalité jamais ; quand on les appelle, il s'agit bien souvent d'une histoire de vache qui s'est échappée sur le nouveau polder. De toute façon, à leurs yeux, tout ce qu'on trouve sur Internet est impie. Mais puisqu'il arrive à papa de dire : « Nous sommes dans ce monde, mais pas de ce monde », ils nous autorisent à surfer pour nos devoirs – une citation empruntée à Jean dont je doute de la pertinence quand j'entends des gens dire qu'ils voient à nos têtes de réformés de quel village nous venons. Grâce à Google donc, j'ai appris qu'il y avait de fortes rafales de vent le jour de ma naissance, alors que papa a toujours affirmé qu'un grand calme régnait dehors, au point que même les saules gardaient avec déférence leurs branches immobiles. Ce jour d'avril, Adolf était mort depuis déjà quarante-six ans. La seule différence entre lui et moi, c'est que j'ai peur des vomissements et de la diarrhée, non des Juifs. Bien que je n'aie jamais vu encore le moindre Juif en chair et en os. Qui sait s'ils ne se planquent pas dans les greniers ou dans les caves – ce qui expliquerait pourquoi on n'a pas le droit de mettre les pieds dans la nôtre – ce n'est pas un hasard si maman y descend chaque vendredi soir deux sacs pleins du supermarché. Entre autres des boîtes de saucisses de Francfort – or il y a une éternité qu'on n'en a pas mangé.

De la poche de ma parka, je sors une lettre froissée, celle que la prof nous a demandé d'écrire à Anne Frank. J'ai trouvé ça débile. Anne Frank, elle est morte. De plus, les boîtes aux lettres du village n'ont que deux fentes : une pour les codes postaux de la région, l'autre pour les coins plus éloignés du pays et pour l'étranger. Pas de fente pour le Ciel. Ce serait insensé d'ailleurs : les morts nous manquant bien plus que les vivants, on assisterait à une inflation incontrôlable du courrier.

— L'essentiel, c'est de vous mettre à sa place, expliqua la prof.

Selon elle, je suis plus douée pour ça que pour occuper la mienne. Il m'arriverait de rester trop longtemps dans une autre personne car ça m'est plus facile que de rester en moi-même. Je rapprochai ma chaise de celle de Belle. Depuis la rentrée, nous sommes côte à côte en classe. Elle m'a tout de suite plu, en raison de ses oreilles décollées qui fendent ses cheveux blond paille, de sa bouche un peu de traviole – poupée d'argile qui a séché avant d'être tout à fait modelée. Les vaches malades sont plus gentilles que les autres, elles se laissent caresser sans lancer d'un coup leur patte en arrière. Belle se pencha pour me chuchoter :

— T'en as pas marre de ton uniforme ?

Je suivis ses yeux soulignés en bas et en haut au eye-liner – des parenthèses horizontales censées restituer un semblant de symétrie – qui fixaient ma parka. Les cordons de ma capuche pendaient sur ma poitrine, raidis à force d'être enduits de salive. Parfois, sous l'action du vent, ils s'enroulent autour de mon cou comme deux cordons ombilicaux.

Je secouai la tête de droite à gauche.

— Pendant la récré, ça jase à ton sujet.

— Et qu'est-ce qu'ils disent ?

Tout en parlant, j'entrouvris le tiroir de ma table. Je suis la seule à en avoir un, la table vient de l'école primaire qui jouxte le collège. La vue des petits emballages couleur argent m'apaisa : une fosse commune de biscuits. Mon estomac grommelait. Certains biscuits étaient ramollis. Quelqu'un les avait-il mâchouillés avant de les recracher dans leur emballage ? La nourriture passe dans les intestins, ceux-ci la transforment en caca. Au collège, on a des toilettes qui sont ainsi faites que le caca se dépose dans la cuvette sans tomber dans l'eau – cela revient à me servir ma crotte sur une assiette blanche, ce dont je n'ai aucunement envie. Il me faut la retenir en moi.

— Ils disent que t'auras jamais de nichons, c'est pour ça que tu quittes pas ta parka. Que tu la laves jamais. Elle empeste la vache.

De son stylo-plume, Belle plaça un point derrière le titre. Durant une seconde ou deux, j'aurais aimé être ce point bleu sur sa feuille. Et que rien ne vienne après moi. Ni énumérations, ni pensées, ni désirs. Rien de rien.

Belle attendait ma réaction :

— T'es comme Anne Frank, tu te caches.

Je poussai mon crayon à papier dans le taille-crayon que je venais de sortir de mon cartable, tournai la manivelle jusqu'à obtenir une mine bien pointue. Non sans faire en sorte qu'elle se casse deux fois.

Je me retourne sur le matelas qui appartenait à Matthies. M'allonge sur le ventre. Depuis quelques semaines, je dors dans son lit, Hanna ayant hérité de ma chambre. Par moments, je me dis que Billy y est resté, qu'il trouve celle du grenier trop sinistre ; en effet, depuis ces changements, papa n'a plus parlé de lui si ce n'est pour souligner son absence. Au milieu du matelas, il y a un creux laissé par le corps de mon frère, le moule de la mort. Quoi que je fasse, le creux reste un creux où j'évite de me retrouver.

Je cherche mon ours en peluche mais ne le vois nulle part. Ni au pied du lit, ni sous ma couette, ni sous le lit. Dans ma tête, j'entends alors la voix de maman : «Dégoûtant.» Le mot qu'elle a prononcé – en harmonie avec l'expression de son visage – lorsqu'elle est entrée sans prévenir dans ma chambre, en en séparant bien les syllabes. Un mot laid qui, lorsqu'on le sort de la bouche, pourrait laisser croire qu'on a envie de vomir. Après en avoir séparé les syllabes, elle en a épelé les lettres : d é g o û t a n t, nez retroussé. Tout à coup, je comprends où est mon ours. Je me laisse glisser hors du lit et, par la fenêtre, regarde le jardin où mon ourson est en effet accroché à la corde à linge. Deux pinces à linge en bois rouge pour chaque oreille. Le vent le secoue rudement, il imite le mouvement que je fais lorsque je m'allonge sur lui, ce qui a poussé maman hier à taper des mains, trois fois, comme pour chasser une corneille du cerisier. Elle m'a trouvée en train d'écraser mon entrecuisse contre les fesses duveteuses de mon ours. Ce à quoi je m'adonne depuis que j'ai changé de chambre. Je ferme les yeux et, tout en remuant, passe la journée en revue, répète tout ce qu'on a pu me dire, sur le même ton que mes interlocuteurs; dans un deuxième temps, je pense au lecteur Philips dont j'ai rêvé, aux deux limaces copulant l'une sur l'autre et qu'Obbe a séparées à l'aide d'un tournevis, à la présentatrice du journal télévisé pour les enfants, à Matthies sur la glace, à une existence avec moi-même et non avec ma parka… Et ainsi de suite jusqu'à ce que l'envie de pisser me prenne.

« Une idole, c'est ce vers quoi on fuit avant d'aller à Dieu », m'a dit maman peu après, alors que j'arrivais à la cuisine pour me servir un verre de lait chaud à l'anis. En guise de punition, elle a donc mis mon ours au lavage avant de l'accrocher dehors. En chaussettes, je descends l'escalier en douce, me glisse dans l'entrée dans l'idée de filer derrière la maison, dans le jardin, en pleine soirée tiède. Au fond de la cour, la baladeuse est encore allumée. Avant de se coucher, papa et maman donnent du lait aux veaux – un calcul que je dois bien me mettre dans le crâne : une dose de poudre de protéines pour deux litres d'eau. Un supplément de protéines qui n'est pas de trop ; après avoir bu, leur museau sent la vanille. J'entends le bourdonnement de la citerne à lait, le cliquetis des abreuvoirs. Vite, les pieds dans les sabots que maman a laissés près de la porte, je pique un sprint dans l'herbe jusqu'à la corde à linge, décroche mon ours et le serre tout contre ma poitrine, le berce aussi doucement que s'il s'agissait de Matthies, arraché à la nuit obscure, au fond du lac noir. Il est lourd et mouillé. Il faudra bien douze heures pour qu'il sèche, une semaine pour que l'odeur de lessive se dissipe. Il a de l'eau dans l'œil droit. Alors que je reviens sur mes pas, la voix de papa et celle de maman se font plus fortes. À première vue, ils se disputent. Je ne supporte pas plus les disputes qu'Obbe la contradiction : il plaque alors les mains sur ses oreilles et se met à fredonner un air. Comme je ne veux pas me faire remarquer dans l'obscurité, je plaque la paume sur l'étoile phosphorescente de ma parka, garde l'autre fermée sur ma peluche, et me cache derrière la grange qui abrite les lapins. L'odeur chaude d'ammoniac passe à travers les fissures des planches. De l'endroit où je me trouve, je saisis le motif de leur querelle ; je vois maman, une fourche à la main, près de la fosse à lisier.

— Si tu n'avais pas tenu à ce qu'on m'enlève le bébé…

— Ah ! voilà que c'est de ma faute, réplique papa.

— C'est pour ça que Dieu nous a pris notre aîné.

— Mais on n'était pas encore mariés…

— C'est la dixième plaie d'Égypte, j'en suis sûre.

De même que les fissures se multiplient sur la paroi de la grange aux lapins, de même il semble toujours en affleurer plus dans la voix de maman. Je retiens mon souffle. Sens l'humidité à travers ma parka à cause de l'ourson plaqué contre ma poitrine ; il a la tête qui pend mollement en avant. Une question me traverse tout à coup : Hitler aurait-il confié à sa mère ce qu'il planifiait ? qu'il allait foutre un sacré bordel ? Moi, je n'ai avoué à personne que j'ai prié pour la survie de Bouclette. La dixième plaie, serait-ce de ma faute ?

— On doit continuer avec ce qu'on a, dit papa.

Je distingue sa silhouette dans la lumière de la baladeuse. Ses épaules dépassent de quelques centimètres leur hauteur normale, à l'exemple du portemanteau qu'il a surélevé parce que nous avons grandi. Maman rigole. Non pas de son rire naturel, mais de celui qui signifie : c'est pas drôle du tout. Déroutant, certes, ce qui en soi n'est pas surprenant chez les adultes puisque leur tête fonctionne comme une partie de Tetris : ils cherchent à garer tous leurs soucis dans une case donnée. Si les soucis s'accumulent encore et encore, tout se bloque. *Game over.*

— Je préfère encore sauter du haut du silo.

Les élancements reprennent dans mon estomac. À croire qu'il n'est plus que la pelote à épingles de grand-mère.

— Ne parle à personne du bébé, dit papa. Que va penser la famille ? Seul Dieu le sait, Lui qui nous pardonne mille fois.

— Tant que tu tiens la comptabilité ! rétorque maman avant de se retourner.

Elle est presque aussi étroite que la fourche à fumier appuyée contre le mur. À présent, je comprends pourquoi elle ne mange plus. Alors qu'on ramassait les crapauds, Obbe a raconté que ceux-ci, une fois l'hibernation finie, doivent s'accoupler avant de pouvoir se remettre à manger. Papa et maman ne se touchent plus, pas même un semblant de caresse. Cela signifie probablement qu'ils ne s'accouplent plus.

De retour dans ma chambre, je regarde les crapauds dans le seau remisé sous le bureau. Ils n'ont pas encore grimpé l'un sur l'autre. Ils n'ont pas encore touché aux feuilles de laitue.

— Demain, vous vous accouplez, hein !

Parfois, mieux vaut ne pas mâcher ses mots, mieux vaut poser des règles. À défaut, on se fait marcher dessus.

Puis je me plante devant le miroir, à côté du placard où je range mes vêtements. Je me coiffe, une mèche lisse sur le côté du visage. Comme Hitler qui cachait ainsi la cicatrice laissée par une balle. Une fois peignée, je me couche. À la lumière du globe terrestre, je distingue, au-dessus de ma tête, la corde accrochée à la poutre du grenier. Toujours pas de balançoire ni d'ailleurs de lapin. Mais bien une boucle au bout. Juste assez grande pour le cou d'un lièvre. J'essaie de me rassurer en me disant que maman a le vertige et que son cou est trois fois trop épais pour passer dedans.

4

— T'es en colère ?

— Non, dit maman.

— Triste ?

— Non.

— Contente ?

— Normale, dit maman, tout simplement normale.

Non, je me dis, maman est tout sauf normale. Pareillement, l'omelette qu'elle est en train de préparer est tout sauf normale. Il y a de la coquille d'œuf dedans ; le blanc et le jaune, bien trop secs, attachent à la poêle. Elle n'utilise plus de beurre, a oublié une nouvelle fois le sel et le poivre. Elle a les yeux plus creux qu'avant, je ne peux m'empêcher de penser à mon vieux ballon de foot crevé qui s'enfonce chaque jour un peu plus dans la fosse à purin, à côté de l'étable. Alors que je jette dans la poubelle les coquilles d'œufs qui traînent près de l'évier, je remarque au milieu des détritus les tessons de ma vache. La tête, encore intacte à l'exception des cornes, je la récupère et la fourre dans la poche de ma parka. Puis je saisis la lavette jaune près de l'évier et essuie les traces baveuses laissées par les œufs. Un frisson me parcourt : je déteste les lavettes sèches ; mouillées, leur contact est moins dégueulasse, elles recèlent moins de bactéries. Je la rince sous le robinet puis me place à côté de maman, toujours plus près d'elle dans l'espoir qu'elle me frôle, sans le faire exprès, en approchant la poêle des assiettes posées sur le plan de travail. Rien qu'un frôlement. Peau contre peau, faim contre faim. Avant le petit déjeuner, papa l'a obligée à se peser sur la balance de la salle de bains ; à défaut, il ne l'accompagnerait pas au temple. Une menace pour du beurre : je peux à peine imaginer un culte sans sa présence. De même, il m'arrive de me demander ce que Dieu pourrait bien accomplir si papa n'était pas là. Pour joindre l'acte à la parole, il a enfilé ses chaussures du dimanche sans les aligner dans la rangée de celles devant être cirées. Or, maman n'avance-t-elle pas, quand ça lui chante, qu'on ne peut paraître devant le Seigneur qu'astiqué de bas en haut ? Surtout en ce dimanche si important pour tous les agriculteurs du village. Au printemps, la communauté réformée se réunit pour prier pour les récoltes et les cultures afin que tout fleurisse et pousse ; en automne, les récoltes rentrées, elle se retrouve pour rendre grâce. Entre-temps, maman, elle, ne cesse de maigrir.

— Pas même un veau et demi ! s'exclama papa quand elle se résolut à monter sur le pèse-personne.

Penché en avant, il regardait l'écran. Dans l'encadrement de la porte, Obbe et moi échangeâmes un regard : on sait comment ça se termine pour les veaux qui ne font pas le poids. Trop légers pour partir à l'abattoir, pas assez rentables pour être nourris plus longtemps. La seringue attend la plupart. Plus papa disait à maman de rester sur la balance, plus les chiffres s'efforçaient de se recroqueviller à la manière d'un escargot, maman s'immobilisant et semblant se rapetisser plus encore : on aurait dit qu'une année de récolte pourrissait sur place sans qu'on puisse rien y faire. J'aurais souhaité poser aux pieds de maman un paquet de farine et un paquet de cassonade, pour que papa arrête son cirque. N'avait-il pas avancé qu'un veau suffisait à nourrir environ quinze cents personnes ? Ce n'est pas demain qu'on aurait fini d'engloutir maman, qu'il ne resterait d'elle plus que les os. Le fait que tous les yeux soient posés sur elle l'incite à ne rien manger : mon lapin ne se met à grignoter les carottes passées dans le grillage de sa cage que lorsque je tourne les talons. Papa ayant remis la balance sous le lavabo, je m'empressai d'en retirer les piles.

Pas une seule fois maman ne m'effleure alors qu'elle sert l'omelette – pas même par inadvertance. Je recule d'un pas puis de deux. La tristesse, ça se loge dans la colonne vertébrale ; le dos de maman est de plus en plus arqué. Aujourd'hui, il manque deux assiettes : celle de Matthies et celle de maman. Elle ne mange plus avec nous, bien qu'elle se prépare une tartine et prenne place à la tête de la table en face de papa ; de la suspicion dans les yeux, elle nous regarde porter la fourchette à notre bouche. Dans ma tête surgit l'image du bébé mort ainsi que celle du Grand Méchant Loup dont grand-mère nous parlait quand, petits, on logeait chez elle et qu'elle nous bordait sous une couverture de cheval qui nous démangeait le cou. Le Méchant Loup, on lui avait ouvert un jour le ventre pour sauver les sept chevreaux : ceux-ci une fois remplacés par des pierres, on le lui avait recousu. À maman aussi, on lui a sans aucun doute mis une pierre dans le bide, voilà pourquoi elle se montre parfois si dure et si froide.

Je prends une bouchée de pain. Pendant qu'on mange, papa parle des vaches qui refusent de se coucher à leur place. Elles préfèrent dormir sur le caillebotis, ce qui n'est pas bon pour leurs pis. Il tient un bout d'omelette en l'air.

— Ça manque de sel, dit-il, faisant la grimace et buvant une gorgée de café.

Pas de sel dans les œufs, mais du café pour les accompagner.

— Elle est brûlée, l'omelette, dit Obbe.

— Et y a des craquelins dedans, relève Hanna.

Tous trois regardent maman qui se lève brusquement, balance à la poubelle sa tartine de fromage au cumin, pose son assiette dans l'évier. De toute façon, elle n'a jamais eu l'intention de la manger, même si elle veut nous faire croire le contraire. Et nous faire croire que nous sommes responsables de sa perte de poids. Elle ne regarde personne, on a l'impression d'être la croûte de sa tartine qu'elle enlève toujours avec grande précision, et bannit à côté de son assiette – chose qui ne se fait pas et qu'elle va quoi qu'il en soit nous imputer. Nous tournant le dos, elle dit :

— Vous voyez bien, vous choisissez toujours le camp de papa.

— C'est tout simplement pas mangeable, rétorque ce dernier.

Il baisse le ton, signe qu'il se prépare à se quereller, tactique qu'il adopte même quand il n'y a pas un nuage au-dessus de sa tête; cela suffit parfois à faire changer d'avis son interlocuteur. Il redresse le nez, renifle, grimace, sans cesser de regarder le bout d'omelette qu'il tient en l'air. La tension qui règne me pousse à fourrer mon petit doigt dans ma narine où il capture une crotte. Je considère la boulette jaunâtre puis la mets dans ma bouche. Son goût salé me calme. Alors que je m'apprête à répéter l'opération, papa tire d'un coup sec sur mon poignet.

— Attends qu'on ait prié pour de bonnes récoltes avant de les commencer.

Je baisse le bras, pousse ma langue aussi loin que possible vers ma luette et renifle. Ça marche. De la morve coule dans ma bouche, je déglutis. Maman se retourne. Elle a l'air fatiguée.

— Je suis une mauvaise maman, dit-elle.

Elle fixe des yeux l'ampoule qui pend au-dessus de la table. Il est temps qu'un abat-jour vienne l'entourer. Fleuri ou pas. Il s'agit de remonter le moral de maman. Quand on aborde le sujet, elle dit que ça n'en vaut plus la peine, compte tenu de son âge; ça nous donnerait du travail supplémentaire, après leur mort, quand il nous faudra nous partager l'abat-jour et tous les meubles. Pour la même raison, et aussi à cause du Jour du Jugement dernier, elle refuse d'acquérir tout un tas de choses.

Mon assiette à la main, je me plante à côté d'elle. Comme pour les parties de foot à l'école, il convient que chaque poste soit occupé par le joueur idoine. Capitaine, avant-centre, défenseur. J'enfourne un trop gros morceau d'omelette.

— C'est une omelette parfaite, dis-je, ni trop salée, ni trop fade.

— En effet, acquiesce Hanna, et la coquille, ça contient du calcaire.

— Tu entends, fait papa, tu n'es pas si mauvaise que ça.

Il ricane puis passe son couteau sur sa langue. Elle est pourpre, marquée d'un trait bleu en dessous – une grenouille des champs à la saison des amours. Dans la panière, il choisit un petit pain au muesli qu'il examine sous toutes les coutures. Tous les mercredis, il passe chez le boulanger. Rien que des pains périmés, en principe destinés aux poules. Cependant, c'est nous qui en mangeons la plus grande quantité. Selon papa : « Si les poules ne tombent pas malades, y a pas de raison que vous, vous tombiez malades. » Malgré tout, certains jours, j'ai peur que du moisi pousse en moi, que ma peau se couvre de champignons bleu et blanc – tout comme cette variété de pain aux herbes dont papa, un grand couteau à la main, nous coupe des tranches moisies –, et qu'à la longue, je serve tout au plus de nourriture aux poules.

Cependant, le pain de notre boulanger a en général bon goût. Pour papa, passer à la boutique reste la sortie la plus agréable de la semaine. Il montre fièrement son butin : petits pains aux raisins secs, gâteaux

aux œufs, pain rustique, spéculoos et donuts. Maman n'oublie jamais de trier les mini-croissants, même si elle les trouve trop gras ; elle cherche les plus beaux, ça la rassure de nous voir les manger ; les autres, c'est pour les poules. Je crois qu'on vit alors un petit moment de bonheur, même si papa prétend que ce n'est pas pour nous, le bonheur, qu'on n'est pas faits pour être heureux, pas plus que notre peau blanche n'est faite pour endurer le soleil – après dix minutes, elle aspire à l'ombre, à l'obscurité. Cette semaine, on a hérité d'un sac qui regorge de pain. À coup sûr pour les Juifs de la cave. Maman leur concocte, qui sait, de délicieuses omelettes, les câline ; du coup, elle en oublie de nous serrer dans ses bras, bien fort comme je le fais avec le chat de Line, la voisine : à travers son pelage, je sens ses côtes contre mon ventre, son petit cœur qui bat contre le mien.

Au temple, sur la digue, nous occupons systématiquement le banc de devant – le matin comme le soir, parfois même l'après-midi lors du service pour les enfants – de sorte que tout le monde voit les Mulder arriver et sait que, malgré notre perte, on continue de venir à la Maison de Dieu, que malgré tout on continue de croire en Lui. Bien que, pour ma part, je doute de plus en plus de Sa gentillesse et donc de la nécessité de prendre rendez-vous avec Lui. De fait, j'ai découvert qu'il y a deux façons de perdre la foi : soit on perd Dieu en se trouvant soi-même, soit on Le perd en se perdant soi-même. Je pense que je vais relever du second groupe : mes habits du dimanche me serrent les bras et les jambes, on les dirait adaptés à la version antérieure de moi-même. L'obligation d'assister à trois cultes, grand-mère la compare à la façon de faire des lacets : un premier nœud plat, puis une boucle que l'on noue, enfin un double nœud pour s'assurer que ça va bien tenir – la Bonne Nouvelle, on ne la retient bien qu'au bout de la troisième fois. Le mardi soir, pour préparer notre confirmation, Obbe, quelques anciens camarades du primaire et moi, on assiste à l'instruction religieuse chez le pasteur Renkema. Sa femme nous sert un sirop et une tranche de gâteau frison. Je m'y rends avec plaisir, plus pour le gâteau que pour la parole de Dieu.

Pendant le culte, dans mon for intérieur, j'espère de plus en plus souvent que l'un des vieux ou l'une des vieilles qui occupent les bancs du fond – ils s'asseyent toujours là de façon à rentrer chez eux avant tout le monde – tombe dans les pommes ou fasse un malaise. Cela se produit régulièrement. La personne s'écroule dans un clac comme si elle venait de refermer d'un coup sec son recueil de cantiques. Quand on la porte dehors, une vague d'affolement traverse l'édifice, affolement qui rapproche bien plus les membres de la communauté que l'ensemble des mots de la Bible. Vague qui me traverse de plus en plus souvent. Je ne suis pas la seule. Tête tournée à cent quatre-vingts degrés, on suit des yeux la personne en question, attendant qu'elle disparaisse pour entonner un nouveau psaume. Grand-mère est vieille elle aussi, mais on ne l'a encore jamais transportée hors du temple. Pendant la prédication, il m'arrive d'imaginer qu'elle s'affaisse et que, à la manière d'un héros, je la porte dehors, l'assemblée entière attrapant un torticolis pour m'admirer. Mais voilà, grand-mère pète tout autant la forme qu'une génisse. Selon elle, Dieu et le soleil, c'est pareil : Il reste toujours à nos côtés ; même quand on pédale comme un malade, Il fait le voyage avec nous. Je sais qu'elle a raison. J'ai essayé de me débarrasser du soleil en le devançant, en jouant à cache-cache avec lui, mais à chaque fois il reste juste derrière moi ou bien dans le coin de mon œil.

Je regarde Obbe, assis à ma droite. Il a fermé son recueil de cantiques dont les pages en papier bible me rappellent bien trop la peau de maman, un peu comme si on la tournait elle aussi et qu'on l'oubliait après chaque chant. Il tripatouille une cloque au creux de sa main. Maintenant que l'été approche, il faut nettoyer les étables pour qu'elles soient nickel à l'arrivée de l'hiver. Nous ne vivons jamais vraiment la saison présente, la suivante nous occupant bien avant d'arriver.

À la longue, la peau d'une ampoule devient toute dure. On peut s'amuser à la dérouler entre le bout du pouce et le bout de l'index. Les humains ne cessent de se renouveler, à l'exception de papa et de maman. À l'image de l'Ancien Testament, ils ne font que se répéter : mêmes paroles, mêmes comportements, mêmes schémas de pensée, mêmes rituels. Alors que nous, leurs disciples, nous nous éloignons toujours plus d'eux. Le pasteur nous demande de fermer les yeux et de prier pour les champs et les récoltes. Je prie pour papa et maman. Afin que maman éradique le silo de sa caboche, qu'elle ne remarque pas la corde accrochée au grenier quand elle fait le ménage dans ma chambre. Je pense à elle à chaque boucle que je trace dans mes cahiers, à chaque nœud que je fais dans le sachet à pain depuis qu'on ne conserve plus le clip sur la boîte à biscottes. Je soupçonne papa de le glisser de propos délibéré dans la poche de son bleu de travail. Parfois, quand allongée à plat ventre sur mon matelas je remue sur mon ours en peluche, j'imagine que nous avons à la cuisine le même appareil que la marchande de bonbons : on passe le haut d'un sachet dans une encoche, on exerce une pression et un petit ruban rouge scotche le sachet. Ainsi, perdre les clips n'aurait plus rien de dramatique et ne chagrinerait plus maman.

Entre mes cils, je zieute papa. Il a les joues mouillées. S'agit-il de prier, non pour les produits de la nature, mais pour la récolte du village, c'est-à-dire pour que les enfants d'ici deviennent grands et forts ? Papa se rend compte qu'il ne s'intéresse guère à ses champs, qu'il en a même laissé un disparaître sous les eaux. En plus de nourriture et de vêtements, les enfants ont besoin d'attention. Ce que papa et maman semblent oublier de plus en plus. Je referme les yeux et prie pour les crapauds sous mon bureau, pour la saison des amours, pour que celle-ci se propage à papa et à maman, pour les Juifs de la cave, même si je n'apprécie pas qu'ils mangent des corn flakes et des saucisses de Francfort à nos dépens. Je sens un rouleau de Mentos me taquiner le flanc. J'ouvre les yeux.

— Qui prie longtemps déborde de péchés, murmure Obbe.

5

Obbe a le front tout bleu, juste au-dessus de la tempe. On dirait du moisi sur une biscotte briochée. Toutes les deux minutes, il se tâte le haut du crâne, puis, d'une caresse de trois de ses doigts, plaque ses cheveux. D'après maman, on a tous un crâne délicat. À mon avis, ça vient d'un manque de pression sur le cuir chevelu – papa ne pose plus la main sur nos têtes. Il garde les mains dans ses poches, raides. Or, le sommet du crâne, c'est le point de départ de notre croissance, l'endroit où toutes les parties souples se soudent ensemble. Voilà pourquoi, peut-être, Obbe éprouve le besoin de le toucher ; il cherche à s'assurer qu'il existe bien.

Papa et maman ne relèvent pas nos tics. Ils ne se rendent pas compte que moins ils posent de règles, plus on en invente nous-mêmes. Raison pour laquelle Obbe a pensé qu'il était nécessaire qu'on se réunisse ; après le culte, on a gagné sa chambre. Je suis assise sur son lit, Hanna allongée mollement contre moi ; du bout des doigts, je lui chatouille le cou. Elle exhale l'odeur de la fébrilité de papa : son gilet est imprégné de fumée de cigarette. Le bois de la tête du lit d'Obbe présente de petites fissures car, tous les soirs, il se cogne, se tourne comme un forcené d'un côté à l'autre de son oreiller, produisant alors un son monotone. À travers le mur, j'essaie parfois de deviner ce qu'il fredonne. Un cantique, parfois, mais plus souvent un marmonnement. Heureusement qu'il omet les psaumes, leur texte me rend triste. Quand je l'entends se cogner, j'entre dans sa chambre et lui dis de se calmer, autrement maman va cogiter, se demander comment on va bien pouvoir partager une tente, même si l'on ne séjournera peut-être jamais sur un terrain de camping. Il m'écoute, mais au bout de quelques minutes, remet ça. Par moments, j'ai peur que les fissures passent du bois à sa tête et qu'il nous faudra poncer et laquer notre frère. Hanna se cogne elle aussi, c'est pour ça qu'elle partage de plus en plus souvent mon lit. Je lui tiens la tête jusqu'à ce qu'elle s'endorme.

En bas, on entend maman qui passe l'aspirateur dans la pièce de devant. Ce bruit m'horripile. Maman manie cet appareil trois fois par jour, même quand il n'y a pas de miettes par terre, quand on les a ramassées dans nos mains et jetées dehors au milieu des graviers.

— Vous pensez qu'ils s'embrassent encore ? demande Hanna.

— Peut-être avec la langue, répond Obbe.

Hanna et moi gloussons. Quand il est question de langues, je ne peux m'empêcher de penser aux poires à cuire pourpres et gluantes que maman prépare avec de la cannelle, du jus de groseille, des clous de girofle et du sucre, des poires qui s'enchevêtrent.

— Ou bien ils s'allongent l'un sur l'autre à poil.

De la cage placée à côté du lit, Obbe sort son hamster. Depuis peu, le rongeur s'appelle Tiesy. C'est un hamster nain de Roborovski. Dans la cage, la roue est jaune de pipi coagulé ; partout traînent des gousses de graines de tournesol. Pour faire sortir le hamster de son trou, il faut remuer le doigt dans la sciure ; à défaut, il prend peur et risque de vous mordre. C'est avec de pareilles précautions que je souhaite qu'on m'approche. Tous les matins, papa m'extirpe sans ménagement du creux de Matthies en tirant sur ma couette : « C'est l'heure des vaches, elles meuglent de faim. » Il est encore plus aisé de sombrer dans un creux que d'en sortir.

Le hamster progresse sur le bras de mon frère. Il a les abajoues bombées de nourriture. Immédiatement, je pense à maman : elle, elle a les joues toutes creuses. Impossible qu'elle y remise des aliments pour grignoter en fin de soirée. Hier, après le repas, je l'ai toutefois surprise en train de lécher la brique de yaourt qu'elle avait déchirée avant d'étaler un peu de confiture de mûres sur les surfaces. Son doigt disparaissait dans sa bouche en émettant systématiquement les mêmes bruits, un plop suivi du gloup de la déglutition. Une fois par semaine, on offre au hamster un scarabée ou un perce-oreille qu'on trouve dans la paille des vaches. Cela ne saurait suffire à sa subsistance, pas plus que les lichettes de yaourt pour ce qui est de maman. Il faut qu'elle se remette à manger.

— Tiesy ? C'est un diminutif de Matthies, je relève.

Obbe m'allonge une bourrade dans les côtes, je tombe du lit, atterris par terre sur la pointe du coude. Malgré la douleur et la petite décharge électrique qui traverse mon corps, je réprime mes larmes. Pleurer sur mon sort et ne pas pleurer Matthies, ce ne serait pas juste. Il ne m'en coûte pas moins un sacré effort. Suis-je en train de devenir aussi fragile que le service de maman ? Va-t-il falloir qu'on m'enveloppe dans des journaux quand je me déplace au collège ? *Montre-toi solide,* je me chuchote à moi-même. *Sois solide.*

Obbe redevient subitement gentil, il adoucit la voix. Il porte une seconde la main sur le sommet de son crâne. Feignant l'enjouement, il me dit qu'il ne l'a pas fait exprès. Je me demande bien ce qu'il serait arrivé s'il avait fait exprès, mais rétorquer ne serait pas malin : mieux vaut éviter de passer un service au lave-vaisselle, les gais ornements s'estomperaient. Hanna fixe la porte avec inquiétude. Quand il nous entend nous disputer, papa se fâche parfois au point de nous courir après dans toute la ferme. Boiter serait un mot plus juste puisque sa jambe amochée l'empêche de courir. Quand il nous attrape, il nous botte le derrière ou nous file une calotte sur l'occiput. Le mieux, dans une telle situation, c'est de se réfugier derrière la table de la cuisine. Après en avoir fait plusieurs fois le tour, il renonce : il a eu le temps d'aérer un peu ses neurones à la manière des papillons qu'Obbe conserve dans le tiroir de son bureau, dans une boîte de faisselle au couvercle percé – dès que le silence se fait, on entend leurs ailes battre contre le plastique. Mon frère dit les capturer en vue d'une étude importante sur la longévité de certaines espèces de lépidoptères. Il les garde cachés tout comme papa sa jambe. Lequel ne porte jamais de short, pas même quand il fait une chaleur à crever – je me figure parfois ses jambes comme une glace à l'eau sur bâtonnet double, un jour on parviendra à les séparer l'une de l'autre, à se débarrasser de la mauvaise à moins qu'on ne la laisse fondre au soleil derrière l'étable.

— Si tu me promets de pas chialer, je te montre un truc chouette, me dit Obbe.

Je prends une profonde inspiration, remonte les manches de ma parka qui pendouillent sur mes mains. L'ourlet commence à s'effilocher. J'espère qu'elles ne vont pas raccourcir au point de faire apparaître mes bras. C'est un peu comme les cocons, dans le jardin derrière la maison : il n'est pas bon d'essayer de les ouvrir trop tôt du bout de l'ongle. On risque d'en voir sortir des papillons difformes qui ne sauraient entrer en ligne de compte pour l'étude qu'Obbe prépare pour le lycée.

Je hoche la tête, signe que je ne vais pas pleurer. Être solide, ça commence par la capacité à retenir ses larmes.

Mon frère laisse Tiesy se glisser sous son pyjama au niveau du cou, remonte la ceinture de son boxer-short dès que le hamster arrive sur son ventre. Je peux voir sa biroute cernée de bouclettes noires qui font penser au tabac à rouler de papa. Hanna se remet à glousser.

— Elle est bizarre, ta biroute, elle se redresse.

Obbe sourit avec fierté. Le hamster descend le long de sa biroute. Et s'il le mordait ou cherchait à creuser un trou dedans ?

— Quand je tire dessus, il en sort une substance blanche.

Ça, ça doit faire vraiment mal. J'en oublie la douleur à mon coude, j'aimerais toucher sa biroute, la caresser comme la fourrure de Tiesy. Juste pour en sentir la texture, savoir de quel matériau elle est faite, voir s'il est possible de la bouger. Peut-être tirer doucement dessus ; quand on tire la queue d'une vache, à condition de ne pas insister, elle se contente de jeter un regard en arrière sans chercher à vous donner un coup de patte.

Obbe relâche la ceinture de son boxer-short bleu à rayures blanches. On voit la bosse glisser comme une vague de l'océan.

— Tiesy va étouffer, dit Hanna.

— Ma bite, elle étouffe pas, donc pas de danger.

— C'est vrai.

— Y va pas sentir la pisse ?

Mon frère secoue la tête de droite à gauche. Dommage que je ne voie plus sa biroute, je sens les petites bêtes qui montent, qui montent dans mon ventre, ce qui est quasiment impossible car, depuis l'épisode de ma peluche, maman me donne chaque soir une grosse cuillerée d'un produit sirupeux au goût de réglisse. L'étiquette du flacon mentionne : *Pour combattre les vers.* Je ne lui ai pas révélé que, couchée sur mon ourson, je pense à Billy et à la présentatrice aux bouclettes, surtout à elle. Autrement, elle se serait à coup sûr disputée avec papa : maman n'aime pas les fables qu'il nous raconte, car dans pareilles affabulations, la souffrance est souvent mise de côté ; or, pour sa part, la souffrance, s'en passer un seul jour, c'est se sentir coupable : quiconque souffre porte ses péchés comme autant de lignes que l'écolier doit copier dans son cahier.

Obbe frétille sur ses jambes et voilà que Tiesy culbute sur la couette. Les yeux noirs du hamster ressemblent à des têtes d'allumettes, un trait noir parcourt son dos, son oreille droite est pliée en deux. On a beau la lisser, elle se réenroule sur elle-même. Hanna s'apprête à se rallonger contre moi quand Obbe s'empare du verre d'eau trouble posé sur sa table de chevet. À côté du verre, il y a une pile de pogs. En partie couverts de sable. À l'école primaire, on appelait mon frère le « roi du pog ». Il battait tout le monde, y compris les tricheurs.

— J'ai promis de te montrer quelque chose, hein ?

— Tu viens de le faire, non ?

J'ai soudain la bouche sèche, j'ai du mal à avaler mon peu de salive. À cause de la substance blanche dont Obbe a parlé. Est-ce le même truc qui sort de la douille qui sert à faire des œufs mimosa lors des anniversaires ? Maman la conserve à la cave pour éviter que ça empeste dans toute la maison. Les Juifs, ça doit les démanger de se délecter en cachette, de planter le doigt dans la substance jaunâtre parsemée de basilic, comme il m'est arrivé de le faire – laissant le blanc de l'œuf, car, sans la garniture, il perd tout intérêt. Quand Matthies était encore là, maman, avant de sortir une douille qu'elle gardait à tout hasard en réserve dans le réfrigérateur, plaisantait : « C'est reparti, les gobeurs d'œufs ont de nouveau frappé. » Aujourd'hui, on ne fête plus les anniversaires et maman ne fait plus d'œufs mimosa.

— Non, dit-il, c'est pour maintenant.

Il laisse tomber Tiesy dans le verre d'eau, pose la main dessus et se met à remuer le verre de droite à gauche. Je ne peux m'empêcher de rire, c'est plutôt drôle. La moindre chose qui donne l'occasion de faire un calcul rassure : je parie sur une minute avant que le rongeur ait besoin de respirer. Le hamster se déplace de plus en plus vite d'un côté à l'autre du verre, il commence à avoir les yeux à fleur de tête, il pédale dans le vide comme un fou. Mais une poignée de secondes plus tard, il flotte comme la bulle grise d'un niveau de maçon. Personne n'ouvre la bouche. On entend uniquement les ailes des papillons. Hanna se met alors à pleurer, en beuglant presque par instants. Des pas retentissent immédiatement dans l'escalier. Prenant peur, Obbe s'empresse de dissimuler le verre derrière son château Lego, là où l'ennemi observe une trêve.

— Qu'est-ce qui se passe ?!

Papa pousse la porte, regarde autour de lui, agacé. Le rouge gagne mes joues. Hanna est recroquevillée sur la couette grise.

— Parka a poussé Hanna en bas du lit, fait Obbe.

Il me fixe. Ses yeux ne trahissent rien. Pas la moindre bulle d'air, ils sont secs comme du liège. Alors que papa regarde ailleurs, il ouvre brièvement la bouche, enfonce un doigt dedans et le ressort comme s'il voulait se faire vomir. Je me lève de son lit.

— Bien, dit papa, toi, va prier dans ta chambre !

Sa chaussure percute mes fesses, l'étron bloqué là rebrousse peut-être chemin. Si maman apprend la vérité au sujet de Tiesy, elle va encore déprimer et garder le silence pendant des jours. Je jette un dernier regard à Hanna et à Obbe, au château Lego. Mon frère est tout à coup pressé de s'occuper de ses papillons. Il a probablement constitué sa collection en les attrapant en plein vol. À mains nues.

6

Ma petite sœur est la seule personne qui comprenne pourquoi je ne quitte plus ma parka. La seule aussi qui essaie de trouver des solutions. Cela occupe nos soirées. Parfois, j'ai peur du moment où elle trouvera la bonne solution, ce serait la priver de quelque chose : tant que nous éprouvons des désirs, nous sommes en effet à l'abri de la mort, laquelle plane sur les épaules de la ferme comme l'odeur suffocante qui règne après une journée d'épandage de purin. Ma parka rouge, elle se décolore de plus en plus, de même que l'image de Matthies. Nulle part chez nous la moindre photo de lui, rien que ses dents de lait, un peu de sang séché aux racines de certaines, dans un petit pot en bois sur le rebord de la fenêtre. Avec la même concentration que je mets à préparer une interro cruciale d'histoire, je m'efforce de me souvenir de lui tous les soirs, de graver ses traits dans ma mémoire – tout comme le slogan «liberté, égalité, fraternité» que je ressasse pour acquérir un savoir qui fait impression lors des fêtes de grandes personnes – par peur du moment où, d'autres garçons venant occuper mes pensées, je perdrai de vue mon frère. Toutes les choses que je ramasse alourdissent les poches de ma parka.

Hanna se penche sur moi et tend un sachet de pop-corn salés sous mon nez : un sacrifice pour compenser le fait qu'elle n'a pas pris ma défense devant papa. Si je l'avais poussée du lit, qui sait si Tiesy ne serait pas encore en vie. Je n'ai toutefois aucune envie de lui parler. Les seules personnes que j'aimerais voir en ce moment, ce sont papa et maman pour qu'ils me disent que je n'ai rien fait de mal. Mais papa ne se montre pas. Jamais il ne dit : « Désolé ». Ce mot ne franchit pas ses lèvres sèches, à la différence de la parole de Dieu qu'elles déversent avec une rare aisance. Quand il n'a plus rien à nous reprocher, on le constate au fait qu'il nous demande, à table, de lui passer ceci ou cela pour tartiner sa tranche de pain. On doit s'estimer heureux qu'il nous sollicite de la sorte, par exemple pour avoir l'aigre mélasse de pommes. Il est vrai que je préférerais lui en tartiner sur la figure du plat de mon couteau ; ainsi, nos regards resteraient collés au sien et il verrait que les Rois mages ne parviennent pas à trouver le Levant.

Tout à coup, je me dis que papa arrache peut-être les étoiles du ciel en plus de celles de mon plafond. Cela expliquerait pourquoi tout paraît s'assombrir et pourquoi Obbe semble plus méchant qu'avant : on ne retrouve pas notre chemin, il n'y a personne à qui on pourrait le demander, pas même la Grande Ourse de mon album préféré. Elle qui, chaque nuit, fait descendre la lune parce que la Petite Ourse a peur du noir, hiberne en ce moment. Seule la loupiotte dans la prise m'offre un certain réconfort. En réalité, je suis trop grande pour une veilleuse, mais la nuit, les différences d'âge s'effacent, la peur dispose de plus de déguisements que maman de robes fleuries – ce qui n'est pas peu dire puisqu'elle en a un placard plein, bien qu'elle revête souvent la même, celle aux cactus, à croire qu'elle tient à tous nous garder à l'écart. Même si, dorénavant, elle porte souvent sa robe de chambre par-dessus.

Je suis couchée le visage tourné vers le mur où est accroché un poster noir et blanc de Boudewijn de Groot. Il représente le chanteur à vélo sur un chemin de montagne, un bébé assis entre lui et le guidon : la photo de son album *Quelle n'est pas la force du cycliste solitaire...* Avant de m'endormir, il m'arrive de me figurer que le bébé, c'est moi, et que c'est maman qui pédale. Bien qu'elle exècre faire du vélo – elle a bien trop peur que sa robe se prenne dans les rayons –, et qu'il est impossible que la solitude nous pousse un jour sur un même chemin perdu. Alors que je me retourne, Hanna pose le maïs soufflé entre nous, ça colle tout de suite au drap. À tour de rôle, nous prenons un pop-corn. Un verset du Livre des Proverbes me traverse l'esprit : « Faire ce qui est juste et droit, est une chose que l'Éternel aime mieux que des sacrifices. » Son sacrifice, je ne peux y résister – nous n'avons pas souvent droit à des pop-corn. En outre, je lis sur le visage de ma sœur qu'elle n'a pas de mauvaises intentions : en proie à des remords, elle lève les yeux au ciel. On dirait le pasteur lorsqu'il énumère les péchés de la communauté en regardant le plafond qui vient d'être chaulé : les péchés font des taches pareilles à des crottes de mouche.

Par instants, ma main arrive trop tard, je touche alors les doigts d'Hanna et sens sous les miens ses ongles rongés. Ils s'ancrent dans de la chair cernée de rouge, parcelles de graisse blanche dans du cervelas. Moi, j'ai tout au plus les ongles en deuil. Selon Hanna, ça tient au fait que je pense trop souvent à la mort. Soudain, je revois les yeux exorbités de Tiesy, je ressens le vide qui est descendu dans ma tête lorsqu'il a cessé de pédaler dans l'eau, puis le choc, le silence dévastateur de ce qui prend fin, d'une roue désertée dans la cage.

Pendant qu'Hanna mange le dernier pop-corn et parle de la nouvelle Barbie qu'elle aimerait avoir, je remarque que j'ai les mains jointes sous ma couette. Dieu attend peut-être depuis une demi-heure que je lui adresse la parole. Je disjoins les mains : dans notre village, ne pas prononcer un mot, c'est une façon de s'exprimer comme une autre. Même si on n'a pas de répondeur, on laisse tomber de longs silences, uniquement perturbés en arrière-fond par des meuglements, le sifflement d'une bouilloire.

— Morts dans un accident de la circulation ou partis en fumée ? je demande.

Le visage d'Hanna se détend : elle comprend que je ne lui en veux pas et que je ne fais qu'observer notre rituel quotidien. Elle a les lèvres rouges, gonflées par le sel. Un sacrifice rapporte plus que ce que l'on donne. Serait-ce la raison pour laquelle Obbe a tué Tiesy ? Dans l'espoir de récupérer Matthies ? Je ne tiens pas à penser à mon sacrifice, qui a quatre pattes, des oreilles pendantes et plus de cent millions de cellules olfactives.

— Comment pourraient-ils partir en fumée ?

— Qu'est-ce que j'en sais ? Il leur arrive d'oublier d'éteindre les bougies, celles sur le rebord de la fenêtre, côté cour.

Hanna acquiesce d'un lent mouvement. Elle doute de la crédibilité de ce que j'avance. Je sais que je pousse le bouchon un peu loin, mais plus je défie l'imagination pour me figurer la façon dont papa et maman pourraient finir, moins nous serons surprises le jour venu.

— Assassinat ou cancer ?

— Cancer, je réponds.

— Une chute du haut du silo ou une noyade ?

— La chute.

— Pourquoi sauter d'un silo de stockage ? C'est idiot, non ?

— Les gens font ça quand le chagrin les submerge, ils se jettent dans le vide.

— Quelle idée stupide !

Il ne m'était encore jamais venu à l'esprit que papa et maman pourraient devancer la mort au lieu d'être pris au dépourvu par elle. Qu'il est possible d'organiser le Jour du Jugement dernier à la manière d'une fête d'anniversaire. Autant d'idées qui me viennent sans doute à cause des paroles de maman que j'ai surprises l'autre soir. De la corde fixée à la poutre. Des foulards qu'elle noue autour de son cou avant d'aller au temple – elle en a de différentes couleurs, ils ne peuvent que la rendre plus folle. Elle les serre tellement fort qu'après le culte, on voit des zébrures sur sa peau. Il est possible qu'elle les porte pour attraper la première note du psaume, haut perchée, qu'on ne chope pas sans serrer les fesses. Malgré tout, je dis à ma sœur :

— Oui, c'est une idée très stupide. Je parie sur une crise cardiaque ou un accident de voiture, maman conduit n'importe comment.

Vite, je fourre le tout dernier pop-corn dans ma bouche, il s'était égaré sous mon ventre, en suce le sel jusqu'à ce qu'il soit tout mou et sans goût sur ma langue. Cela me rappelle le jour où Obbe m'a poussée à mettre un bourdon mort dans la bouche ; la bestiole traînait sur l'appui de la fenêtre à côté du chewing-gum de maman – quand elle va se coucher, elle le retire de sa bouche, en fait une boulette qu'elle laisse durcir toute la nuit avant de se remettre à la mâchouiller le lendemain. J'ai donc posé le bourdon dans ma bouche comme s'il s'agissait d'une boulette de chewing-gum. Si j'ai accepté cette torture, c'était en échange d'une pile de pogs – Obbe pariait que je n'oserais jamais le faire. Les poils du bourdon ont frôlé mon palais, ses ailes m'ont laissé l'impression de lamelles d'amande sur la langue. Obbe a compté jusqu'à soixante. J'ai fait comme s'il s'agissait d'un bonbon au miel ; je n'en ai pas moins eu la mort dans la bouche pendant toute une minute.

— Papa a un cœur, tu crois ?

À l'image du bourdon se substitue celle du thorax de papa. Que j'ai vu pas plus tard qu'aujourd'hui. À cause de la chaleur, il déambulait dans le pré, parmi les vaches, sans sa chemise blanche. En tout et pour tout, il a, sur la poitrine, trois poils. Blonds. Tout ce que je parviens à me représenter sous ses côtes, plutôt qu'un cœur, c'est une fosse d'aisances.

— Probablement, je dis, il ne rechigne jamais à mettre des sous dans la quête.

Hanna hoche la tête, aspire ses joues. Elle a encore les yeux rouges. On n'évoque pas Tiesy, on ne parle pas de tout ce que nous n'oublierons jamais. Ne vide-t-on pas la fosse d'aisances qu'une seule fois par an ? Ce n'est pas le moment de décharger nos cœurs – je ne sais d'ailleurs s'il y a un moment propice pour ça. Je ne sais même pas comment on s'y prend. Grand-mère dit parfois que prier, ça allège le cœur ; il n'empêche que le mien pèse, quoi que je fasse, trois cents grammes. Tout aussi lourd qu'un paquet de viande hachée. Hanna me demande :

— Tu connais l'histoire de Raiponce ?

— Bien sûr que je la connais.

— C'est elle, notre solution.

Ma sœur se tourne sur le côté afin de me regarder droit dans les yeux. À la lumière du globe, son nez ressemble à un petit voilier qui aurait chaviré. Elle a une beauté rare, comparable aux dessins qu'elle fait aux crayons gras : ils sont biscornus, de guingois, ce qui leur confère quelque chose de beau, de naturel.

— Un jour, elle a été sauvée de la tour. Nous aussi, on a besoin d'un sauveur. De quelqu'un qui va nous arracher à ce village ridicule, à papa et à maman, à Obbe, à nous-mêmes.

Je hoche la tête, c'est un bon plan. Si ce n'est que mes cheveux ne descendent pas plus bas que mes oreilles et qu'il faudra des années avant que leur longueur permette à un sauveteur de les escalader. Cela dit, le point le plus élevé de la ferme, à savoir le grenier à foin, on peut y accéder tout bonnement en grimpant sur une échelle.

— Et pour t'arracher à ta parka, poursuit Hanna.

Elle passe ses doigts collants dans mes cheveux – mes narines perçoivent l'odeur salée des pop-corn –, les fait courir sur mon crâne, tambourinant, un peu comme les petites bêtes qui montent, qui montent en appuyant sur ma peau. Hanna, je ne la touche jamais, sauf quand elle me le demande. L'idée ne me vient tout simplement pas à l'esprit. Il y a deux sortes de gens : ceux qui tiennent (bon) et ceux qui lâchent (prise). J'appartiens à cette dernière catégorie. Pour retenir un souvenir, une personne, il me faut collectionner des objets ; je les mets à l'abri, dans les poches de ma parka.

Une pellicule de pop-corn est restée collée sur l'incisive d'Hanna. Au lieu de le lui dire, je demande :

— Mais est-ce qu'on ne pourrait pas partir ensemble ?

— L'autre côté, c'est comme la boutique de vins du village : il faut avoir seize ans pour avoir le droit de s'y rendre.

Hanna pose sur moi un regard déterminé. Il est inutile de la contredire.

— Et il faut que ce soit un homme. Un sauveteur, c'est toujours un homme.

— Et Dieu alors ? C'est un sauveteur, lui aussi, non ?

— Dieu ne sauve que les noyés. Toi, tu n'oses pas nager. Et tu oublies, poursuit Hanna, que Dieu et papa sont copains comme cochons. Il caftera et on n'aura plus jamais le droit de s'éloigner.

Hanna a raison. Même si je ne sais pas si je veux un sauveteur. Mieux vaut d'abord savoir se cramponner à la vie. Mais voilà, je ne veux pas décevoir ma sœur. J'entends papa qui s'adresse à nous en s'écriant sur le mode de la Genèse : « Celui qui quitte son peuple est condamné à errer, sans plus aucune amarre avec sa vie originelle. » Est-ce là notre vie originelle, ou une autre vie nous attend-elle quelque part sur terre, qui nous siéra aussi bien que ma parka ?

— T'as vingt-quatre heures pour faire un choix.

— Pourquoi vingt-quatre heures ?

— Notre vie en dépend, ça ne nous laisse pas beaucoup de temps, dit Hanna sur le ton qu'elle emploie lorsqu'on rate toutes les balles quand on joue au ping-pong dans la grange : cette fois, pour de bon.

À croire qu'on s'est contentées jusque-là d'agiter un peu nos raquettes pour chasser les mouches à merde.

— Et ensuite ? je lui demande.

— Ensuite, ça va commencer, murmure ma sœur.

Je retiens ma respiration.

— Embrasser. Raiponce avait des cheveux longs, nous, on a nos corps. Pour être sauvées, il faut qu'on mette ça dans la balance.

Hanna sourit. Si j'avais un burin sous la main, je lui en mettrais un petit coup sur le nez pour le redresser. Tout ce qui attire notre attention de façon intempestive, il faut l'éliminer, a dit papa le jour où il m'a ordonné de sortir mes cartes de Pokémon de mon cartable avant de les jeter dans le feu de la cheminée : « Nul ne peut servir deux maîtres ; car, ou il haïra l'un, et aimera l'autre ; ou il s'attachera à l'un, et méprisera l'autre... »

Il oubliait un détail : des maîtres, nous en servons déjà deux : papa et Dieu. Un troisième, ça pourrait compliquer les choses, mais on se posera la question plus tard.

— Beurk, je fais en grimaçant.

— Tu ne veux pas être sauvée et aller de l'autre côté du pont ?

— Comment on va appeler notre plan ? je m'empresse de répliquer.

— Tout simplement Le Plan, répond Hanna après un moment de réflexion.

Je tire sur les cordons de ma parka, je sens le col se serrer autour de mon cou. La corde de la poutre, procure-t-elle une sensation semblable ? Un bruit sourd se fait entendre sous mon bureau. Hanna ignore que j'ai deux crapauds en captivité, que j'ai déjà une parcelle de l'autre côté dans ma chambre. Je ne crois pas opportun de lui en faire part tout de suite, je ne veux pas qu'elle se mette en tête de les relâcher dans le lac, de les laisser nager et de les voir boire la tasse à l'endroit où Matthies a disparu. De les toucher alors que j'ai enfin quelque chose que je peux tenir, bien que leur contact soit bizarroïde. Heureusement, Hanna n'a rien entendu, Le Plan occupe tout son cerveau.

En dessous, des pas retentissent. La tête de papa apparaît en haut de l'échelle :

— Vous méditez vos péchés ?

Hanna éclate de rire, moi je rougis. Là réside la grande différence entre nous, elle est lumière, moi je me fais sombre, ténèbres.

— Allez, va dans ton lit, Hanna. Demain, y a école.

Papa redescend les traverses, je vois la raie au milieu de son crâne, ça ressemble à une tête de vis. Par moments, j'aimerais l'enfoncer dans le sol de manière qu'il ne puisse plus faire que deux choses : observer et écouter, écouter encore et encore.

7

Au milieu de la nuit, je me réveille en sursaut. Ma couette est moite de sueur, les planètes et corps célestes imprimés dessus paraissent diffuser moins de lumière que d'habitude. Peut-être en diffusent-ils toujours autant et ne faiblit-elle que peu à peu du simple fait que je ne m'en contente plus. Je repousse la couette et m'assieds sur le bord de mon lit. Sous la matière fine de mon pyjama, mon corps se met à trembler ; le courant d'air qui passe sous la porte me saisit les chevilles. Je passe la couette sur mes épaules et songe au cauchemar qui m'a réveillée : papa et maman étaient pris sous la glace, pareils à deux anguilles congelées qu'Evertsen nous donne parfois, enveloppées dans des pages du *Reformatorisch Dagblad*. Ce qui fait inlassablement dire à papa : « Empaquetées dans la parole de Dieu, elles sont encore meilleures. »

Evertsen était présent lui aussi. Il portait son costume du dimanche au revers étroit et sa cravate d'un noir brillant. Relevant ma présence, il se mettait à saupoudrer la glace de sel : « Ça les conservera plus longtemps. » Allongée à plat ventre sur la glace, tel un ange des neiges dégringolé du ciel, je contemplais mes parents – ils ressemblaient aux dinosaures qu'on m'a offerts pour l'un de mes anniversaires, des dinosaures contenus dans un pot et pris dans une sorte de gelée. Armés d'un vide-pomme, Obbe et moi les en avions extraits. Mais une fois retirés de leur gelée, ils ne nous intéressèrent plus : ils avaient perdu leur « immunité », n'étaient plus hors de portée, à la différence de mes parents congelés. Je tapotais la glace, collais mon oreille dessus, percevais le chant de patins sur la surface ; je cherchais à appeler papa et maman, mais aucun son ne sortait de ma gorge. Me relevant, je voyais le pasteur Renkema planté sur la rive, revêtu de la robe pastorale violette qu'il ne porte qu'à Pâques, le jour où tous les enfants de la communauté remontent les allées du temple en portant une croix en bois. Accroché à chaque croix, un lièvre en pain frais, deux raisins secs en guise d'yeux. Avant de quitter le temple, Obbe avait en général dévoré la moitié du sien. Moi, je n'osais jamais l'entamer, de peur de trouver à mon retour à la maison la cage de mon lapin vide ; si je mangeais les oreilles, qui sait si Bouclette n'allait pas perdre les siennes ? Je préférais laisser le lièvre moisir dans le tiroir de mon bureau. C'était moins grave puisque la moisissure est un long processus de dégradation. Cependant, dans mon cauchemar, Renkema patientait au milieu des épillets des roseaux tel un cormoran qui attend le moment de pêcher sa proie d'un coup de bec. Avant mon réveil, il lançait d'une voix solennelle : « Car autant les cieux sont élevés au-dessus de la terre, autant mes voies sont élevées au-dessus de vos voies et mes plans au-dessus de vos plans. » Puis tout devenait noir, les grains de sel commençaient à fondre sous moi, j'avais l'impression de glisser lentement sous la glace jusqu'au moment où je voyais une ouverture à la surface : la veilleuse fichée dans la prise de ma chambre, près des rayonnages de ma bibliothèque.

« Et mes plans au-dessus de vos plans… » Le pasteur faisait-il allusion aux missions confiées à Obbe et à Hanna ? J'allume le globe sur ma table de chevet, mes pieds explorent le plancher jusqu'à ce qu'ils trouvent mes pantoufles ; je déplisse ma parka. Mon plan à moi, j'ignore sa teneur si ce n'est : faire en sorte que papa et maman retrouvent leur gaieté, qu'ils s'accouplent de nouveau, de façon qu'elle se remette à manger et que ni l'un ni l'autre ne meure. Cette mission accomplie, je pourrai gagner l'autre côté, le cœur tranquille. Je prends sous mon bureau le seau, regarde les crapauds qui lèvent sur moi leurs petits yeux ensommeillés. Ils semblent moins gros, leurs verrues paraissent plus blanches qu'avant, un peu comme les pois fulminants qu'Obbe, à l'approche du Nouvel An, marque d'une croix dans le dépliant des pétards et pièces d'artifice – pendant plusieurs semaines, il se réfugie derrière les fusées et les fontaines lumineuses pour composer le meilleur ensemble, ne nous laissant, à Hanna et moi, que le choix des toupies qui tournent sur le sol en diffusant des traînées lumineuses – les plus jolies et les moins dangereuses à notre goût.

J'incline un peu le seau pour vérifier s'ils ont mangé quelque chose, mais les feuilles de laitue sont intactes, à ceci près qu'elles sont toutes brunes et ramollies. Les crapauds ne distinguent pas ce qui ne bouge pas, je le sais, voilà pourquoi ils courent le risque de mourir de faim. J'agite l'une des feuilles de salade devant leur tête.

— C'est bon, vous savez, allez-y, mangez tout, je chantonne.

Ça ne change rien. Ces gros bêtas refusent de manger.

— Il est temps de vous accoupler, vous savez, je fais d'un ton décidé.

Je choisis le plus petit des deux. Dans certaines situations, il faut prendre les choses en main soi-même, sinon rien ne se passe – papa ne conduit-il pas les vaches au taureau deux fois par an ? Hitler ne décrétait-il pas avec sévérité ce que son peuple devait faire ?

Le crapaud est froid et moite. J'ai l'impression de tenir une chaussette antidérapante toute mouillée. Je frotte doucement son bas-ventre sur le dos de son congénère. Un programme de SchoolTV a montré comment il fallait s'y prendre. Les crapauds restent alors des jours l'un sur l'autre. Mais nous, on n'a pas assez de temps pour ça. Pour papa et maman, l'échéance est arrivée. Dans nos mains, ils sont deux mèches de feux d'artifice qui attendent qu'on les allume pour qu'ils nous donnent de la chaleur. Tout en frottant les crapauds l'un contre l'autre, je murmure :

— Allez-y, sinon, vous allez mourir. Vous voulez quand même pas mourir, si ?

Je sens les palmures appuyer sur ma paume. Je resserre ma pression sur le batracien, les pressant toujours plus l'un contre l'autre. Au bout de quelques minutes, ce petit jeu m'ennuie, je remets le petit dans le seau, déplie un mouchoir en papier où j'ai dissimulé quelques feuilles d'épinard barbotées pendant le dîner ainsi qu'un morceau de pain grillé, tout mou à présent. Les crapauds ne bronchent pas. J'attends qu'ils se mettent à manger, mais cette fois encore, rien ne se passe. Poussant un soupir, je me redresse. Peut-être cela demande-t-il du temps – le changement se résume toujours à une question de temps. Les vaches ne s'habituent pas du jour au lendemain à de nouveaux granulés, il faut les mélanger peu à peu aux anciens jusqu'au jour où elles ne se rendent plus compte qu'il ne s'agit plus du tout des mêmes.

Du pied, je repousse le seau. Sur mon bureau, à côté de mon plumier, je repère une punaise. Tombée du tableau d'affichage en liège où elle était plantée dans une carte postale de Line, la voisine ; elle m'en envoie une périodiquement car je me suis plainte un jour de ne jamais recevoir de courrier alors que des inconnus en adressent à papa : de belles lettres bleues. J'imagine que certaines portent sur les Juifs. Ils doivent finir par manquer à des proches depuis le temps qu'ils se planquent chez nous. J'avais envie d'en toucher un mot à la prof, mais j'ai eu trop peur que des élèves nous entendent. Quelques garçons de ma classe ont des allures de NSB'ers[1], en particulier David, qui a amené une fois sa souris dans sa trousse. Toute la journée, il l'a gardée parmi ses stylos qui coulaient avant de la lâcher pendant le cours de biologie en criant : « Une souris ! une souris ! » Grâce à des miettes de pain, la prof a réussi à attirer la pauvre dans un piège où, sous le choc subi et le chahut ambiant, elle a succombé.

Line n'écrit pas grand-chose sur les cartes qu'elle m'envoie. Souvent, elle évoque la météo ou leurs vaches, mais les photos du recto sont magnifiques : plages blanches, petits et grands kangourous, la Villa Drôlederepos où vit Fifi Brindacier, une gerbille courageuse qui ose enfin se risquer à nager. Tout à coup, une idée me traverse. Un jour, la prof a planté une punaise dans la mappemonde accrochée au mur au fond de la classe. Belle aimerait aller au Canada où vit son oncle. C'est bien, a alors dit la prof, de rêver à des endroits où l'on a envie d'aller. Je relève ma parka et mon sweater de façon à dénuder mon nombril. Hanna est la seule à avoir un nombril à l'envers : une petite saillie pâle pareille à une souris qui vient de naître, encore aveugle et toute recroquevillée, comme celles qu'on trouve parfois sous la bâche qui protège l'ensilage.

---

1. Membres du Nationaal-Socialistische Beweging ou Mouvement national-socialiste hollandais, parti qui a existé de 1931 à 1945 et qui a collaboré avec l'occupant nazi. *Toutes les notes sont du traducteur.*

— Un jour, j'aimerais me rendre chez moi-même, dis-je à voix basse – et j'appuie la punaise dans la chair tendre de mon nombril.

Je me mords la lèvre pour ne pas crier. Un filet de sang s'écoule jusqu'au niveau de l'élastique de ma culotte, en imprègne bientôt le tissu. Je n'ose retirer la punaise, de peur que le sang gicle de tous les côtés et que tout le monde, à la maison, apprenne que je veux voyager jusqu'à moi et non jusqu'à Dieu.

8

— Écarte les fesses le plus possible.

Couchée sur le canapé en cuir brun comme un veau en présentation antérieure, je regarde papa qui se tient derrière moi. Il porte son pull bleu de skipper, ce qui signifie qu'il est détendu et que les vaches sont bien disposées aujourd'hui. Moi, je suis tout sauf détendue, cela fait des jours que je n'ai pas fait caca ; sous ma parka, mon ventre est dur et gonflé, pareil aux kouglofs que maman fait apparaître de sous un torchon rayé – les Rois mages ont reçu un de ces gâteaux au retour de Bethléem, leur turban a fait office de moule. Je ne peux perdre mes selles avant que nous ayons trouvé l'étoile, cela même si je ne suis pas, par conséquent, en état de gagner l'autre côté. Le simple fait de rester assise me fait en effet souffrir, pour ne rien dire des douleurs qu'il me faudrait endurer si je venais à voyager avec Hanna.

— Qu'est-ce que tu vas faire, papa ?

Il garde le silence, se contente de descendre un peu la fermeture de son col, découvrant le haut de sa poitrine. De l'ongle du pouce, il sépare un bout de savon vert du pain qu'il tient dans la main. Fébrile, je passe les dernières journées en revue : ai-je dit un «joue rouge» à un moment où maman ne regardait pas *Lingo* ? Me suis-je mal comportée vis-à-vis de ma sœur ? Avant que je ne pousse plus loin mon investigation, papa pousse d'un coup sec, sans prévenir, le bout de savon au fond de ma boîte à caca. J'arrive tout juste à étouffer un cri dans le coussin, sous ma tête, dans lequel je plante mes dents. À travers les larmes, je vois le motif de la housse. De petits triangles. Pour la première fois depuis la mort de Matthies, je pleure ; le lac dans ma tête se vide. Papa retire son index aussi vite qu'il l'a enfoncé. Puis il sépare un autre bout de savon du pain. J'essaie d'arrêter de pleurer en imaginant que nous jouons à *landjepik,* jeu auquel je m'adonne parfois avec quelques camarades de classe à la sortie du village : il s'agit de lancer un bâton dans la zone de l'un de ses adversaires pour conquérir la partie de son territoire qui se situe en deçà de l'endroit où le bâton reste planté – le doigt de papa est le bâton, rien de plus. Il n'empêche, je serre les fesses et jette, par-dessus mon épaule, un œil effaré à maman qui, à la table de la cuisine, est en train de trier les boucles d'identification des vaches mortes, les bleues avec les bleues, les jaunes avec les jaunes. Je ne veux pas qu'elle me voie dans cette position, mais je n'ai rien sous la main pour me cacher, si ce n'est ma honte qui pèse tout autant qu'une couverture de cheval. Elle ne lève pas les yeux alors même qu'elle nous intime l'ordre de ne jamais gaspiller le savon ; ça ne devrait pas la laisser insensible d'en voir un disparaître, morceau après morceau, dans mon anatomie. La boucle en plastique d'une vache tombe par terre. Maman se penche pour la ramasser, ses cheveux lui tombent devant la figure.

— Écarte-moi ça ! grommelle papa.

Des sanglots dans la gorge, je lui obéis en empoignant chacune de mes fesses comme s'il s'agissait des mâchoires d'un bébé veau qui rechigne à téter le biberon qu'on lui présente. La troisième fois que papa enfonce son doigt, je ne cille pas, fixant simplement la fenêtre du séjour dont de vieux journaux recouvrent les carreaux ; c'est absurde de les avoir collés là, ils bouchent la vue alors que papa et maman aiment tant parler de la météo. « À cause des fouinards », a répondu papa quand je l'ai interrogé sur le sujet. Ce mot-là, je pourrais le lui retourner : mes fesses ne font-elles pas office de rideau qu'il m'ordonne d'ouvrir ? Mais selon lui, du savon dans la boîte à caca, c'est une méthode éprouvée, depuis des siècles on l'applique aux enfants : quelques heures de patience et je pourrai chier un bon coup. La dernière fois que papa s'empare du savon vert, maman lève les yeux et dit :

— Il me manque le numéro 150.

Elle porte ses lunettes de lecture. En conséquence, ce qui est loin lui semble près. J'essaie de me faire aussi petite que la poupée Playmobil d'Hanna, celle qu'Obbe a placée un jour à quatre pattes sur le haut du canapé puis, dans la foulée, une autre juste derrière, plaquée contre les fesses de la première. Je n'ai pas compris pourquoi ça l'amusait autant, ni pourquoi il les a déblayées quand les conseillers presbytéraux sont arrivés. Me rapetisser ne sert à rien, je me sens toujours plus grande, toujours plus visible.

Papa tire alors sur l'élastique de ma culotte, signe que la procédure est terminée, que je peux me relever. Il s'essuie le doigt sur son tricot et, de la même main, prend une tranche de pain d'épices sur le buffet bas, en mange une grosse bouchée. Il me gratifie d'une tape sur le mollet.

— C'est rien que du savon.

Je m'empresse de remonter mon pantalon, m'agenouille pour le boutonner, me laisse retomber sur le côté comme une vache sur le caillebotis où elle dort, de la paume des mains essuie mes larmes.

— 150, répète maman.

Elle ôte seulement maintenant ses lunettes.

— Grippe bovine, dit papa.

— La pauvre, fait maman.

Le numéro 150 atterrit dans une boîte, à côté de toutes les autres vaches mortes. Pendant quelques secondes, je souhaite être ce numéro qui choit tout seul, dans un bruit mat à peine perceptible, numéro qui va bientôt disparaître dans le placard aux paperasses et sur lequel aucun regard ne se posera plus jamais. Placard fermé à clef, clef accrochée au crochet sur le côté du placard : l'important réside dans le geste, ils bouclent un chapitre, cela libère un compartiment dans leur tête. Je sens encore l'index de papa en moi. Une fois qu'on a planté son drapeau en terre conquise, impossible de revenir en arrière, c'est la règle. Peu après, le savon est de retour à sa place près du lavabo des toilettes. Rien de particulier si ce n'est qu'il porte la trace de l'ongle de papa. Personne ne s'inquiétera de la disparition de ces quelques millimètres carrés du pain vert qui errent à présent quelque part dans mon organisme. Alors que je fais pipi, je regarde le savon et entends Obbe me parler de la paroi de l'intestin grêle : déroulée, elle couvre la surface d'un court de tennis. Mon frère, quand il veut m'enquiquiner, ne se contente pas de faire semblant d'avoir des haut-le-cœur, il fait aussi semblant de me lancer une balle de tennis dans la figure. L'idée qu'un tournoi pourrait se dérouler à l'intérieur de moi et que, d'autre part, je me compose de plus d'espace que celui que j'occupe, me rend malade. De surcroît, je vois de temps en temps un petit bonhomme devant moi : il traîne un filet pour égaliser la terre battue de façon qu'on puisse reprendre la partie en moi et que je sois de nouveau en état de faire caca, sous forme liquide ou plutôt de saucisse. Pourvu que le savon ne gicle pas dans les quinquets du bonhomme !

Sur la table, à côté des nouvelles boucles destinées aux veaux et aux génisses, mon maillot de bain bleu clair gît sur mon sac à dos ainsi qu'un sachet de chips natures et une petite brique de Fristi. À la piscine, il arrive que des chips traînent par terre. Elles collent alors à la plante des pieds, semblables à des ampoules crevées ; on s'en débarrasse d'une chiquenaude donnée du coin de la serviette. Peu après, on les retrouve sous les pieds de quelqu'un d'autre.

— La girafe est le seul animal qui ne sait pas nager, dis-je.

Les morceaux de savon vert qui errent à présent dans mon corps, j'essaie d'en faire abstraction, tout comme du doigt de papa. Le perdant d'une partie de *landjepik* ne rentre-t-il pas chez lui, envahi d'un sentiment de déception ? Il faut que je m'en souvienne. Ça fait sans doute partie du jeu – un gâteau qui a levé dans le four ne retombe-t-il pas toujours un peu ? rien ne conserve sa rondeur, ni mon ventre ni maman.

— T'es une girafe ? me demande maman.

— En ce moment, oui.

— Tu n'as plus qu'une épreuve à passer pour décrocher ton brevet de natation.

— Oui, mais c'est la plus difficile.

Je suis la seule de mon âge à ne pas détenir ce diplôme, à geler sur place dès qu'il s'agit de prendre part à l'épreuve « sortir à la nage d'un trou dans la glace » : il est d'autant plus important de maîtriser ces gestes que les hivers, ici, sont encore rudes et rigoureux. Même si papa, peu après ce fameux jour de décembre, a brûlé mes patins en bois et même si on est à la mi-mai, personne ne peut me garantir qu'il ne me faudra pas à un moment donné braver les surfaces gelées. À l'heure actuelle, les trous dans la glace, ils sont surtout dans nos têtes.

— Si Dieu n'avait pas voulu que l'homme apprenne à nager, il ne nous aurait pas faits comme on est, argumente maman en fourrant mon maillot de bain et le sachet de chips dans mon sac.

Au fond, il y a une boîte de pansements. Il me faut penser à en mettre un sur mon nombril, faute de quoi on risque de voir sous mon maillot la punaise verte. À ma peau, tout le monde va remarquer que je ne vais jamais en vacances ; s'il en allait autrement, j'aurais exprimé un jour ou l'autre le désir de découvrir des pays lointains, des plages qui sont d'une blancheur telle qu'on les dirait enduites d'écran solaire.

— Peut-être que je vais me noyer, je dis avec circonspection.

Je sonde le visage de maman dans l'espoir qu'il trahisse de la peur, que sa peau se creuse d'un plus grand nombre de sillons que lorsqu'elle pleure sur son propre sort, qu'elle se lève et me serre contre elle, me berce comme un fromage au cumin dans sa saumure, dans l'espoir d'être un peu plus que l'une de ces boucles d'identification bovine qu'elle ne cesse de faire tomber. Mais voilà, maman ne lève pas même les yeux.

— N'en rajoute pas, tu vas pas mourir.

Elle prononce ces mots comme si je ne méritais pas ce sort, comme si je n'étais pas assez intelligente pour mourir prématurément. Bien sûr, elle ignore que nous, les Rois mages, nous essayons de rencontrer la mort. Nous l'avons entrevue en regardant Tiesy, mais ç'a été trop éphémère, trop fugace. De surcroît, lorsqu'on n'y est pas préparé, on ne sait pas à quoi il faut prêter attention. Être bien préparé, ça vous forme – en œuvrant à la Création, Dieu savait qu'on aurait besoin d'un septième jour pour se reposer de tout ce qu'on crée pendant la semaine. Si maman était au parfum de nos plans, elle se tiendrait certainement droite en permanence – le dos de papa, c'est une paille, celui de maman une petite brique de Fristi : on peut en aspirer tout l'air et tout le contenu lacté aux fruits rouges avant de souffler pour la regonfler.

— Si tu n'as pas ton brevet de natation, on ne pourra pas aller en vacances.

Je pousse un soupir; mon nombril me tiraille. Autour de la punaise, la peau est violet clair. La semaine dernière, à la piscine, ils ont tendu une bâche blanche percée de quelques trous sur l'eau. Sur les côtés, des plongeurs. Le professeur de natation nous a dit que la panique et l'hypothermie sont nos plus grands ennemis. Autour du cou, les plongeurs portaient un poinçon, non pour en faire usage, uniquement pour faire plus vrai. Le fameux jour, Matthies a oublié le sien sur la petite table de l'entrée, sous le miroir. Personne ne sait que je l'ai vu là, que j'ai hésité à courir derrière mon frère pour le lui donner, que la colère qui m'habitait, étant donné qu'on ne m'autorisait pas à l'accompagner, m'avait dissuadée de le faire.

« Ces stupides vacances ! je me dis. J'attends de voir ça… » En tout état de cause, maman ne quitte la ferme que pour faire tout au plus des courses ou se rendre au temple. Ce qui se trouve à distance de marche ne l'effraie pas, ce qui se trouve au-delà nécessite un plein d'essence, des valises et de nouvelles raquettes de badminton…

À la piscine, Belle me file une bourrade dans les côtes. Elle porte un maillot de bain rose, sur le bras droit un tatouage Pokémon que l'on obtient à l'achat de deux paquets de chewing-gums et qui s'efface peu à peu de votre peau. Elle a son brevet depuis plusieurs années et peut donc nager à sa guise, sauter du grand plongeoir, s'engager sur le grand toboggan.

— Éva a déjà des nichons.

J'épie Éva. Elle fait la queue devant le grand toboggan. Au début de l'année scolaire, elle m'a glissé à l'oreille que je confondais sans doute les mots «débraillée» et «délurée». Bien entendu, elle faisait allusion à ma parka. Éva, qui a deux ans de plus que nous, semble savoir ce que les garçons apprécient chez les filles, connaître le comportement qu'il convient d'adopter avec eux. À la fin de l'heure de natation, elle a plus de grenouilles Haribo que quiconque, alors qu'on en a toutes le même nombre au départ. Un tuyau sur les garçons, ça se paie deux grenouilles. Elle est aussi la seule à se doucher séparément. Je pense que c'est à cause des verrues dont elle nie l'existence. On ne les voit pas moins sur le côté de ses pieds, pareilles aux glandes salivaires de mes crapauds, gonflées de poison.

— On en aura, nous aussi ? demande Belle.

Je secoue la tête de droite à gauche.

— Nous, on va rester éternellement sans nichons, on n'en attrape que si un garçon nous zieute pendant au moins dix minutes.

Belle jette un regard circulaire sur les garçons qui se préparent à passer l'épreuve «sortir à la nage d'un trou dans la glace». Aucun ne nous zieute, tout au plus nous observent-ils, ce qui est tout à fait différent.

— Dans ce cas, il faut faire en sorte qu'ils nous repèrent.

Je hoche la tête et désigne du menton le professeur de natation. Sa main cherche le sifflet qui pend à son cou. Mes mots semblent rester coincés, à l'image des élèves qui s'agglutinent sur le toboggan en faisant la chenille, et qui ne se jettent dans l'eau qu'au compte-gouttes. Mon corps se met à trembloter, la punaise monte et descend sous mon maillot de bain.

— La panique n'est pas un ennemi mais une mise en garde. En d'autres mots, il ne reste qu'un seul ennemi, je dis.

Juste au moment où je m'apprête à monter sur le plot, je vois Matthies devant moi. J'entends le claquement de ses patins, les bulles d'air qui gargouillent sous la glace. Les plongeurs ont dit que, sous l'eau, les pulsations cardiaques s'accélèrent ; l'eau, je ne l'ai pas encore effleurée, et pourtant mon cœur bat contre ma poitrine comme mes poings contre la glace dans mon pire cauchemar. Belle pose son bras sur mes épaules : on nous apprend à sauver les gens tombés dans un lac gelé, mais à la surface, on ne sait comment les maintenir la tête hors de l'eau. Ce n'est pas un hasard si son bras me pèse, me gêne… Son maillot colle à sa peau, je devine la fente en haut de ses cuisses minces. Je pense aux verrues sous les pieds d'Éva, au moment où elles vont éclater et remplir la piscine d'un poison verdâtre qui transformera les plongeurs, un à un, en grenouilles Haribo, à leurs coassements.

— Son frère, explique Belle au professeur de natation.

Il pousse un soupir. Tout le monde au village est au courant de la perte qu'on a subie, mais plus Matthies s'éloigne de chez nous, plus les gens s'habituent au fait que nous ne nous composons plus que de cinq. Quant aux nouveaux habitants, ils ne soupçonnent rien. Au fil des mois, mon frère s'évanouit de différentes têtes, tandis qu'il pénètre toujours plus avant dans les nôtres.

Je me détache de Belle et me réfugie dans les vestiaires. Là, je m'allonge sur le banc, parka par-dessus mon maillot de bain. Ça sent le chlore. Je suis persuadée que, si j'entre dans l'eau, ça va faire des bulles et qu'en moins de rien un récif de mousse verte va se former. Il ne peut en être autrement étant donné le savon que je trimballe en moi. Tout le monde me montrera du doigt et il me faudra avouer ce qui me lancine. Doucement, sur le banc, je me mets à faire la grenouille. Puis, les yeux fermés, toujours sur le ventre, je nage le papillon et me laisse couler dans le trou au milieu de la glace. Bientôt, je remarque que mes bras ne remuent plus, uniquement mes hanches qui ondulent de haut en bas. Les plongeurs ont raison : des pulsations cardiaques qui s'accélèrent, une respiration qui s'accélère. L'ennemi, c'est l'imagination, non l'hypothermie.

Sous mon ventre, le banc émet des craquements, on jurerait que c'est de la glace nuit noire. Je ne veux pas y réchapper, je veux couler. Vers le fond, toujours plus, jusqu'à ce que ma respiration achoppe. Entre-temps, je mâchouille les grenouilles Haribo, en goûte la gélatine, le sucré qui me rassure. Hanna a raison : faut qu'on se barre de c'bled, qu'on mette des années-lumière entre nous, les vaches et les têtes de veaux, entre nous et la mort, entre nous et cette vie originelle.

9

Maman plonge un fromage au cumin dans la saumure. Un bain qui se prolonge de deux à cinq jours. À côté d'elle, par terre, deux grands sacs de sel. De temps en temps, elle en ajoute une bonne cuillère pour fixer le goût du fromage. Parfois, je me demande si ça n'arrangerait pas les choses de plonger papa et maman dans un de ces bains, un nouveau baptême « au nom du Père, du Fils et du Saint-Esprit », afin qu'ils se raffermissent et qu'on puisse les conserver plus longtemps.

Ce n'est que maintenant que je remarque que la peau autour de ses yeux est jaunâtre, terne. Va-t-elle ressembler de plus en plus à l'ampoule fixée au-dessus de la table de la cuisine ? Tablier fleuri serré autour de la taille en guise d'abat-jour, passant à tout moment de la lumière à l'obscurité. Papa nous a défendu de tenir des propos méchants à son égard, de faire la moue et plus encore de pleurer. Par moments, j'en arrive à penser qu'on y gagnerait s'ils buvaient la tasse dans la saumure, mais je ne veux pas qu'Obbe se retrouve à s'occuper de nous – que resterait-il de nous alors qu'on est déjà tellement rien ?

Depuis la fenêtre de la salle à saumure, je vois mon frère et ma sœur qui se dirigent derrière l'étable du fond. Ils vont enterrer Tiesy parmi les poules mortes et deux chats errants ; ma tâche consiste à détourner l'attention de maman. Papa ne remarquera rien, il vient d'enfourcher son vélo. En disant qu'il ne reviendrait jamais. À cause de moi. Hier, en cachette, j'ai retiré la prise du congélateur de la grange pour brancher à la place le vieux gaufrier : j'avais envie d'un croque fromage-jambon surgelé tapissé de ketchup. Celui-ci avalé, j'ai oublié de rebrancher l'appareil. Un peu plus tard, toutes les fèves que papa et maman y avaient entreposées ont atterri sur la table de la cuisine, molles et pleines d'eau. Corpuscules verts déprimés, invasion de sauterelles exterminées. Des heures de boulot pour rien – à tour de rôle, on avait dû les écosser, quatre soirs de suite, un plateau sur les genoux pour les déchets, un seau par terre, de chaque côté. Il ne restait ainsi à maman qu'à les laver et les blanchir avant de les emballer dans des sachets. Un couteau à la main, papa les a éventrés, a balancé la récolte décongelée dans la brouette et s'est dirigé vers le tas de compost – qui sait si on ne devra pas transporter un jour papa et maman de la même façon jusqu'au compost… tout cela sera d'ailleurs encore de ma faute. Cette tâche accomplie, papa nous a dit qu'on n'avait qu'à se débrouiller. On sait toutefois qu'il a rendez-vous avec le syndicat et qu'à son retour, il aura oublié sa menace. Bien des gens aspirent à s'enfuir, mais rares sont ceux qui le font après l'avoir annoncé. Ils disparaissent, un point c'est tout.

Papa une fois parti, on a mis Tiesy dans une boîte de salade russe vide. Sur le couvercle, Hanna a écrit au feutre : *Pour ne pas oublier.* Visage d'acier, Obbe l'observait. S'il ne montrait rien, il ne portait pas moins souvent les doigts sur le sommet de son crâne. Toute la nuit, il s'est tourné et retourné sous sa couette, cogné contre la tête du lit, là où papa a fixé du papier bulle. Moi, j'entendais les bulles éclater. Par moments, je me demande si ce n'est pas ça qui a déboussolé Obbe : à force de se tourner et de se retourner, n'a-t-il pas secoué son cerveau, entortillé ses neurones ?

— Tu m'aides à séparer le caillé ? me demande maman.

Je m'éloigne de la fenêtre. Comme je rentre de la piscine, j'ai encore les cheveux mouillés. Ni elle ni papa ne m'a demandé comment ça s'est passé. Ils se satisfont d'annoncer – quand ils y songent – ce qu'on doit faire sans jamais s'intéresser à la suite. Ils ne veulent pas savoir si j'ai réussi l'épreuve des trous, ni quoi ni comment. Je suis toujours en vie, voilà tout ce qui leur importe. Le fait qu'on se lève tous les matins, même si c'est avec toujours plus de mal, suffit à les persuader que tout va bien pour nous : les Rois mages se remettent en selle – alors que les selles ont disparu depuis belle lurette et qu'on monte les chameaux à cru, la moindre inégalité du sol nous rabotant les fesses.

Des doigts, je pousse les morceaux blancs et mouillés dans le moule, glisse celui-ci dans la presse à fromage en bois et appuie pour séparer le petit-lait du caillé. Maman ferme le couvercle de la présure. J'abaisse encore la presse sur le caillé. Des particules blanches collent à mes doigts, je les essuie sur l'ourlet de ma parka.

— Comment ça va à la cave ?

Je ne regarde pas maman, préfère fixer le champ de fleurs sur son tablier. Il se peut qu'elle s'installe un jour à la cave, privilégiant la famille juive qui y vit à ses propres enfants. Que vont dès lors devenir les Rois mages ? Je n'en sais fichtre rien. Comment papa pourrait-il nous maintenir à la bonne température, lui qui n'est pas même capable de chauffer du lait sans le laisser déborder ?

— Qu'est-ce que tu veux dire ? me demande maman.

Elle se retourne et s'approche des fromages posés sur les étagères afin de les retourner. Bien entendu, j'aurais dû me douter qu'elle n'allait pas mettre en péril sa base d'opération sans opposer de résistance. Des humains, il en va comme des vaches : il faut faire attention à ne pas mélanger les races. Maman ne tient certainement pas à ce qu'on se mêle avec les Juifs, alors qu'il y a peu de risque qu'on nous confonde avec eux : nous ne portons pas d'étoile et nous sommes blonds. Peut-être se prépare-t-elle à s'en aller, à nous quitter. Raison pour laquelle, qui sait, elle ne porte plus ses lunettes, façon de nous tenir toujours plus à distance.

— Rien, je dis. De toute façon, tu n'y es pour rien, et ce n'est pas non plus de la faute de la pierre que tu as dans le ventre.

— Arrête un peu de raconter n'importe quoi. Et de te fourrer le doigt dans le nez. Tu veux encore attraper des vers ?

Maman saisit brutalement mon bras, ses ongles s'enfoncent une deuxième fois dans la toile de ma parka. Il y a un bail qu'elle ne s'est pas coupé les ongles, je le vois entre autres aux demi-lunes blanches que la présure colore çà et là d'un jaune sale.

— A-t-on vraiment mérité ça ?

Je m'abstiens de répondre. À certaines questions, maman préfère ne pas obtenir de réponse. Elle ne l'exprime pas, c'est à nous de le deviner. Lui répondre, c'est l'attrister plus encore. Elle lâche mon bras avec plus de ménagement qu'elle ne l'a saisi. Je pense à la plaie dont elle parlait à papa le soir où j'ai décroché mon ours du fil à linge. En Égypte, les plaies se sont manifestées parce que les gens voulaient aller de l'autre côté. Ici, elles se déclarent car on n'a pas le droit d'aller de l'autre côté, alors qu'on y aspire contre vents et marées. À supposer qu'Hanna et moi partions, la pierre dans le ventre de maman pourrait, qui sait, s'alléger. En attendant, pourquoi ne pas demander au vétérinaire de l'opérer ? N'a-t-il pas ôté un jour les abcès d'une vache après que la voisine lui avait marché sur le pis ? Il a jeté ces rognures sanguinolentes sur le tas de fumier ; moins d'une heure plus tard, elles faisaient le régal des corneilles.

Derrière nous, la porte s'ouvre. Maman est en train de tester un fromage. Elle se retourne et pose la sonde à côté d'elle, près de l'évier.

— Pourquoi y a pas de café ? demande papa.

— Parce que t'étais parti.

— Tu vois bien que je suis là. Et il est bien plus de quatre heures.

— T'as qu'à t'en faire.

— Ce que j'ai à faire ici, c'est restaurer le respect !

À grandes enjambées, il sort en claquant la porte. La colère a des gonds qui nécessitent d'être huilés. Pendant quelques secondes, maman fait mine de se remettre à la tâche, puis, après un soupir, va tout de même préparer du café. Le quotidien ici se résume à du calcul mental : ainsi, le respect se compose de quatre morceaux de sucre et d'un trait de crème dans le café. Je m'empresse de fourrer la sonde dans la poche de ma parka, parmi les autres souvenirs.

« Boudewijn de Groot », je chuchote quelques heures plus tard en m'adressant à l'obscurité et à l'endroit où je suppose que se trouve l'oreille d'Hanna. Je n'ai pas eu besoin de réfléchir longtemps. S'il y a une voix qui m'habite des jours durant, c'est bien la sienne. Je suis allée jusqu'à glisser une photo de Boudewijn dans mon porte-monnaie. À côté de celle de mon premier amoureux : Sjoerd, un cliché dont le papier présente de petites déchirures à l'exemple de mon cœur depuis que j'ai découvert que, derrière le hangar à vélos de l'école, il échangeait son amour contre deux cartes Pokémon et un biscuit recouvert d'une couche de lait concentré. Dès lors, je vide systématiquement dans les buissons de cet endroit le contenu de ma gourde dinosaure – lait fermenté au sirop –, d'autant que mes camarades de classe trouvent que cette boisson pue. Eux, ils ont du vrai yaourt à boire. Le sol et les plantes n'ont pas tardé à prendre une couleur blanche. Oui, Boudewijn de

Groot me paraît être le bon choix : quelqu'un qui chante aussi bien l'amour est en mesure d'en sauver un. D'ailleurs, papa et maman le trouvent sympathique. Ils ne s'offusqueront sûrement pas de le voir nous emmener avec lui. Maman ne chantait-elle pas *Het Land van Maas en Waal*[1] par le passé, à tue-tête au point qu'il m'arrivait de penser qu'elle aspirait à vivre dans un autre endroit ? Aujourd'hui, tout ce qu'elle écoute, c'est *De Muzikale Fruitmand*[2] – le programme de la radio évangélique de chansons à la demande, les chansons en question étant des psaumes, des hymnes et des cantiques.

Hanna et moi sommes allongées sur le dos dans mon lit, les bras crochetés comme un bretzel, friables et fragiles. La couette remontée jusqu'à la taille – il fait trop chaud pour se glisser entièrement dessous. Je trifouille mon nez, fourre mon petit doigt dans la bouche.

— Cochonne ! fait Hanna.

Elle retire son bras et se détache de moi. Elle n'a rien vu. Cependant, elle sait que je remplis nombre de mes silences avec des crottes de nez. Ça m'aide à réfléchir, on dirait que creuser dans mon esprit, ça passe aussi par une débauche d'énergie. Hanna me dit que je vais avoir de grosses narines. Qu'elles vont perdre

---

1. Mot à mot : « Le Pays de la Meuse et du Wahal », autrement dit un paysage typique des Pays-Bas – le texte de la chanson consiste pour l'essentiel en une sorte de conte.

2. Mot à mot : « La corbeille à fruits musicale », programme radiophonique diffusé tous les dimanches soir.

leur élasticité, tout comme mes culottes. La différence, c'est que des culottes, ça se remplace. Je pose la main sur mon ventre, sous ma parka. Une croûte se forme autour de la punaise. De l'autre main, je tâte le visage d'Hanna, tiens pendant quelques secondes le lobe de son oreille entre mon pouce et mon index ; c'est la partie la plus douce du corps humain. Hanna se love à nouveau contre moi. Il est rare que cela me plaise. Quand une personne se tient près de moi, j'ai l'impression qu'il me faut avouer un secret, que je dois justifier ma présence. Or, je suis là parce que papa et maman ont cru en moi, je suis née de cette idée-là – même si leurs doutes se renforcent ces derniers jours, même s'ils font moins attention à nous : mes vêtements sont froissés, je suis comme la liste de commissions jetée dans la poubelle, attendant qu'une main me lisse et que quelqu'un me lise.

— Moi, je choisis maître Herbert, dit Hanna.

On partage mon oreiller. Je m'écarte de plus en plus d'elle, vois ma tête qui va tomber par terre, ça produira un basculement dans mes pensées, je serai à même de convaincre ma sœur que je n'ai besoin d'aucun sauveteur, que je tiens certes à aller de l'autre côté, loin d'ici, mais sans pour autant recourir à un homme. On ne remplace pas Dieu en un tournemain, Il est la carte Pokémon la plus forte dont nous disposons. Cela dit, je n'ai pas de solution de remplacement pour qu'on parte d'ici.

— Pourquoi Boudewijn ? me demande Hanna.

— Pourquoi maître Herbert ?

— Parce que je l'aime.

— Moi, j'aime Boudewijn de Groot.

Peut-être parce qu'il ressemble un peu à papa. Bien que papa soit blond, qu'il ait un nez plus petit que lui, qu'il ne chante pas aussi bien, qu'il ne porte jamais de chemises bigarrées, uniquement son éternel bleu de travail, un pull bleu de skipper et, le dimanche, un costume noir aux revers brillants. Et tout au plus joue-t-il de la flûte à bec. Chaque samedi et dimanche matin, il nous accompagne en musique quand on répète le psaume de la semaine de façon à faire bonne figure à l'école, le lundi. À chaque nouveau couplet, il appuie l'index sur le trou et souffle, pour prévenir, dirait-on, tout écart de ma part puisque je m'écarte invariablement de la ligne de conduite que le bon sens me commande de suivre. De fait, je ne chante pas pour papa mais pour le village entier, d'une voix fondante comme du beurre et pure comme le ramage de la grive, une grive tombée dans du beurre – on va m'admirer, moi la fille Mulder. Les notes fausses et stridentes de la flûte me blessent les tympans.

— Seule condition, faut savoir où il habite, dit Hanna.

Elle se penche sur moi et allume le globe terrestre. Mes yeux ont besoin d'un peu de temps pour s'habituer à la lumière : secondes dont les objets ont besoin pour se mettre au garde-à-vous ? Lisser leur apparence et s'immobiliser afin de correspondre à l'image que je me fais d'eux ? À l'exemple de maman qui sursaute quand on entre sans prévenir dans sa chambre alors qu'elle n'est qu'à moitié habillée… Redoute-t-elle de ne pas satisfaire à l'image qu'on se fait d'elle ?

Éprouve-t-elle le besoin, chaque matin, de se pomponner pour ressembler à un sapin de Noël ? Sans ses aiguilles, il ne présente plus aucun intérêt.

— De l'autre côté du pont.

Les yeux d'Hanna rétrécissent. J'ignore en réalité où habite Boudewijn de Groot. Cependant, je ne perds pas de vue que « l'autre côté », ça paraît excitant. Presque autant qu'un cahier de maths tout neuf, vierge de biffures rouges et encore quasiment épargné par les fautes. Quant à Herbert, l'instituteur, il habite tout bonnement derrière le magasin de bonbons, répondant au scénario qui se déroule dans nos têtes : d'abord l'envie de bonbons, ensuite l'envie d'affection. Une hiérarchie que nous comprenons.

— C'est ça, dit Hanna, c'est là qu'on doit aller. Là-bas, y a des sauveteurs à la pelle. Papa et maman n'oseront jamais y aller.

Sous ma parka, mon pouce et mon index pincent la punaise : bouée de sauvetage en pleine mer du Nord.

Tout à coup, ma sœur me demande :

— T'aimerais embrasser Boudewijn ?

Je secoue vigoureusement la tête de droite à gauche. Embrasser, c'est un truc de vieux. Quand ils ont épuisé leurs réserves de mots, ils se musèlent les lèvres l'un l'autre. Hanna est tout contre moi au point que son haleine entre dans mes narines. Odeur du dentifrice. De la langue, elle s'humidifie les lèvres. Une dent de lait attardée essaie de se faire aussi grosse que la dent d'une grande personne.

— J'ai une idée, dit-elle, je reviens tout de suite.

Elle se laisse glisser en bas du lit et ne tarde pas à réapparaître, le costume du dimanche de papa sur le bras.

— Qu'est-ce que tu veux en faire ?

Hanna s'abstient de répondre. Au cintre pendouille un petit sac parfumé. De la lavande. Je la regarde passer le costume sur sa chemise de nuit. Ça me fait rire, pas Hanna. Maniant un feutre noir qu'elle a pris dans ma boîte à crayons, elle dessine une moustache au-dessus de sa lèvre supérieure. Elle ressemble un peu à Hitler. Si je le pouvais, c'est elle tout entière que je marquerais au feutre noir de façon à me souvenir d'elle et à la tenir contre moi – elle est trop grande pour tenir dans les poches de ma parka.

— Allez, couche-toi sur le dos, autrement ça va pas marcher.

J'obtempère, habituée à ce qu'elle prenne les commandes et à lui emboîter le pas. Elle plante ses jambes osseuses, qui nagent dans le pantalon de papa, près de mes hanches, rejette ses cheveux en arrière. À la lumière du globe, affublée de la moustache qui fait surtout penser à un nœud papillon, on la dirait tout droit sortie d'un film d'horreur.

— Je viens de la ville et je suis un homme, dit-elle d'une voix caverneuse.

Je sais ce qu'il me reste à faire – à croire qu'il est tout à fait normal qu'elle se tienne au-dessus de moi, au beau milieu de la nuit, dans le costume de papa. La veste aux revers luisants lui élargit les épaules et lui rapetisse la tête, on dirait celle d'une poupée en porcelaine.

— Je viens du village et je suis une femme, je dis en adoptant une voix plus aiguë que la mienne.

— Et vous cherchez un homme ? grommelle Hanna.

— C'est exact. Je cherche un homme qui m'arrachera à ce misérable village. Un sauveur. Un homme costaud. Beau. Et bon.

— J'peux vous dire, ma p'tite dame, que vous avez frappé à la bonne porte. On s'embrasse ?

Avant que je puisse répondre, elle presse ses lèvres sur les miennes et enfonce sa langue dans ma bouche. C'est tiède, un bout d'escalope resté sur l'assiette que maman réchauffe au micro-ondes pour nous le resservir. Hanna la tourne dare-dare trois ou quatre fois, sa salive se mélange à la mienne, s'écoule sur ma joue. Elle retire sa langue tout aussi vite qu'elle l'a enfoncée.

— Tu sens ? me demande Hanna, à bout de souffle.

— Que voulez-vous dire, monsieur ?

— Dans ton ventre et entre tes jambes ?

— Non, uniquement votre moustache. Ça gratouille un peu. On se marre comme des baleines, on a l'impression qu'on ne va plus s'arrêter. Puis Hanna s'affale à mes côtés.

— T'as un goût de métal, dit-elle.

— Toi de biscuit au lait concentré mouillé.

On sait l'une et l'autre à quel point c'est dégueulasse.

10

Ma sœur et moi, nous nous réveillons, des traînées noires sur la figure ; le costume du dimanche de papa est tout froissé. Je me redresse tout de suite. Si papa nous trouve ainsi, il sortira la Bible des États[1] du tiroir de la table de la cuisine et se mettra à lire à voix haute un passage de l'Épître aux Romains : « La parole de la foi que nous prêchons dit que si tu confesses de ta bouche que Jésus est le Seigneur, et que tu crois dans ton cœur que Dieu l'a ressuscité des morts, tu seras sauvé. » Avec cette même bouche, j'ai embrassé ma sœur cette nuit, ou plutôt elle m'a embrassée avec la sienne, enfonçant sa langue comme pour chercher les mots qui lui manquaient. On peut refuser l'accès de son cœur au sentiment peccamineux, mais on ne peut l'empêcher d'entrer chez soi. Voilà pourquoi papa ne va pas manquer de découvrir, en venant tambouriner à la porte pour nous tirer du lit, le péché qu'on a laissé

1. La *Statenbijbel* ou *Statenvertaling*, première traduction de la Bible reconnue par l'Église réformée (1635). Les traductions des citations en français sont empruntées à la Bible d'Ostervald.

entrer – comme on a un jour laissé entrer un chat errant avant de le mettre derrière le poêle à bois, dans le panier aux noix pour le nourrir de croûtes de pain trempées dans du lait jusqu'à ce qu'il soit requinqué – si bien qu'aucune de nous deux ne sera sauvée.

Du plat de la main, Hanna lisse les plis du costume. De la poche de poitrine, elle sort un rouleau de pastilles Mentos à moitié entamé. Elle en fourre une dans sa bouche. Je me demande bien pourquoi : ces pastilles à la menthe nous servent en principe à franchir sans embûches la prédication, à ne pas remuer ni piaffer – faire craquer le banc, cela alerterait les personnes présentes au temple qui se diraient que les gosses Mulder n'écoutent pas le pasteur. Or, en ce moment, on n'a aucune raison de rester sans bouger ; au contraire, il nous revient d'agir vite et de faire en sorte que papa ne trouve pas nos histoires trop longues, de même qu'il s'applique à ce qu'on ne trouve pas la prédication trop longue. Quand on se plaint de leur durée, il réplique : « Les impatients sont punis car, pour eux, tout dure deux fois plus longtemps. » Puis : « Si y a quelqu'un qui parle longtemps, c'est Line, la voisine, incroyable ce qu'elle peut dégoiser celle-là ! » Une seconde durant, je vois papa et Line, l'un en face de l'autre sur la route du polder, jusqu'au moment où ses oreilles à lui tombent comme des feuilles d'automne. Il va nous falloir les recoller avec de la colle en bâton. Je préférerais les glisser dans un écrin en velours pour leur murmurer tous les soirs les mots les plus doux comme les plus horribles, avant de vite rabaisser le couvercle et de secouer le tout pour être sûre que mes paroles glissent dans ses conduits auditifs : des mots, j'en ai à revendre, même s'ils semblent de moins en moins provenir de moi tandis que mon vocabulaire biblique lâche presque aux coutures. L'image des oreilles de papa recollées me fait rire à chaque fois. Tant qu'il raconte des blagues sur la voisine et les répète comme les prévisions météo de la semaine, on n'a rien à craindre. Cela dit, pendant la prédication, c'est lui qui suce le plus de pastilles. Dès qu'on arrive à la maison, il nous demande de quoi a parlé le pasteur, soi-disant pour vérifier qu'on a bien écouté. Moi, je me dis qu'il procède ainsi surtout pour lui-même : comme il a la tête ailleurs, il nous utilise pour obtenir un résumé de la prédication. Dimanche dernier, je lui ai dit qu'elle portait sur le fils prodigue, ce qui était faux – or, papa n'a pas corrigé mon assertion. Le fils prodigue, c'est mon histoire préférée. Il m'arrive d'imaginer Matthies qui revient un jour, la peau d'une blancheur de neige et papa qui s'empresse d'abattre le plus beau de ses veaux. Puis la grande fête qu'on organise – même si maman n'aime pas ça, les fêtes, à cause des danses et de la musique, ce qu'elle appelle « trémoussements et tambourinements » –, partout des lampions, des guirlandes, du coca et des chips côtelées, « car il était perdu, et il est retrouvé ».

— Tu crois qu'on a fait quelque chose de mal ? je demande à Hanna.

Elle essaie de réprimer un bâillement derrière sa main. On n'a dormi que trois heures.

— Qu'est-ce que tu veux dire ?

— Eh bien, juste que c'est à cause de nous si papa et maman ne vont pas très bien, si Matthies et Tiesy sont morts, si on est encore à la maison et pas sur un terrain de camping ?

Hanna réfléchit. Comme d'habitude, son nez va et vient, de haut en bas. Elle a du feutre sur les joues.

— Tout ce qui a une raison d'être finit par s'arranger.

Il n'est pas rare que ma sœur lâche de telles sentences, mais à mon avis, en général, elle n'y comprend que dalle.

— Ça va s'arranger, tu crois ?

Je sens les larmes monter. Et m'empresse de poser les yeux sur le costume de papa, sur les épaules rembourrées censées lui conférer un surcroît d'autorité le dimanche. La pointe d'un couteau suffirait à les dégonfler. D'une chiquenaude de l'auriculaire, je chasse du coin de mes yeux les petites crottes jaunâtres laissées par le sommeil et en tartine ma couette. On dirait des crottes de nez.

— Bien sûr que oui. Obbe, de toute façon, il ne cherchait pas à faire du mal. C'était un accident.

Je hoche la tête. Oui, c'était un accident. Ici, au village, tout arrive par accident : les gens tombent amoureux par accident, achètent par accident une autre viande que celle qu'ils envisageaient, oublient par accident leur recueil de cantiques, sont par accident taciturnes. Hanna s'est levée. Elle remet la veste de papa sur le cintre. Le sachet de lavande est éventré, de petites fleurs violacées parsèment ma couette. Je m'allonge sur le dos au milieu d'elles. S'il vous plaît, laissez la journée patienter jusqu'au moment où je n'aurai plus à aller en classe, jusqu'à ce que le foin soit sec dans le pré, de sorte que le taux d'humidité, en moi, diminue progressivement.

11

Au journal télévisé, ils ont conseillé de boire un grand verre d'eau toutes les heures, ils ont même montré ce à quoi ça ressemble, un grand verre – ça ne ressemble pas aux verres qu'on a chez nous. Au village, il n'y a pas deux foyers qui ont les mêmes verres ; les verres, ça permet de se distinguer des autres. Nous, on utilise ceux qui ont contenu de la moutarde. Les uns après les autres, on boit l'eau que papa répartit dans les verres en la versant d'une bouteille de coca. La bouteille, que le soleil a réchauffée, n'étant pas bien rincée, l'eau a un goût de coca. J'ai le nez qui me démange à cause de la poussière soulevée par le fanage. Comme je trifouille dans ma narine, j'en sors de la morve noire ; j'essuie mon doigt sur mon pantalon, je n'ose pas manger ça de peur de tomber malade et de retourner en poussière. Autour de moi, les bottes de foin gisent comme autant de pains de savon vert. Je refuse de penser au doigt de papa qui entre en moi et croque dans le donut qu'il vient de distribuer. Les donuts, j'ai de plus en plus de mal à en avaler, ces mollassons me sortent par le gosier ; ces derniers temps, le boulanger n'a pas grand-chose d'autre à proposer. Malgré tout, j'en prends une deuxième bouchée, ne serait-ce que pour faire alliance avec Obbe et papa : trois personnes assises sur la même botte de foin en train de manger un donut n'auraient-elles donc rien en commun ? La froide pellicule me colle aux dents et au palais, je l'avale sans vraiment tenir compte du goût.

— Dieu a renversé son encrier, fait Obbe en regardant le ciel qui s'assombrit au-dessus de nos fronts en sueur.

Je glousse et même papa esquisse un sourire, le premier depuis longtemps. Il se lève, s'essuie les mains sur son pantalon, signe qu'il faut s'y remettre. La nervosité ne va pas tarder à l'envahir – la peur que la pluie détrempe les bottes et qu'elles moisissent. Je me lève à mon tour et, avant de saisir l'une des bottes par les ficelles, prends une poignée de foin dans chaque main pour éviter que des zébrures ne marquent mes doigts. J'épie le sourire sur le visage de papa. Tu vois, je me dis, il suffit de faire en sorte de ne pas se blesser les mains pour que tout s'arrange. Nous n'aurons dès lors plus à avoir peur que le Jour du Jugement dernier – fondant à l'instar du choucas des tours sur sa proie – frappe maman et papa à chaque instant, plus à avoir peur de plus pécher que de prier. Je soulève une énième botte, ma parka colle à ma peau. Même alors qu'il fait une chaleur à crever, pas question de l'enlever. Les bottes, je les balance sur la remorque où papa les dispose en rangées de six.

— Faut se dépêcher avant que ça pète, dit-il en fixant de nouveau le ciel toujours plus sombre.

— Matthies, y soulevait deux bottes à la fois, je réplique en levant les yeux sur lui. Il les hissait sans peine au bout de sa fourche comme des dés de fromage aux orties au bout de pics apéritifs.

Immédiatement, le sourire de papa se dissout dans la peau de son visage jusqu'à tout à fait disparaître. Il y a des gens dont le sourire reste visible, y compris lorsque la tristesse les habite. Aucune main ne saurait en effacer le contour. Chez maman et papa, on observe le phénomène inverse. Ils ont l'air triste y compris quand ils sourient, à croire qu'une main a posé un demi-carré à la commissure de leurs lèvres puis tracé deux lignes obliques vers le bas.

— Les morts, on n'en parle pas, on se les remémore.

— Rien ne nous empêche de les remémorer à haute voix, si ?

Papa pose sur moi un regard pénétrant, saute de la remorque et plante la fourche dans le sol.

— Qu'est-ce que t'as dit ?

Je vois ses biceps se contracter.

— Rien.

— Comment ça, rien ?

— Rien, papa.

— C'est ce qui me semblait. Comment oses-tu me contredire après avoir foutu en l'air notre réserve de fèves ?

Pour me donner une contenance, je fixe à mon tour le ciel. Pour la première fois, je remarque que moi aussi je contracte les muscles. Combien j'aimerais tremper la tronche de papa dans de l'encre et écrire avec, comme s'il s'agissait d'une plume, soit une phrase répulsive, soit une phrase évoquant Matthies et exprimant à quel point il me manque ! À cette idée, je suis frappée d'effroi. « Honore ton père et ta mère, afin que tes jours soient prolongés sur la terre que l'Éternel ton Dieu te donne. » Dans la foulée, je me dis : pourvu que ce soient des jours de l'autre côté et pas ici, dans ce village moisi et misérable. Obbe s'empare de la bouteille de coca, avale avidement les dernières gorgées d'eau sans me demander si j'en veux, se lève pour reprendre le travail.

Le dernier tour est plus lent. C'est à moi de conduire le tracteur et à Obbe de balancer les bottes sur la remorque où papa les empile. Lequel ne cesse de me crier soit d'accélérer, soit de ralentir. Par instants, il ouvre d'un coup la porte de la cabine, me pousse sans ménagement et donne un grand coup de volant pour éviter qu'on n'atterrisse dans le chemin d'eau. Dès qu'il a regagné sa place, une pensée me traverse : un bon coup d'accélérateur et il tombe du haut de l'empilement. Un seul coup.

Le foin rentré, Obbe et moi, on se retrouve derrière l'étable, adossés au mur ; il a glissé un brin de paille dans la fente de ses incisives du haut. En arrière-fond, on perçoit le bourdonnement des brosses qui, en des mouvements de rotation, parcourent le dos des vaches pour les soulager de leurs démangeaisons. On a encore pas mal de temps avant l'heure des affouragements. Obbe mâchouille son fétu, il me promet de dévoiler le mot de passe du jeu *The Sims* si je participe à sa mission. Grâce à ce mot de passe, on peut gagner des fortunes et faire en sorte que les figurines s'embrassent avec la langue. Un frisson me traverse le corps. Certains soirs, quand papa vient me souhaiter la bonne nuit, il met sa langue dans mon oreille. C'est certes moins pénible que le doigt au savon vert dans le derrière, mais quand même... Je ne sais pas pourquoi il fait ça. Est-ce pour la même raison qu'il lèche, chaque soir, le bouchon de la brique de yaourt à la vanille ? Il estime que c'est du gâchis autrement. À sa décharge, je dois dire que j'oublie souvent de me nettoyer les oreilles.

— Ça n'a rien à voir avec la mort, j'espère ?

Je ne sais si je suis assez forte pour affronter la mort à présent. Devant Dieu, on ne peut apparaître que dans nos habits du dimanche ; devant la mort, je n'en ai aucune idée. Je sens encore la colère de papa sur mes épaules. Au collège, je me tiens à l'écart des bagarres, observe tout à distance et défends les plus faibles dans ma tête. En ce qui concerne la mort, il m'est difficile de me défendre moi-même, je n'ai jamais appris à le faire, même si j'essaie de m'observer avec un certain recul. Ça ne marche pas, je suis prisonnière de moi-même. Et puis, l'épisode du hamster est encore tout frais dans ma mémoire. Je sais ce que je ressentirais après coup. Pourtant, ça ne me pèse pas plus que ma curiosité de voir et de comprendre la mort.

— On court toujours le risque de tomber sur elle.

Obbe crache le fétu, un grumeau blanc atterrit par terre.

— Tu piges pourquoi on ne peut pas parler de Matthies ?

— Tu le veux, le mot de passe, ou tu le veux pas ?

— Belle pourra jouer elle aussi ? Elle devrait pas tarder.

J'omets de raconter qu'elle vient surtout pour voir les biroutes des voisins : je me suis vantée à ce sujet, avançant qu'elles ressemblent un peu aux croissants pâles que nous mangeons de temps en temps chez elle à l'heure du déjeuner, faits dans une pâte que sa mère sort d'une boîte, roule et met à dorer au four.

— Oui, répond Obbe, tant qu'elle se met pas à chialer.

Peu après, Obbe remonte trois canettes de coca de la cave, les cache sous son pull et nous invite à approcher, Belle et moi. Je sais ce qui se prépare, je suis calme. Tellement calme que j'en oublie de caler le curseur de ma fermeture Éclair entre mes dents. Serait-ce à cause de la plainte formulée par Line et son mari Kees ? Ils trouvent dangereux que je roule sur la digue, manches descendues sur les doigts, col et fermeture entre les dents. Du geste de la main que le paysan fait pour repousser une offre d'achat dérisoire d'un veau, papa et maman ont chassé l'inquiétude des voisins.

— Ça lui passera, a dit maman.

— Oui, faut qu'elle dépasse ça, a dit papa.

Mais, moi, je ne vais pas dépasser ça, bien au contraire. Je m'enracine là-dedans, personne ne s'en rendra compte.

Alors qu'on gagne les clapiers, Belle parle de l'interro de biologie et de Tom. En classe, Tom est assis deux rangées derrière nous, il a des cheveux noirs qui lui tombent sur les épaules, il se trimballe toujours avec la même chemise à carreaux sur le dos. Nous supposons qu'il n'a pas de mère, puisque personne ne fait sa lessive et qu'il ne porte jamais rien d'autre. Belle assure que Tom l'a zieutée pendant au moins dix minutes. Cela veut dire qu'à tout moment, des nichons sont susceptibles de pousser sous le T-shirt de ma copine. Bien que je ne me réjouisse pas pour elle, je souris. Il faut que je m'y fasse : les gens ont besoin de petits problèmes pour se sentir plus grands qu'ils ne sont. Moi, je n'ai aucune envie d'avoir des nichons, que cela puisse paraître bizarre ou non. Je n'ai pas non plus envie du moindre garçon, uniquement de moi-même, mais ça, pas question de le révéler, pas plus que le mot de passe d'un Nokia, autrement on pirate votre téléphone à votre insu.

Dans la grange aux lapins, il fait chaud et sombre. Le soleil a brillé toute la journée sur les plaques de gypse du toit. Bouclette est étendu dans sa cage. Maman a remplacé les fanes fanées d'hier par des fraîches. En revanche, elle a oublié de mettre des douceurs dans notre boîte à bonbons. Obbe fait coulisser la mangeoire sur ses supports et la pose par terre. De la poche de sa veste, il sort une paire de ciseaux dont les branches sont souillées de sauce tomate : les briques Heinz que maman ouvre en en pinçant le haut. L'instrument en main, Obbe fait semblant de couper quelque chose ; pendant quelques secondes, un rayon de soleil se fraie un passage entre les fissures d'une paroi et se reflète sur le métal. La mort nous met en garde.

— Je commence par les moustaches, ce sont les capteurs. Après, Bouclette ne saura plus ce qu'il fait.

Il coupe un à un les poils tactiles et les pose sur la paume que je tends.

— Ce n'est pas très bon pour Bouclette, non ? demande Belle.

— C'est à peu près la même chose que quand on se brûle la langue et qu'on perd un peu le sens du goût, c'est pas ça qui nous rend malade.

Bouclette se précipite dans tous les coins de sa cage. Toutefois, il ne peut échapper aux doigts d'Obbe. Maintenant qu'il n'a plus de moustaches, mon frère dit :

— Vous voulez les voir baiser ?

Belle et moi, on se regarde. Ça ne fait pas partie du plan qui consistait à couper les moustaches pour voir si elles repousseraient. Mais voilà, les vers sont de retour dans mon ventre. Depuis qu'Obbe m'a montré sa biroute, la potion vermifuge de maman descend plus vite : je fais exprès de me plaindre de démangeaisons entre les fesses. Parfois, je vois dans un cauchemar des vers de la taille d'un serpent à sonnette qui sortent de mon anus ; ils ont une gueule de lion. Je me retrouve dans le creux du matelas à l'instar de Daniel dans la fosse aux lions ; il me faut promettre de mettre ma confiance en Dieu. En attendant, ces abjectes gueules affamées prolongées d'un corps de serpent refusent de disparaître. Quand je demande grâce en poussant un cri, je me réveille enfin.

Obbe désigne du menton le lapin nain en face de Bouclette. Les paroles de papa me reviennent : ne jamais laisser un gros lapin couvrir un petit. Son raisonnement ne vaut pas un sou : papa a deux têtes de plus que maman, et maman a survécu quand elle nous a mis au monde. Ça doit donc être possible. Voilà pourquoi je confie le petit lapin à Belle ; elle le tient brièvement dans ses bras puis le dépose dans la cage de Bouclette. En silence, on observe Bouclette « flairer » scrupuleusement le lapin nain, le contourner, se mettre à trépigner puis sauter sur la tête de son congénère et ensuite sur son derrière. On ne distingue pas sa biroute. Rien que ses mouvements frénétiques et la peur dans les yeux du petit lapin, la même que celle que j'ai vue dans ceux du hamster.

« Une âme sans prudence n'est pas un bien, et celui qui se précipite dans ses démarches, s'égare », récite papa à l'occasion, quand nous sommes avides d'une chose en particulier. Au moment où sa voix résonne dans ma tête, Bouclette se laisse tomber à côté du lapin nain. Durant quelques secondes, je me demande si papa s'est laissé lui aussi tomber à chaque fois, ce qui expliquerait pourquoi il a cette jambe déformée qui le fait souffrir en permanence. Autrement dit, l'histoire de la moissonneuse-batteuse serait pure invention : plus crédible et moins honteuse que la réalité. Alors qu'on s'apprête à reprendre haleine en poussant un soupir de soulagement, on est bien obligés de constater que le lapin nain est mort. Rien de bien spectaculaire. Il a fermé les yeux et hop ! parti. Pas de convulsions ni de cris de douleur, pas le moindre halo de mort.

— Putain de jeu stupide ! s'exclame Belle.

Je vois qu'elle a envie de pleurer. Elle est trop tendre pour ce qu'on vient de vivre. Elle est le caillé dont on fait le fromage, tandis qu'Obbe et moi sommes à un stade plus avancé du processus de maturation. On est déjà un peu plastifiés.

Obbe me regarde dans les yeux. Des poils duveteux clairs lui poussent sur le menton. On garde le silence tout en sachant l'un et l'autre, sans connaître la recette, que l'on doit répéter ce genre d'expérience pour espérer comprendre un jour la mort de Matthies. Dans mon ventre, les élancements se font plus douloureux comme si quelqu'un me piquait la peau de la pointe de ciseaux : le savon n'a toujours pas produit son effet. Je fourre les moustaches dans la poche de ma parka où elles rejoignent la tête de la vache et la sonde à fromage, tire la languette de la canette de coca et porte le métal froid contre ma bouche. Au-delà du rebord, je vois que Belle m'observe, dans l'attente du prochain épisode. Il me reste à tenir ma promesse. Si Jésus a eu des disciples, c'est parce qu'Il avançait des choses qui Le rendaient crédible. Moi aussi, je dois offrir un truc à Belle pour que l'amie ne se fasse pas ennemie. Avant de la conduire devant la trouée dans la haie d'ifs, je tire Obbe par la manche et chuchote :

— Alors, le mot de passe, tu me le donnes ?

— Klapaucius, me dit-il.

Il retire ensuite le petit lapin de la cage de Bouclette, le garde sous son pull qui est sans doute encore froid à cause des canettes de coca. Je ne lui demande pas ce qu'il va en faire. Ici, pour tout ce qui exige le secret, on accepte le silence.

Belle se tient prête derrière la haie, assise sur une chaise de pêcheur. Je plie mon auriculaire devant l'ouverture.

— C'est pas une biroute, s'exclame Belle, c'est ton petit doigt.

— Ouais, mais c'est pas un temps à sortir des biroutes, t'as pas de bol, c'est tout.

— C'est quand, une journée favorable ?

— J'en sais rien, on peut pas savoir à l'avance. Les journées favorables, à la campagne, elles sont plutôt rares.

— T'arrêtes pas de raconter des salades, hein ?

Une mèche de ses cheveux reste collée à sa joue après avoir trempé dans la canette. Elle rote derrière sa main. À ce moment-là, on entend des rires de l'autre côté de la haie. Par le trou, on voit les voisins sauter dans la piscine gonflable, flotter sur leurs dos bronzés – des raisins secs dans un bain d'eau-de-vie.

Je tire Belle par le bras.

— Viens, on va leur demander si on peut jouer avec eux.

— Mais comment on va faire pour voir leur biroute ?

— Y a toujours un moment où ils ont besoin de pisser.

La conviction avec laquelle je prononce ces paroles fait gonfler ma poitrine. L'idée de détenir une chose à laquelle autrui aspire me grandit. Côte à côte, nous nous avançons. J'ai le ventre plein de bulles minuscules. Les vers, dans mon ventre, vont-ils survivre au coca ?

12

Ma fascination pour les biroutes date sans doute de l'époque où, quand j'avais dix ans, je décrochais les angelots nus de l'arbre de Noël. Je tâtais la porcelaine froide entre leurs cuisses toutes dures, comme je l'aurais fait d'un débris de coquillage ramassé dans le grit du poulailler, posant ma main dessus en guise de touffe de gui. À l'époque, pour protéger leurs biroutes. À présent, quand je le fais, c'est habitée d'un désir débridé qui, niché principalement dans mon bas-ventre, ne cesse de s'amplifier.

— Je suis une pédophile, je chuchote à l'oreille d'Hanna.

Je sens mon souffle glisser sur les poils de mes bras. Pour éviter cela, j'essaie de m'adosser à la baignoire. Je ne sais ce qui m'angoisse le plus : sentir mon souffle sur ma peau ou l'idée qu'un jour je ne respirerai plus alors que je ne connais pas la date en question. Quelle que soit la position que j'adopte, je sens mon souffle sur mon bras, les poils se dressent, je les immerge dans l'eau. *T'es une pédophile, t'es une pécheresse.* Le mot, c'est Obbe qui me l'a appris.

Il l'a entendu à la télé, chez un copain. Sur Nederland 1, Nederland 2 et Nederland 3, des gens pareils n'entrent pas dans la programmation, personne ne veut voir leur tronche à l'écran. Obbe dit qu'en apparence rien ne les distingue des gens normaux qui ont des journées normales, et qu'ils tripotent la biroute de garçons bien plus jeunes qu'eux. Mes voisins et moi, une main entière nous sépare : cinq ans. Ça ne peut pas rater : j'appartiens moi aussi à ce groupe. Un de ces jours, je ferai l'objet d'une chasse à l'homme, on m'acculera comme les vaches entre leurs barrières quand on les change de pré. Après le repas, maman, à son habitude, a fait passer un gant de toilette humide pour qu'on se débarbouille à tour de rôle – bouches souillées de ketchup et doigts collants. Je n'avais pas envie de m'en servir. Maman ne me pardonnerait pas de nettoyer mes doigts peccamineux avec le gant contre lequel elle s'apprêtait à presser ses lèvres – elle ne mange pas de macaronis au ketchup, mais tient à se laver la bouche. Ou voulait-elle tout de même y goûter ? À moins que ce ne fût un baiser de bonne nuit déguisé sur nos bouches, ce baiser qu'elle oublie de plus en plus souvent de nous donner ? J'ai gagné ma chambre, tiré la couette sur mon sternum comme j'ai vu, chez Belle, le personnage principal d'un film le faire – il y avait toujours quelqu'un pour venir la lui remonter jusqu'au menton, chose qui ne se passe jamais à la maison, si bien que, certaines nuits, le froid me réveille ; je remonte alors moi-même la couette tout en murmurant : « Dors bien, cher personnage principal. »

Avant que le gant de toilette ne me parvienne, j'ai reculé ma chaise et dit que j'avais une urgence. Le mot « urgence » a fait lever les yeux de tout le monde autour de la table, des yeux dans lesquels se lisait de l'espoir : allait-elle enfin faire caca ? Mais aux toilettes, j'ai attendu, le temps d'entendre le bruit des chaises qu'on reculait, d'avoir les fesses glacées et de lire trois fois le nom des personnes mentionnées sur le calendrier accroché au-dessus du lavabo[1]. Au crayon à papier – puisé au fond de la poche de ma parka –, j'ai esquissé une petite croix derrière chaque prénom, toutes à peine visibles et celle à la date de mon anniversaire, en avril, plus grande que les autres et suivie de A.H., les initiales d'Adolf Hitler.

La biroute du voisin était un peu flasque au toucher, comme les paupiettes farcies de viande hachée que grand-mère me demande, certains dimanches, de rouler sur le plan de travail préalablement parsemé d'herbes aromatiques. À cette différence que ces dernières sont grasses et grenues. J'aurais aimé ne jamais lâcher sa biroute, mais le jet s'est réduit avant de s'arrêter. Le voisin a secoué les hanches d'avant en arrière, son bigoudi allant dans tous les sens, des éclaboussures atterrissant sur les dalles grises. Il a alors remonté son caleçon et son jean. Belle regardait en restant à distance. Il l'a autorisée à reboutonner son

1. Dans de nombreux foyers hollandais, on inscrit à chaque mois d'un calendrier accroché aux toilettes, à la date appropriée, le prénom des proches auxquels on entend souhaiter un heureux anniversaire.

pantalon. Devant une tâche d'importance, il convient de commencer par le bas, cela permet de s'améliorer à mesure que l'on se rapproche du haut. Si Belle n'oubliera pas de sitôt le lapin mort, l'épisode avec les voisins aura au moins eu le mérite de l'apaiser : j'avais tenu parole. Entre autres en appuyant son index sur la biroute de l'un d'eux en précisant, bien inutilement : « C'est pas un faux ! »

— Je suis une pédophile, je répète.

Hanna presse un flacon pour en tirer les dernières gouttes de shampooing qu'elle applique sur ses cheveux. Odeur de noix de coco. Elle garde le silence, mais je sais qu'elle réfléchit. Ça, elle maîtrise : réfléchir avant d'ouvrir la bouche, alors que moi, c'est tout l'inverse. Quand je m'y essaie, ma tête se vide soudainement et mes mots, pareils aux vaches qui se couchent sur les caillebotis de l'étable, se nichent aux mauvais endroits, là où je ne peux les atteindre.

Hanna se met à ricaner.

— Je suis sérieuse, je lui dis.

— C'est pas possible.

— Pourquoi ?

— Les pédophiles sont différents. Toi, t'es pas différente. Toi, t'es comme moi.

Je me laisse glisser en arrière dans l'eau du bain, pince mon nez entre le pouce et l'index, et sens que ma tête touche le fond de la baignoire. Sous l'eau, je distingue les contours flous du corps nu de ma sœur. Combien de temps va-t-elle encore croire que je ne suis pas différente d'elle, que nous formons une unité, alors qu'on ne compte plus les nuits que nous passons séparées l'une de l'autre et qu'elle éprouve parfois des difficultés à suivre les bonds qu'effectue ma pensée.

— En plus, t'es une fille, dit Hanna, la tête couronnée de mousse, dès que j'émerge.

— Les pédophiles, c'est des garçons ?

— Oui, et ils sont bien plus vieux que toi, au moins trois mains et des cheveux gris.

— Dieu merci.

Je suis peut-être différente, mais pas au point d'être un pédophile. Je visualise les garçons de ma classe. Aucun d'eux n'a les cheveux gris. Selon la prof, seul Dave a une vieille âme. Or, selon moi, on a tous une vieille âme. La mienne a déjà douze ans. Plus que la plus vieille vache du voisin dont il affirme qu'elle est bonne pour la casse – elle ne donne plus guère de lait.

— À qui le dis-tu, Di-eu-mer-ci ! s'exclame Hanna.

On se tord de rire, on sort du bain en s'essuyant l'une l'autre. À la manière d'escargots qui cherchent à se mettre à l'abri, on rentre la tête dans notre veste de pyjama.

13

La peau verruqueuse flotte autour des squelettes. Toutes les deux secondes, mes crapauds gonflent les joues, à croire qu'ils accumulent de l'air pour dire quelque chose avant de se raviser à chaque fois. Un instant, l'envie me prend de presser l'une des verrues pour voir ce qu'elle contient, mais au lieu de cela, je pose les coudes sur mon bureau et le menton dans mes mains. Depuis qu'ils sont sortis de leur hibernation, ils n'ont rien mangé. Peut-être sont-ils entrés en résistance, comme maman, seulement j'ignore contre quoi. Pendant la Seconde Guerre mondiale, on résistait toujours contre l'autre – les Boches contre les Juifs –; dorénavant, on entre plutôt en résistance contre soi-même. Au fond, on peut considérer ma parka comme une résistance, une rébellion contre toutes les maladies que mentionnent les auditeurs du programme *De Muzikale Fruitmand* lorsqu'ils demandent que la radio diffuse le cantique de leur choix. Toutes ces saloperies qu'on peut attraper me font de plus en plus peur. Il m'arrive même d'imaginer que, pendant le cours de gym, je vois mes camarades faire la queue devant le cheval-d'arçons et, dégoûtés, se vomissent dessus, leurs chevilles baignant dans une sorte de porridge ; la peur me cloue alors au linoléum, j'ai les joues aussi brûlantes que les tuyauteries du chauffage fixées au plafond. Dès que je cligne des yeux, l'image disparaît d'elle-même. Par conséquent, chaque matin, afin de brider la peur, je casse quelques Mentos en quatre sur le bord de la table et les garde dans la poche de mon pantalon. Quand j'ai la nausée ou que je crois que je vais me sentir mal, je suce un morceau de la pastille, le goût de la menthe m'apaise. Le directeur du collège ne m'autorise plus à rentrer plus tôt à la maison.

« Se faire porter pâle pour manquer des cours, cela cache en général quelque chose », m'a-t-il dit non sans regarder derrière moi comme s'il voyait là la tête de papa et celle de maman ainsi que ce qui nous attend à tout moment, à savoir la grande mort écervelée, elle qui enlève toujours la mauvaise personne ou la laisse justement en vie.

— Tant que vous vous mettez pas à cracher, je dis aux crapauds.

D'un mouchoir en papier que je déplie, je sors deux vers de terre que j'ai dénichés dans le potager cet après-midi avant l'arrivée de Belle. Le ver de terre est l'un des animaux les plus forts de la création car il peut continuer à vivre même coupé en deux. Il a au moins neuf cœurs. Les tenant entre le pouce et l'index au-dessus de la tête du crapaud le plus dodu, je les regarde se tortiller dans tous les sens. Les yeux du batracien vont et viennent, il a des fentes en guise de pupilles. Un tournevis à fente, je me dis. Utile à savoir si jamais il me faut les démonter un de ces jours pour voir ce qui cloche en eux, comme je l'ai fait avec le gaufrier encrassé de fromage que l'on utilise pour faire des croques. Les crapauds n'ouvrent pas leur gueule. Pendant un moment, je frotte mes jambes l'une contre l'autre, le slip dont j'ai hérité au collège me démange. Ces derniers temps, je pisse souvent dans ma culotte ; je cache les culottes mouillées sous mon lit. Le seul avantage du chagrin : maman ayant en permanence le nez bouché, elle ne perçoit pas l'odeur d'urine quand elle vient me souhaiter une bonne nuit. Autrement, elle ne manquerait pas de me ridiculiser lors de l'anniversaire de l'un des membres de la famille, comme elle le fait à propos de mon ventre en montrant du doigt un gâteau au moka fatigué qui ressemble à un étron frais.

Aujourd'hui aussi, au collège, ça s'est mal passé. Heureusement, personne n'a rien remarqué, sauf la prof. Elle m'a donné une culotte puisée dans la boîte des objets trouvés – ceux que personne n'a jamais réclamés et qui sont donc considérés comme perdus pour de bon. Une mention en lettres rouges figure sur le sous-vêtement : COOL. Ces inscriptions sont pareilles au rapport que papa et maman entretiennent avec leur résistance : ils la gardent pour eux tout en la portant en permanence sur eux ; moi, je me sens tout sauf cool.

— Vous êtes fâchée ? j'ai demandé à la prof quand elle m'a donné le slip.

— Bien sûr que non, ce sont des choses qui arrivent.

Tout peut arriver, me suis-je alors dit, mais on ne saurait rien empêcher : le plan concernant la mort et le sauveteur ; le fait que papa et maman ne se couchent plus l'un sur l'autre ; Obbe qui grandit tellement vite que maman n'a même plus le temps d'apprendre par cœur les indications de lavage sur les étiquettes de ses vêtements ; Obbe toujours plus grand en même temps que toujours plus cruel ; les petites bêtes qui montent, qui montent dans mon ventre, m'incitant à me frotter contre mon ours en peluche – par suite, je me lève épuisée ; la question de savoir pourquoi on n'a plus de beurre de cacahuète contenant des éclats de cacahuète, de savoir pourquoi la boîte à bonbons a dorénavant une bouche qui adopte la voix de maman : « Tu crois que c'est raisonnable ? », de savoir pourquoi le bras de papa s'est transformé en barrière de passage à niveau qui nous tombe dessus alors qu'on attend ou non notre tour ; les Juifs de la cave dont on ne parle pas plus que de Matthies… Sont-ils encore en vie ? Un des crapauds se met soudain à avancer. Je mets ma main devant lui pour éviter qu'il ne tombe du bureau et ne s'écrase par terre. Les batraciens ont-ils eux aussi un silo dans la tête ? Je repose mon menton dans mes mains pour les observer de tout près.

— Vous savez quoi, gentils crapauds ? Vous devez utiliser vos pouvoirs. Si vous nagez moins bien et sautez moins haut que les grenouilles, faites donc appel à d'autres qualités. Par exemple, rester figé, c'est votre truc, pas du tout celui d'une grenouille. Figé comme une motte de boue. Creuser un trou, ça aussi, c'est dans vos compétences, je vous l'accorde. L'hiver, on croit que vous avez disparu alors que vous êtes tout simplement dans la terre, sous nos pieds. Nous, les humains, on reste visibles même quand on souhaite devenir invisibles. Pour le reste, on sait faire les mêmes choses que vous : nager, sauter, creuser, mais on n'attache pas à ça une très grande importance, car on cherche surtout à réaliser ce qu'on ne sait pas faire, ce qu'on passe des années à apprendre à l'école ; moi, je vous l'assure, je préférerais nager, ou m'enfouir dans la boue pendant deux saisons de suite. Cela dit, la différence la plus importante entre vous et moi, c'est peut-être le fait que vous n'avez plus de maman ni de papa ou du moins que vous ne les voyez plus. Comment vous débrouillez-vous ? Ils vous ont dit : « Petit joufflu, t'as plus besoin de nous, on va voir ailleurs. » Ça s'est passé comme ça ? Ou bien êtes-vous allés barboter ensemble par une belle journée du mois de juillet et ils ont dérivé sur une feuille de nénuphar jusqu'à disparaître à l'horizon ? Ça vous a fait de la peine ? Ça vous fait encore de la peine ? Ça peut sembler absurde, mais maman et papa me manquent souvent alors que je les vois tous les jours. C'est peut-être comme les choses qu'on désire apprendre, acquérir : tout ce qu'on n'a pas, ça nous manque, maman et papa sont là, et en même temps ils ne sont pas là.

Je prends une grande respiration et pense à maman qui est sûrement en bas, en train de lire *Terdege* – le jeudi, jamais avant, elle sort le bimensuel de son plastique –, les genoux l'un contre l'autre et, à la main, une tasse de lait à l'anis. Papa cherche les prix du lait sur le télétexte. Quand ceux-ci se révèlent élevés, il va à la cuisine se faire une tartine de beurre ; maman stresse à cause des miettes qu'il pourrait laisser traîner, à croire qu'elle fait partie du service de lutte contre les insectes. Quand les prix du lait ne sont pas à la hauteur, papa sort et s'éloigne en empruntant la digue. À chaque fois, je me dis que nous ne le reverrons jamais. J'accroche alors son bleu de travail à la patère, dans l'entrée, près de l'anorak de Matthies – chez nous, la mort a son propre portemanteau. Mais le pire, c'est le silence sans fin. Dès que papa éteint le téléviseur, on n'entend plus rien si ce n'est le tic-tac du coucou : le temps semble être une sardine de campeur qui disparaît de plus en plus dans la terre jusqu'à ce que l'obscurité se fasse, une obscurité sépulcrale. En réalité, ce ne sont pas les parents qui dérivent et s'éloignent de nous, c'est nous qui nous éloignons d'eux.

— Promettez-moi que tout ça va rester entre nous, gentils crapauds. Parfois, vous savez, j'aimerais avoir d'autres parents, vous comprenez ça ? Des parents comme ceux de Belle, ils sont tendres comme un moelleux au beurre à la sortie du four ; quand elle est triste, quand elle a peur ou quand elle est joyeuse, ils la cajolent, ils la câlinent. Des parents qui chassent tous les fantômes qui se réfugient sous notre lit, dans notre tête ; des parents qui, chaque week-end, à l'instar de la présentatrice du journal télévisé aux cheveux bouclés, passent en revue avec nous la semaine écoulée afin qu'on n'oublie ni ce qu'on a accompli en huit jours, ni ce qui nous a fait trébucher, non plus que ce qui nous a remis sur pied. Des parents qui nous voient quand ils nous parlent – bien que moi, ça me hérisse de regarder quelqu'un dans les yeux, les globes oculaires d'un interlocuteur, ça fait en effet penser à deux magnifiques billes que l'on peut à tout moment gagner ou perdre. Par conséquent, le deuil n'est rien qu'un sac de billes vide. Il me faut ajouter que Belle part loin en vacances avec ses parents et qu'ils lui font du thé quand elle rentre du collège. Ils ont au moins une centaine de saveurs différentes, dont la menthe étoilée, mon préféré. Il leur arrive de prendre le thé assis par terre, ils estiment que c'est plus agréable que d'occuper un fauteuil. Ils s'ébattent alors sans jamais se battre. Et s'excusent dès qu'ils font quelque chose de travers.

« Ce que je me demande, mes amis, c'est : est-ce que ça pleure, un crapaud ? ou est-ce qu'il se contente de nager quand il est triste ? Nous, on a des larmes en nous, mais vous, vous les cherchez peut-être en dehors de vous pour vous noyer dedans. Mais revenons sur vos pouvoirs, puisque j'ai commencé par là. Il convient de savoir ce dont vous voulez tirer parti et comment vous allez vous y prendre. Je sais que vous êtes doués pour attraper les mouches. Et pour vous accoupler. Ça, pour moi, c'est un truc plutôt bizarre alors que vous, vous passez en principe votre temps à ça. Quand ce qui nous plaît s'arrête, ça veut dire qu'il y a quelque chose qui cloche. Vous n'auriez pas la grippe crapaudine, par hasard ? Ou le mal du pays ? À moins que vous n'aimiez faire le contraire de ce qu'on vous dit ? Je peux concevoir que je vous en demande trop, mais voilà, si vous inaugurez la saison des amours, papa et maman finiront sûrement eux aussi par s'y mettre. Parfois, il faut bien que quelqu'un montre l'exemple – ne dois-je pas toujours être un exemple pour Hanna, même si, dans certains cas, cela fonctionne plutôt dans l'autre sens ? Passez-vous en ce moment le plus clair de vos journées à vous embrasser ? Selon Belle, il y a quatre étapes : embrasser, tripóter, tripoter plus encore, s'accoupler. Je suis mal placée pour en parler, je ne me suis pas encore mise à la tâche. Cela ne m'empêche pas de comprendre qu'il vaut mieux commencer en mettant la pédale douce. Seulement, nous ne disposons plus de beaucoup de temps. Pas plus tard qu'hier, maman n'a même pas mangé sa tartine de fromage ; quant à papa, il menace sans arrêt de partir. Sachez qu'ils ne s'embrassent jamais. Jamais. Enfin, sauf à minuit au Nouvel An. Maman se penche alors prudemment vers lui, tient sa tête un bref instant comme s'il s'agissait d'un beignet aux pommes trop gras et presse les lèvres sur sa joue, sans qu'on entende le moindre bruit de baiser. Écoutez, j'ignore ce que c'est l'amour, je sais simplement que ça permet de faire de hauts bonds, de nager plus loin, que ça nous rend visible. Il faut savoir que les vaches sont souvent amoureuses, elles se sautent alors dessus, les génisses elles aussi. Il nous reste à faire quelque chose pour favoriser l'amour ici, à la ferme. Or, pour être franche, illustres crapauds, il me semble qu'on s'est enterrés, même si on est en été. Embourbés jusqu'au cou et personne pour nous tirer de là. Au fait, vous avez un Dieu, vous ? Un Dieu qui pardonne ou un Dieu qui mémorise tout ? Je ne sais plus quel genre de Dieu on a. Peut-être est-Il en vacances à moins qu'Il ne se soit Lui aussi enterré. En tout cas, Il est pas souvent au boulot. Et toutes ces questions, crapauds ! Il en rentre combien dans vos petits bourrichons ? Je ne suis pas bonne en calcul, mais je chiffre ça à une dizaine. Imaginez un peu combien il y en a dans ma tête qui est des centaines de fois plus grosse que les vôtres ! Combien de réponses aussi qui restent sans que je puisse les cocher ! Je vous remets dans le seau. Désolée, mais je ne peux pas vous relâcher. Vous me manqueriez, car qui veillerait sur moi quand je dors ? Je vous promets de vous emmener un jour au lac. On se laissera alors dériver ensemble sur une feuille de nénuphar. Peut-être, je dis bien peut-être, que j'oserai alors ôter ma parka. Même si je ne me sentirai pas dans mon assiette. Mais à en croire le pasteur, le mal-être de la vie, c'est une bonne chose. Dans le mal-être, on est authentique.

14

Douze heures exactement séparent la traite du matin de celle du soir. On est samedi. Après la première, papa va se recoucher ; à l'étage, on entend alors le plancher craquer jusqu'à ce que le silence revienne. Vers onze heures, quand la fringale le tire du lit, on peut enfin prendre place à la table où le petit déjeuner est mis depuis huit heures. Il m'arrive de tourner autour dans l'espoir que papa perçoive les vibrations de ma patience à travers le plafond. Ou de subtiliser une tranche de pain d'épices que je coupe en deux parts une fois retournée en haut. Par le passé, j'en gardais une pour Hanna ; dorénavant, je la donne à mes crapauds. Quand papa s'assied – non sans s'être d'abord rasé pour être présentable en prévision du Jour du Seigneur –, il y a de la mousse sur son cou et son col. Aujourd'hui, ça se passe différemment. Il est onze heures passées et son assiette est toujours intacte. J'ai déjà effectué quatre fois le tour de la table. Maman lui a préparé une tartine comme il les aime : une tranche de pain complet beurrée, posé dessus du fromage de tête surmonté d'une huppe de ketchup.

Ça me rappelle le hérisson écrasé que j'ai vu hier en rentrant du collège. Triste à voir : cette vie coagulée aux boyaux gisants un peu plus loin sur le bord de la chaussée, des orbites vides, les yeux sans doute arrachés par une corneille. Deux trous noirs dans lesquels on aurait pu enfoncer un doigt. La charogne reposait sur un chemin secondaire du polder où passent peu de tracteurs et encore moins de voitures. Peut-être le hérisson a-t-il choisi lui-même son sort, peut-être attendait-il depuis des jours le mauvais moment pour traverser. Accroupie à côté de lui, éplorée, j'ai chuchoté : « Dieu, aie pitié de nous, protège-nous. Nous sommes réunis ici pour dire au revoir à Hérisson qui nous a été impitoyablement enlevé. Nous Vous rendons cette vie brisée et la remettons entre Vos mains. Recevez Hérisson et donnez-lui la paix qu'il n'a pas trouvée ici-bas. Soyez pour nous tous un Dieu de miséricorde et d'amour afin que nous puissions vivre avec la mort. Amen. » Ensuite, j'ai arraché quelques poignées d'herbe que j'ai posées sur la charogne et me suis éloignée à vélo sans me retourner.

Je pose une tranche de pain sur mon assiette et la saupoudre de vermicelles de chocolat. Mon estomac grogne.

— Papa est encore au lit ? je demande.

— Il ne s'est même pas recouché, répond maman. J'ai passé la main sur les draps : froids.

Elle se penche sur la table et retire avec une petite cuillère la peau qui s'est formée sur le café au lait de papa. Elle adore les peaux. La pellicule brunâtre disparaît dans sa bouche, un frisson me parcourt le dos.

En face de moi, la chaise d'Obbe est elle aussi inoccupée. Il est sans doute derrière son ordinateur ou avec ses poules. Lui et moi en avons chacun une vingtaine : des poules soie, des orpingtons, des wyandottes et quelques pondeuses. Souvent, nous prétendons que nous avons deux entreprises prospères – la sienne s'appelle La Cocotte, la mienne Le Poussinet. Une fois par an, on en a, des poussins, petites barbes à papa jaunes sur pattes. La plupart d'entre eux sont élevés par la maman qui les garde au chaud sous ses ailes, mais il y a des mamans récalcitrantes, elles ne savent pas à quoi servent leurs ailes, ça ne leur sert même pas à voler, elles sont trop grosses et trop lourdes pour rester en l'air. Dans la grange, on place leurs petits dans un aquarium sur une épaisse couche de sciure et on suspend au-dessus une lampe chauffante destinée en principe aux veaux. De temps en temps, j'en emmène un au grenier et le love sous mon aisselle pour qu'il dorme ; d'une feuille de Sopalin, je lui fabrique une couche-culotte pour ne pas me retrouver barbouillée de caca. Obbe et moi vendons nos œufs – une boîte de douze coûte un euro – au marchand de frites de la place du village. Il en fait la plus goûteuse des mayonnaises ou il les fait cuire pour en décorer la salade hussarde. Au début, Obbe passait tout son temps avec ses poules. Des heures durant, il restait assis sur un seau retourné pour contempler l'une de ses poules rouges prendre un bain de sable. À présent, il est de moins en moins auprès d'elles. Il lui arrive même d'oublier de les nourrir ; affamées, elles se précipitent contre le grillage. Je pense qu'il le fait exprès. Tout lui sort de plus en plus par les yeux, y compris sans doute le marchand de frites et sa mayonnaise. De ce fait, je donne souvent du pain à ses poules, ramasse leurs œufs et les mets en cachette dans mes boîtes. J'espère qu'il s'est enfin décidé à nettoyer leur abri. Papa a menacé de les vendre s'il les laisse plus longtemps dans leur fiente. Avec la chaleur actuelle, les asticots et les poux du corps des poules pullulent. Ces derniers vous courent sur les bras, de minuscules bestioles brunâtres à six pattes ; on n'a d'autre choix que les écraser entre les doigts.

Entre-temps, Hanna vient à son tour de s'attabler. Quelques secondes lui ont suffi pour vider la coupe de fraises. L'attente nous rend nerveuses, car on ne sait ce qui va suivre : où est passé papa ? A-t-il enfin trouvé le courage d'enfourcher son vélo pour nous abandonner pour de bon ? Sans pare-jupe, il est vrai, puisque cette protection n'a pas survécu quand le vent a fait tomber son clou après le culte. Ou s'est-il effondré entre les vaches avant d'être piétiné par leurs vigoureuses pattes ? Je me concentre sur les fraises. J'irai en cueillir d'autres dans le potager : papa en raffole et aime les manger copieusement saupoudrées de cassonade.

— T'es allée voir à l'étable ?

— Il sait très bien que c'est l'heure du petit déjeuner, dit maman qui met la tasse de papa dans le micro-ondes.

— Peut-être qu'il est allé chercher du fourrage chez Janssen ?

— Jamais le samedi. On n'a qu'à commencer sans lui.

Mais aucune de nous ne fait mine d'attaquer. Sans papa à table, ça ferait bizarre. Et qui rendrait grâce à Dieu « pour les privations et pour l'abondance » ?

— Je vais voir, je finis par dire.

Je recule ma chaise, heurtant sans le faire exprès celle de Matthies. Elle vacille puis tombe par terre. Le choc du dossier sur le sol vibre dans mes tympans. Alors que je m'apprête à la relever, maman me saisit fermement le bras.

— Pas touche !

On dirait, à la voir regarder le dossier, que c'est mon frère qui vient de tomber une énième fois, lui qui ne cessera jamais de tomber dans nos têtes. Renonçant à relever la chaise, je me contente de la contempler comme s'il s'agissait d'un mort. À défaut de fraises, Hanna se rabat sur ses ongles. Par moments, de petites peaux ensanglantées restent coincées entre ses dents. Au bruit de la chute succède un silence, personne n'ose respirer. Puis toutes les fonctions physiologiques reprennent leurs droits : toucher, respirer, entendre et bouger.

— C'est juste une chaise, je dis.

Maman m'a lâchée, elle se cramponne à présent au pot de beurre de cacahuète.

— Toi, tu viens vraiment d'une autre planète, murmure-t-elle.

Je fixe le sol. Maman ne connaît que la Terre. Moi, je connais les huit planètes et je sais qu'à l'heure actuelle, il n'y a de la vie que sur la nôtre. *Me Voici Toute Mouillée, Je Suis Un Nuage.* Être un nuage ou dans les nuages ? Cette phrase est un moyen mnémotechnique pour se souvenir du nom de toutes les planètes. Quand je suis fébrile ou que le feu près du collège reste rouge trop longtemps, je la répète dans ma tête des dizaines de fois. Elle me fait me sentir insignifiante : nous sommes aussi flous et éphémères qu'un nimbus.

— Qu'est-ce qu'on va bien pouvoir faire de vous ? se plaint maman.

Elle serre maintenant dans son autre main le Duo Penotti. Depuis la mort de Matthies, plus personne ne mange de cette pâte à tartiner, de peur que le blanc ne reste pas blanc, que les couleurs se mélangent, que ça devienne un trou noir.

— On va devenir de Bonnes Grandes Personnes, maman. Et bien sûr, cette chaise n'est pas qu'une simple chaise, je suis désolée.

Maman approuve de la tête.

— Mais qu'est-ce qu'il fabrique à la fin ?

Elle appuie de nouveau sur le bouton du micro-ondes. Au lieu de me remettre à ma place dans le système solaire, elle me laisse planer au hasard. Suis-je vraiment différente des autres ?

Je me dépêche de sortir par-derrière et traverse la cour en direction des étables. Je prends une profonde inspiration et rejette l'air de toutes mes forces. Répète cette manœuvre à quelques reprises. Et vois que le ciel, au-dessus de ma tête, commence à s'assombrir. C'est une journée parfaite pour filer à l'anglaise de l'autre côté. Là-bas, je suis sûre que je pourrai organiser mon temps à ma guise, prendre mon petit déjeuner à l'heure qui me convient. Mais plus je m'approche de l'étable, plus je ralentis le pas. J'essaie d'éviter de marcher sur les dalles cassées. *Autrement, tu vas être malade à crever, tu vas dégobiller ou attraper la chiasse. Et tout le monde le verra. Tous les gens du village, tous tes camarades de classe.* Je secoue la tête pour chasser ces pensées. C'est alors que je remarque que le clapet du silo à granulés, à côté de la salle de traite, est resté ouvert. Dessous, un énorme amas. Papa nous a toujours mis en garde contre les rats : « Si on en met par terre, les rats s'attaquent aux granulés puis ils passent aux orteils. Ils font un trou dans les semelles. » Le jet de granulés s'amenuise, le silo est en grande partie vidé. Je passe les mains dans l'amas. Les granulés, froids et agréables au toucher, glissent entre mes doigts. Je pousse le clapet, le ferme en fixant la cordelette sur le côté. Tout à coup, je pense à la corde suspendue au milieu de l'étable à laquelle était accrochée une balle skippy bleue pour distraire les vaches. Un jour, on l'a retrouvée, crevée par une nouvelle vache qui avait encore ses cornes. La corde est restée là. Il nous est arrivé d'y fixer des feuilles de noyer, d'y suspendre l'un des CD *Hitzone* d'Obbe que papa lui avait confisqué et dont le verso brillant aide tout autant que les feuilles de noyer à prévenir les chiures de mouche. À présent, ce n'est pas une balle skippy que je vois accrochée à cette corde, mais la tête de papa. Maman parle à l'occasion au nom de papa. Qui sait si tel n'était pas le cas le soir où, cachée derrière le clapier, j'ai surpris leur conversation ? On voit tellement de cordes dans les campagnes sans qu'aucune ait une destination précise… Ce qui est sûr, c'est que papa n'est pas perché sur le silo. Une fois dans l'encadrement de la porte de l'étable, je vois Obbe en train de nourrir les vaches. Armé d'une fourche, il effectue un mouvement gracieux pour jeter du fourrage devant leurs naseaux ; la sueur sur son visage me rappelle la rosée matinale sur les carreaux de l'étable. Les vaches sont agitées. Elles fouettent l'air de leur queue. Certaines ont la croupe maculée de bouse séchée, que l'on ôte tous les trente-six du mois avec un cure-pied : plus pour soulager nos yeux que les vaches elles-mêmes. À chaque courbe que décrivent les bras d'Obbe, ses biceps se gonflent. Il est de plus en plus costaud. À la va-vite, mes yeux passent sur le dos des dizaines de vaches, se portent dans les recoins et s'arrêtent sur la corde. C'est alors que la porte du fond s'ouvre : papa apparaît. Il n'a pas l'air dans son assiette. À croire que quelqu'un a oublié de refermer sa tête et qu'elle s'est vidée comme le silo. Le haut de son bleu de travail n'est pas boutonné, découvrant sa poitrine tannée. Maman estime cela inconvenant, imaginez un peu si quelqu'un se pointait pour acheter du lait… Je pense qu'elle a peur qu'une cliente reparte non avec du lait mais avec papa. Le lait coûte un euro le litre. Papa se compose d'une cinquantaine de litres. C'est sans aucun doute pour cette raison que le dimanche est le jour préféré de maman : le Jour du Seigneur, on n'est pas autorisé à dépenser de l'argent, ni à en accepter. On a juste le droit de respirer et d'ingurgiter le nécessaire pour ne pas tomber d'inanition, autrement dit l'amour de la parole de Dieu et la soupe de légumes de maman.

Papa fait entrer les dernières vaches, frappant leur croupe du plat de la main, pousse le verrou de la grande porte. Je ne comprends rien à ce qui se passe. On ne met le verrou qu'en hiver ou lorsqu'il n'y a personne à la ferme. On n'est pas en hiver et nous sommes tous à la maison. Voilà que papa balance toutes les fourches pour en faire un tas qu'il enveloppe dans le plastique d'une des balles de foin. Puis il lève les yeux au ciel. Je constate qu'il ne s'est pas encore rasé. Il porte les mains de chaque côté de sa tête, mâchoires crispées. Je veux lui dire que maman l'attend à la cuisine, qu'elle n'est pas fâchée, qu'elle ne nous a pas encore demandé si on l'aime, qu'elle n'a pas en conséquence pu douter de notre réponse, qu'elle a préparé sa tartine sur son assiette préférée, celle décorée sur les bords de taches de la robe d'une vache. Que ce matin, Hanna et moi avons répété le psaume 100, celui de la nouvelle semaine, un psaume aussi pur que du lait.

Papa n'a pas encore remarqué ma présence. Tenant la coupe en porcelaine destinée à accueillir des fraises, je reste là à l'observer. Avec l'aide d'Obbe, il éloigne le taureau des génisses – il n'est là que depuis deux jours. Il s'appelle Bello. Papa appelle tous les taureaux Bello. Même quand il nous laisse choisir un autre nom, on finit par appeler la bête Bello. J'ai déjà vu sa biroute, une fois. Ça s'est passé un peu trop vite, car, à ce moment-là, maman est sortie de la salle de traite et a glissé une main, emmaillotée dans un gant en plastique, devant mes yeux en disant :

— Ils font la chenille.

— Pourquoi je n'ai pas le droit de regarder ?

— Parce qu'on n'est pas d'humeur à danser ni à faire la fête.

J'avais honte de ma question : bien sûr qu'on n'est pas d'humeur à faire la fête, quel manque de respect de la part du taureau !

Papa me remarque enfin. Il fait un geste de la main.

— Sors tout de suite… !

— Oui, sans traîner ! renchérit Obbe.

Il a noué les manches de son bleu autour de sa taille. Manifestement, il prend très au sérieux sa tâche de disciple de papa. Je ressens un bref élancement au niveau de la rate. Entre les vaches, ils semblent se comprendre l'un l'autre, père et fils.

— Pourquoi ?

— Écoute, bon sang ! crie papa. Et ferme la porte.

L'agressivité de sa voix m'effraie, ses yeux paraissent des crottes de lapins toutes dures au milieu de sa tête. La sueur dégouline de son front. À ce moment-là, à côté de moi, une vache glisse sur un caillebotis et tombe sur ses pis. Elle ne prend pas la peine de se relever. J'adresse un dernier regard interrogateur à papa et Obbe, mais ils se sont déjà retournés et s'accroupissent près d'elle. À grandes enjambées, je quitte l'étable, claque la porte derrière moi dont le bois craque. Que cette putain d'étable s'écroule ! je me dis, mais j'ai tout de suite honte. Pourquoi se refuse-t-on à m'expliquer ce qui se passe ? Pourquoi me tient-on à l'écart de tout ?

Dans le potager, je me faufile sous le filet anti-oiseaux. Line l'a tendu au-dessus des rangs de fraisiers, de sorte que les mouettes et les étourneaux ne mangent pas tout. Je me laisse tomber sur les genoux à même la terre humide. Le samedi, on travaille à la ferme, aussi ai-je le droit de porter un pantalon. Avec précaution, j'écarte les feuilles pour cueillir les plus belles fraises, bien rouges, que je pose dans la coupe. De temps en temps, j'en fourre une dans ma bouche : elles sont délicieuses, juteuses et sucrées. J'aime leur structure, leurs petits grains et le contact de leur duvet à l'intérieur de ma bouche. Les structures me rassurent. Elles garantissent un tout, maintiennent des choses ensemble qui autrement s'effondreraient. Les seules que je n'aime pas ? Celle des légumes qui entrent dans la composition du nasi goreng, celle des endives cuites et celle des vêtements qui grattent. La peau humaine possède elle aussi une structure propre. Celle de maman commence à ressembler de plus en plus au filet anti-oiseaux : de petites cases de peau flasque, comme si elle se résumait à un puzzle dont on perd de plus en plus souvent des pièces. Quant à papa, il a plutôt une peau de pomme de terre : lisse et, çà et là, des rugosités. Ou la piqûre d'un clou.

Une fois la coupe pleine, je m'extirpe du filet, frotte mon pantalon pour en ôter la terre. Dans la grange, près du paillasson, il y a les bottes de papa et d'Obbe, l'une encore à moitié dans le tire-botte. Ils n'ont pas pris place à la table du petit déjeuner, mais sur le canapé, devant la télévision, avec maman, alors qu'il fait jour et qu'en plein jour l'écran est censé rester noir. Habituellement, ce qu'on voit, c'est de la neige. Au début, j'ai cru qu'on pourrait retrouver

Matthies, dans le poste ; plus tard, j'ai compris que papa avait débranché le câble. Ils regardent le journal télévisé de midi : « La fièvre aphteuse n'épargne pas non plus nos éleveurs. Punition divine ou amère coïncidence ? »

Dieu, c'est comme la météo, Il ne fait jamais bien les choses. Sauve-t-on un cygne à tel endroit du village qu'un membre de l'Église réformée meurt à un autre. La fièvre aphteuse, je ne sais pas ce que c'est. On ne me laisse pas le temps de poser la moindre question : maman me dit d'aller jouer avec Obbe et Hanna, que ce ne sera pas une journée comme les autres. Je ne cherche pas à l'interrompre en rétorquant que cela fait un moment que les journées ne sont plus les mêmes, depuis qu'elle a le visage tout aussi pâle que le blanc crème des rideaux au crochet à nos fenêtres. Une autre chose me frappe : maman et papa sont assis tout près l'un de l'autre. Peut-être s'agit-il d'un signe avant-coureur de la nudité et me faut-il les laisser seuls, de même qu'on laisse tranquilles, sans chercher à les séparer, deux escargots collés l'un à l'autre, faute de quoi on risquerait d'endommager la nacre de leur maison. Je pose en face d'eux, sur le buffet bas, la coupe remplie de fraises, près de la Bible des États ouverte, au cas où maman aurait faim après l'accouplement et se remette enfin à manger. Papa émet des bruits bizarres : il susurre, grogne, soupire, secoue la tête, dit « non, non, non ». Les bruits qui accompagnent l'accouplement diffèrent d'un animal à l'autre, probablement aussi d'un humain à l'autre. Juste avant de quitter la pièce, je vois à la télé une vache dont la langue présente des cloques sur le côté. Je m'empresse de demander :

— C'est quoi, la fièvre aphteuse ?

Aucune réponse. Papa se penche en avant pour s'emparer de la télécommande et augmenter toujours plus le volume.

— Sors ! fait maman sans me regarder.

Prenant les degrés sur l'écran pour des marches, je gravis l'escalier en montant moi aussi le son, mais avec les pieds ; personne cependant ne me suit, personne, diable, ne prend la peine de m'expliquer ce qui est en train de se passer.

15

Un papier de couleur noire est accroché sur la porte de la chambre d'Obbe. En lettres blanches, on peut lire : NE PAS DÉRANGER. Il ne veut jamais être dérangé, mais si jamais Hanna et moi restons longtemps sans entrer dans sa chambre, c'est lui qui vient nous rendre visite. Pour notre part, nous ne mettons pas de mot sur nos portes, nous tenons à être dérangées, histoire d'être un peu moins seules.

Autour des lettres blanches, il a collé des autocollants d'artistes de la *Hitzone* 23, la dernière, entre autres Robbie Williams et Sugababes. Papa sait qu'il écoute ça, mais n'ose pas lui confisquer son lecteur CD, c'est la seule chose qui rend mon frère docile. Moi, je n'ai plus même le droit d'économiser pour m'en acheter un. « Avec tes sous, achète-toi des bouquins, ça te correspond mieux », soutient papa. Moi, je me dis : « Je ne suis plus qu'un Croco Haribo jaune, on me tient à l'écart de ce qui est chouette. » De toute façon, papa estime la musique, celle des CD et celle que diffuse la radio, sacrilège. Il préférerait qu'on écoute *De Muzikale Fruitmand,* mais c'est d'un ennui à mourir, c'est pour les vieux, pour les fruits en train de pourrir, affirme à l'occasion Obbe. Je trouve ça drôle : des fruits en train de pourrir dans un lit d'hôpital, qui demandent qu'on diffuse le cantique 11. Moi, ce que je préfère écouter, ça reste les histoires de Bart et Ernest, parce qu'ils se disputent à propos de choses qui provoquent, chez les gens normaux, tout au plus un haussement d'épaules : leurs prises de bec, ça me calme. Alors, j'allume ma platine CD et me réfugie sous la couette, m'imaginant que je suis un trombone insolite de la collection de Bart.

Je murmure « Klapaucius » tout en entrouvrant doucement la porte. Je vois une bande du dos d'Obbe, assis par terre dans son bleu de travail. Je pousse un peu plus la porte, elle grince. Mon frère lève les yeux. À l'exemple du papier sur sa porte, son regard est noir. Je me demande à brûle-pourpoint si les papillons ont une durée de vie plus courte dès lors qu'ils savent qu'ils sont en mesure de mourir en plein vol.

— Mot de passe ?

— Klapaucius, je répète.

— Pas le bon, fait Obbe.

— Mais si, c'est quand même le bon ?

J'ai encore les poils des moustaches de Bouclette dans la poche de ma parka. Ils me chatouillent la paume de la main. J'ai de la chance que maman ne vide jamais mes poches, autrement elle découvrirait ce que je crains de perdre, ce que je collectionne pour toujours me lester plus.

— Présente-toi avec un truc plus convaincant, sinon pas question que tu entres.

Obbe se retourne et se remet à ses Lego. Il fabrique un énorme vaisseau spatial. Je réfléchis quelques secondes et fais :

— Heil Hitler.

Mon frère reste silencieux. Puis je vois ses épaules s'agiter tout doucement, il se met à rigoler, de plus en plus fort. C'est bien qu'il rigole, ça crée un sentiment d'alliance – le boucher du village ne m'adresse-t-il pas systématiquement un clin d'œil quand je viens chercher des saucisses ? Cela signifie qu'il est d'accord avec le choix que je fais, qu'il est content que je le déleste des saucisses qu'il a préparées avec amour et qui sentent bon la noix de muscade.

— Répète en tendant le bras.

Obbe s'est à présent complètement retourné. À l'instar de papa, il a le haut de son bleu déboutonné. Sa poitrine bronzée luisante ressemble à un poulet à la broche. En arrière-fond, j'entends le générique familier de *The Sims.* Sans la moindre hésitation, je lève la main en l'air et répète du bout des lèvres le salut. D'un signe de la tête, mon frère m'autorise à entrer puis il reporte son regard sur le vaisseau. Autour de lui, différents tas de Lego, triés par couleur. Il a en partie démoli le château dans lequel il a gardé la charogne de Tiesy jusqu'à ce que ça commence à puer.

Sa chambre sent le renfermé, un mélange d'effluves de décomposition et de corps d'ado qui oublie de se laver. Sur sa table de chevet, trône un rouleau de papier toilette entouré de boulettes jaune pâle. Je joue avec ce papier froissé tout en le flairant prudemment. Si les larmes avaient une odeur, plus personne ne pourrait pleurer en cachette. Des boulettes n'émane aucune odeur. Certaines collent un peu aux doigts, d'autres sont toutes dures. Un magazine dépasse de l'oreiller que je soulève. Sur la couverture figure une femme nue aux seins pareils à des doubeurres. Elle a l'air étonnée comme si elle ignorait la raison de sa nudité, comme si, à la confluence de concours de circonstances, elle vivait *son* moment. Un tel moment, ça effraie certaines personnes. Elles ont vécu dans cette attente, mais une fois qu'il se présente, elles sont malgré tout prises au dépourvu. Je ne sais quand *mon* moment viendra, je sais seulement que je garderai alors ma parka. Cette dame doit avoir froid, même si je ne distingue pas de chair de poule sur ses bras.

Je laisse vite choir l'oreiller. Cette revue, je ne l'avais encore jamais vue. Hormis le *Reformatorisch Dagblad,* le *Terdege,* l'*Agrifirm,* quelques dépliants publicitaires du supermarché et le magazine de judo de Matthies – papa et maman « oublient » systématiquement de résilier l'abonnement si bien que chaque vendredi, paf ! la mort de mon frère aîné tombe par la fente sur le paillasson –, on ne reçoit aucune publication. La raison pour laquelle Obbe se cogne la tête contre le bois du lit se trouverait-elle là ? Il cherche à expulser la femme nue – à la différence d'une chaîne de télévision, il ne peut pas se zapper –, d'autant que si on a laissé entrer dans notre tête une chose impure, papa le lit sans doute sur nos visages.

Je m'assieds sur la moquette, à côté de mon frère. Dans les ruines de son château, il garde une princesse prisonnière ; elle porte du rouge à lèvres et du mascara, a de longs cheveux blonds qui lui tombent sur les épaules.

— Je vais te violer, fait Obbe.

Il pousse son chevalier d'avant en arrière contre la princesse, à l'image de ce que fait Bello, le taureau, avec les vaches. Il m'est difficile de glisser la main devant mes yeux : personne ne se soucie de savoir si je zieute ou non ce qui se passe. Voilà pourquoi je pense préférable d'affronter cette tentation. Alors que j'observe la scène, Obbe prend, dans la caisse de Lego, une boîte de thon vide. Dans ces conserves en fer-blanc nettoyées, qui sentent le poisson gras, on garde nos pièces de monnaie et nos médailles d'or. Obbe lève la main :

— Voici ton argent, putain.

Mon frère s'efforce d'adopter une voix grave. Depuis cet été, il a la voix qui mue, il passe sans prévenir du grave à l'aigu.

— C'est quoi, une putain ?

— Une agricultrice.

Il regarde la porte pour s'assurer que ni papa, ni maman n'entendent rien. Je sais que maman n'est pas forcément contre les agricultrices, même si elle estime qu'il s'agit plutôt d'un travail pour les hommes. Je prends un autre chevalier qui se tient dans l'une des tours de guet démolies. Obbe pousse à nouveau sa figurine contre la princesse. Ils ont l'air heureux. Je baisse la voix :

— Qu'est-ce que vous avez sous votre robe, princesse ?

Obbe éclate de rire. Par instants, on dirait qu'un bébé étourneau s'est engouffré dans sa gorge : il émet un pépiement.

— Tu ne sais pas ce qu'il y a en dessous ?

— Non.

Je relève la princesse et, d'un clic, la fixe sur l'un des créneaux. Moi, je ne connais que les biroutes.

— T'en a pourtant une ! Une foufoune.

— Ça ressemble à quoi ?

— À une part de tropézienne.

Je hausse les sourcils. Il arrive que papa rapporte une tropézienne de la boulangerie. Parfois, il y a des taches bleues sur le dessous, la crème est un peu ratatinée, mais ça a quand même bon goût. En bas, nous entendons papa crier. Il crie de plus en plus souvent, à croire qu'il cherche à faire entrer ses paroles en nous avec force. Cela me fait penser à une devise d'Ésaïe : « Crie à plein gosier, ne te retiens pas ; élève ta voix comme une trompette ; déclare à mon peuple ses iniquités, à la maison de Jacob ses péchés ! » Quel péché avons-nous cette fois commis ?

— C'est quoi la fièvre aphteuse ? je demande à Obbe.

— Une maladie des vaches. Des aphtes dans la bouche et des cloques sur les pattes.

— Que va-t-il se passer ?

— On va devoir toutes les tuer. Tout le cheptel.

Il m'annonce ça sans émotion. Cependant, je vois que les cheveux sur le haut de sa tête sont plus gras que les autres, on dirait du foin humide. Je ne sais combien de fois il les a touchés ; ce qui est sûr, c'est qu'il se fait du souci.

Ma poitrine chauffe de plus en plus, j'ai l'impression d'avoir avalé un chocolat chaud trop vite. Une main tourne une cuillère dans la tasse, faisant vriller mon cœur – j'entends maman me sermonner : arrête de touiller. Les vaches disparaissent une à une dans le tourbillon comme des carrés de chocolat mélangés à du lait. De toutes mes forces, j'essaie de me focaliser sur la princesse. À la part de tropézienne qu'elle a sous sa robe, dont elle laisse Obbe lécher la crème, Obbe qui se retrouve le nez parsemé de sucre en grains.

— Mais pourquoi ?

— Parce qu'elles sont malades. Malades à crever.

— C'est contagieux ?

Mon frère me jauge, contracte les paupières – on dirait les lames que Line nous demande à l'occasion d'acheter pour sa broyeuse – et me répond :

— À ta place, je ferais attention aux endroits où je respire.

Je serre les bras autour de mes genoux, me balance d'avant en arrière de plus en plus vite. Tout à coup, je vois devant moi maman et papa qui deviennent aussi jaunes que les figurines Lego. Je les imagine ne décollant plus de leur place une fois les vaches disparues, si personne ne vient les attraper par la peau du cou pour les fixer, d'un clic, au bon endroit.

Peu après, Hanna vient s'asseoir à nos côtés. Elle a apporté des tomates cerises de plusieurs couleurs et formats ; de ses dents, elle les pèle pour en faire apparaître la chair tendre. Le soin qu'elle met ensuite à les manger, couche par couche, me touche. D'une tartine, elle mange d'abord ce qu'il y a dessus, puis passe à la croûte du pain, termine par la mie. Des biscuits aux céréales couverts d'une couche de lait concentré, elle racle d'abord celle-ci. Si Hanna mange par couches, moi je pense par couches. Au moment où elle s'apprête à caler une nouvelle tomate miniature entre ses dents, la porte de la chambre s'ouvre de nouveau. Le vétérinaire passe son visage dans l'entrebâillement. Il y a belle lurette qu'on ne l'a vu à la maison. Or, il porte toujours la même longue blouse de travail vert foncé à boutons noirs ; de sa poche pendouillent quatre doigts d'un gant en plastique, le pouce rentré. Pour la deuxième fois, il nous apporte une mauvaise nouvelle :

— Demain, ils viennent faire une inspection. Préparez-vous à ce que toutes les vaches y passent, y compris celles qui n'existent pas dans les ordinateurs.

Celles que papa n'a pas déclarées et dont il vend le lait à quelques villageois et aux membres de la famille… Il conserve l'argent que rapporte ce « lait noir » dans une boîte, sur le manteau de cheminée. On le réserve pour financer les vacances. Néanmoins, je surprends parfois papa – alors qu'il croit la ferme déserte – en train de l'ouvrir pour en prendre quelques billets. Je suppose qu'il met des sous de côté pour son trousseau. C'est ce que fait Éva, elle qui n'a que treize ans. Papa est sans aucun doute à la recherche d'une famille au sein de laquelle il pourra lécher son couteau après l'avoir plongé dans le pot de mélasse, au sein de laquelle il n'aura pas à crier ni à claquer les portes. Une famille qui ne trouvera rien à redire quand, après le repas, il déboutonne le haut de son pantalon, dévoilant des poils blonds frisés au-dessus de la bande élastique de son caleçon. Une femme, qui sait, qui le laissera choisir ses vêtements : chaque matin, maman pose sur le bord du lit ce qu'il doit mettre – s'il proteste, elle se refuse à lui adresser la parole de la journée ou supprime un énième aliment de ce qu'elle est censée manger, ce qu'elle annonce sur un ton qui laisse croire que c'est l'aliment en question qui ne veut plus d'elle.

— S'il en est ainsi, c'est que c'est la volonté de Dieu, reprend le vétérinaire, nous regardant un à un et souriant d'un beau sourire, plus beau que celui de Boudewijn de Groot. Soyez d'autant plus gentils avec vos parents.

Hanna et moi acquiesçons, seul Obbe fixe obstinément les tuyaux du chauffage central de sa chambre. Quelques papillons morts sèchent dessus. J'espère que le vétérinaire ne va pas les remarquer et qu'il ne mouchardera pas à papa ni à maman.

— Je dois retourner voir les vaches, dit-il.

Il fait demi-tour et ferme la porte derrière lui.

— Pourquoi papa n'est-il pas venu nous le dire lui-même ? je demande.

— Parce qu'il doit prendre des mesures, répond Obbe.

— Quel genre de mesures ?

— Fermer l'accès à la ferme, installer un bac pour décontaminer les chaussures, rentrer les veaux, désinfecter les outils, le matériel, la citerne à lait…

— Nous, nous ne sommes pas une mesure ?

— Si, si, fait Obbe, nous, depuis notre naissance. Nous sommes ce que nous sommes.

Il se rapproche alors de moi. Il a mis de l'après-rasage de papa, façon de s'accaparer une partie de son autorité naturelle.

— Tu veux savoir comment ils vont tuer les vaches ?

Je hoche la tête de haut en bas et songe à la prof qui m'a dit que j'irais loin grâce à mon empathie et à mon imagination débridée. À condition que je finisse par poser des mots là-dessus. À défaut, *tout* et *tous* restent en nous. Et je pourrais bien, un jour, comme les « bas noirs » – cette expression dénigrante qui désigne les protestants orthodoxes, que me collent parfois des camarades de classe alors que moi, je n'en porte jamais, des bas noirs –, me chiffonner en moi-même. Et en conséquence ne plus voir que le noir, la ténèbre éternelle. Obbe pointe l'index sur ma tempe, imite le bruit d'un coup de feu, puis tire soudain sur les cordons de ma parka en m'étranglant. Pendant une poignée de secondes, je le regarde droit dans les yeux ; je lis en eux la même haine que celle qui les habitait lorsqu'il secouait le hamster dans le verre d'eau. Je me dégage.

— T'es fou !

— On devient tous fous, toi y compris, rétorque-t-il.

Du tiroir de son bureau, il tire un paquet de KitKat, déchire l'emballage et enfourne les barres les unes après les autres jusqu'à obtenir une bouillie brune. Je suis certaine qu'il a fauché ces friandises dans la cave. J'espère que les Juifs ont pu se planquer derrière la muraille des pots de compote de pommes avant qu'il ne les voie.

16

Selon papa, il n'y a rien de plus beau que les funérailles d'une corneille. Il lui arrive d'en trouver une morte sur le tas de fumier ou dans les prés ; il l'attache alors tête en bas à une ficelle qu'il noue à une branche de cerisier. Peu de temps s'écoule avant qu'un groupe de corneilles se mette à tournoyer autour de l'arbre, des heures durant, pour rendre un dernier hommage à leur congénère. Aucun animal ne porte le deuil aussi longtemps que ces oiseaux. Habituellement, l'un d'eux, de grande taille, dépasse les autres de la tête et de la queue. Il se montre plus véhément et porte les balafres les plus profondes. Je suppose qu'il s'agit du pasteur de la nuée. Leur plumage noir se détache magnifiquement sur le ciel clair. Papa estime qu'il s'agit de bêtes intelligentes. Elles savent compter, mémorisent visages et voix, cultivent en conséquence de la rancœur envers celles et ceux qui les maltraitent. Quoi qu'il en soit, dès que papa pend une de leurs semblables dans un arbre, les corneilles s'attardent au-dessus de la ferme. Perchées sur la gouttière, elles jettent un regard perçant sur lui qui évolue entre la maison et l'étable, lièvre en carton d'un champ de tir ; leurs yeux noirs lui percent la poitrine comme deux plombs, deux grains de grêle. Je m'efforce de ne pas les regarder. Peut-être veulent-elles nous faire comprendre quelque chose ou attendent-elles que les vaches soient mortes. Grand-mère n'a-t-elle pas dit hier que des corneilles, dans la cour d'une ferme, sont présage de mort ? À mon avis, ce sera d'abord au tour de maman ou de moi. Ce n'est pas un hasard si papa m'a demandé ce matin de m'allonger dehors. Il a pris des mesures pour confectionner un nouveau lit avec les planches qui restent du poulailler d'Obbe – des palettes et du bois de chêne. Je me suis couchée sur le sol froid, les bras collés contre les flancs ; papa a déplié un mètre le long de mon corps. Je me suis dit : il suffit de scier les pieds d'un lit et d'en ôter le matelas pour obtenir un cercueil. Tant qu'à faire, je préférerais qu'ils m'allongent face contre terre après avoir prévu une vitre coulissante au niveau de mes fesses. Tout le monde viendrait me dire adieu en contemplant mon trou de balle. Puisque tout tourne autour de ça.

Papa a replié le mètre. A insisté pour que je ne dorme plus dans le lit de Matthies : « Billy ne saurait supporter ça plus longtemps. » Ces dernières semaines, je suis tellement pâle que Line, la voisine, apporte chaque vendredi soir une caisse pleine de mandarines. Certaines d'entre elles sont, tout comme moi, enveloppées dans une parka, la leur certes en papier. Par ailleurs, je retiens de plus en plus ma respiration pour éviter de laisser entrer en moi des germes pathogènes ou me rapprocher de Matthies. Peu de secondes s'écoulent avant que le sol se dérobe sous mes pieds et que tout ce qui m'entoure s'estompe en un paysage de neige. Une fois par terre, je reprends rapidement mes esprits et découvre le visage inquiet d'Hanna qui pose sur mon front une main aussi moite qu'un gant de toilette. Je ne lui avoue pas que c'est agréable de s'évaporer. Qu'il y a plus de chances de croiser Matthies dans un paysage de neige qu'ici, à la ferme, en rencontrant la mort. Alors que j'étais allongée dans la cour et que papa notait les centimètres dans son carnet, les corneilles tournoyaient au-dessus de ma tête.

Maman a tendu un drap propre sur mon nouveau matelas, secoué mon oreiller. Au milieu de la taie, là où je poserai la tête, elle appuie deux fois son poing. Assise sur mon fauteuil de bureau, je regarde mon nouveau lit, l'ancien me manque déjà même si mes orteils en touchaient le bois et si je donnais l'impression d'être compressée toujours plus par une vis à pouce. Cela avait au moins l'avantage de me procurer un sentiment de sécurité, des limites en quelque sorte pour ne pas grandir plus. Dorénavant, j'ai bien plus de place pour me tourner et me retourner, pour me coucher de guingois. Il va me falloir y creuser moi-même un trou où me réfugier puisque le creux de Matthies a disparu. Plus rien ne me rappelle son gabarit.

Maman s'agenouille près de mon lit, coudes posés sur la couette qui sent le purin parce que le vent a soufflé dans la mauvaise direction, ce qui arrive de plus en plus souvent. Mais sous peu, l'odeur des vaches ne pénétrera plus rien du tout, disparaîtra même de nos têtes, ne nous laissant que celle de la nostalgie, celle de l'absence des autres. Maman tapote la couette. Docilement, je me lève et me glisse dessous, couchée sur le côté pour voir son visage. De ma place, à cause de la couette à rayures bleues, j'ai l'impression qu'elle est à des kilomètres de moi, elle est quelque part de l'autre côté du lac, aussi maigre qu'une poule d'eau prise dans la glace du chagrin. Je déplace un peu les pieds vers la droite afin qu'ils se retrouvent sous les mains jointes de maman. Mains qu'elle écarte tout de suite. Aurait-elle peur d'être électrocutée à mon contact ? Elle a des poches sombres sous les yeux. J'essaie d'évaluer la portée, sur elle, de l'annonce de l'épidémie de fièvre aphteuse ainsi que de celle de l'incident survenu ce soir, après le culte – de deviner si les corneilles sont venues pour elle ou pour moi.

« Ne vous laissez pas vaincre par le mal, vainquez-le par le bien », a recommandé le pasteur Renkema lors de sa prédication du matin. Je me tenais avec Hanna et une poignée d'autres enfants du village à côté de l'orgue, sur la tribune. De cette hauteur, j'ai soudain vu papa s'élever au-dessus d'une multitude de petits chapeaux noirs, lesquels faisaient penser à des jaunes d'œufs de vautour, tachetés de noir pour être restés trop longtemps dans le nid. Certains des enfants à mes côtés s'étaient eux aussi attardés dans le nid : somnolents, ils fixaient le vide ou soutenaient leur tête comme s'il s'était agi du sac de la quête qu'ils auraient refusé de transmettre à leur voisin. Papa regarda autour de lui, ignorant la main de maman qui tirait sur le bas de son paletot, et cria : « C'est à cause des pasteurs ! » Un silence de mort se fit dans l'édifice. On peut comparer les silences qui suscitent de la gêne au fumier sec qui reste collé aux semelles même si on les racle sur le gratte-pieds : on ne sait quoi en faire. Tout le monde posa les yeux sur papa ; dans la tribune, tout le monde posa les yeux sur Hanna et moi. J'enfonçai mon menton de plus en plus dans le col de ma parka, sentant la fermeture Éclair froide sur ma peau.

À mon grand soulagement, je vis l'organiste chercher les touches blanches. Il commença à jouer le psaume 51, l'assemblée se leva et la récrimination de papa fondit parmi les villageois, telle une noisette de beurre entre des œufs, sous les susurrements des commères. Peu après, on vit maman, nez mouillé, le cantique calé sous le bras, quitter en hâte son banc. Belle me fila un coup de coude dans les côtes : « Ton père est cinglé. » Je n'ai rien répondu, mais ai pensé au fou d'une comptine, qui construit sa maison sur le sable ; la pluie tombe, l'eau monte, la maison s'écroule dans un grand plouf. Papa construit sa parole sur des sables mouvants. Comment peut-il blâmer le pasteur ? C'est, qui sait, de notre faute à nous. C'est, qui sait, l'une des dix plaies, sachant qu'une plaie, dans notre coin, n'est jamais un phénomène naturel mais un avertissement.

Maman se met à fredonner : *Là-haut dans le ciel bleu, le Père veille sur eux, Lui qui aime Hanna, Matthies, Obbe, Parka.* Je ne l'imite pas, je porte mon attention sur le seau placé sous mon bureau. Maman estime que les crapauds sont des créatures sales et antipathiques. Il lui arrive d'en trouver un derrière le tire-botte ; armée de la pelle et de la balayette, elle le ramasse et va le jeter sur le tas de fumier où il rejoint les épluchures de pommes de terre. Quant à mes deux crapauds, leur sort ne paraît guère plus enviable. Un peu pâlots, la peau toujours plus sèche, les yeux souvent fermés – seraient-ils en train de prier ? Ils ne savent peut-être pas mettre un point final à leurs éjaculations. Moi, je ne sais comment mettre fin à une conversation ; je frotte mes semelles par terre, fixe le vide jusqu'à ce que mon interlocuteur me dise : « Si c'est comme ça, tchao ! » J'espère que le moment ne se présentera jamais de dire « tchao » à mes crapauds, mais s'ils ne se décident pas à manger sous peu, ça risque bien d'arriver.

Après avoir chanté, maman plonge la main dans la poche de sa robe de chambre rose. Elle en sort un petit paquet enveloppé dans du papier d'aluminium.

— Je suis désolée, dit-elle.

— De quoi ?

— Pour les planètes, pour ce soir. C'est à cause des vaches, à cause du choc.

— Ça ne fait rien.

Je prends le paquet. C'est une biscotte briochée, et posée dessus une plaque de fromage au cumin. Molle et tiède d'avoir séjourné dans la poche de maman. Elle me regarde en croquer une bouchée.

— C'est que vous êtes pas du tout comme les autres, toi et ta drôle de parka.

Si elle prononce ces mots, c'est parce que Line a abordé le sujet quand elle est passée prendre des nouvelles des vaches et donc de nous. Même le vétérinaire a parlé à ma mère de ma parka. Quand elle est rentrée un peu plus tard après avoir nourri les veaux, elle s'est perchée au milieu de la cuisine sur l'escabeau qu'elle utilise normalement pour enlever les toiles d'araignée. À chacune d'elles, elle s'exclame : « Un laideron de moins à la maison ! » C'est l'unique blague de son répertoire, aussi la chérissons-nous comme un insecte prisonnier d'un pot de confiture. Cette fois, ce n'est pas une araignée qu'elle a cherché à enlever, mais moi pour me dégager de la toile qu'elle a elle-même tissée.

— Si tu n'enlèves pas ta parka tout de suite, je saute.

Dans sa longue robe noire, elle me dominait, bras croisés devant la poitrine, lèvres un peu rougies par les cerises – l'une des rares choses qu'elle s'autorise à manger –, pareille au cadavre d'une araignée écrasée sur du papier peint blanc. J'ai évalué la hauteur à laquelle elle se trouvait. La mort pouvait-elle s'en contenter ? Selon le pasteur, le diable a peur du village car nous sommes plus forts que le mal. Mais est-ce vraiment le cas ? Sommes-nous plus forts que le mal ?

J'ai appuyé le poing sur mon ventre pour tempérer les atroces élancements qui s'annonçaient, ai serré les fesses en un réflexe comme quand on tente de réprimer un vent. Plutôt que d'un vent, il s'agissait d'une tempête. Une tempête qui fulmine de plus en plus souvent en moi. Tout comme les ouragans du journal télévisé, elle porte un nom, je l'ai baptisée Saint-Esprit. Le Saint-Esprit faisait rage dans mon corps, mes aisselles collaient à la toile de ma parka. Sans ma couche protectrice, je tomberais malade. Clouée sur place, j'observais maman, ses mules astiquées, les marches parsemées d'éclaboussures de peinture.

— Je compte jusqu'à dix. 1, 2, 3, 4.

À mesure qu'elle égrenait les chiffres, l'intensité de sa voix diminuait, la cuisine devenait floue, et, malgré mes efforts, je ne parvenais plus à porter la main sur le curseur de ma fermeture Éclair. J'ai ensuite perçu un bruit sourd, des os heurtant le sol, un craquement et un cri. Soudain, la cuisine grouilla de gens aux manteaux les plus variés. Les mains du vétérinaire sur mes épaules me semblèrent deux têtes que des veaux appuyaient contre moi ; d'une voix calme, il donnait des consignes. Peu à peu, je retrouvai la vue, je zoomai sur maman, couchée dans la brouette que papa avait utilisée pour transporter les fèves sur le tas de fumier : Obbe la conduisait chez le médecin du village. Je ne vis en réalité que quelques corneilles qui s'envolaient ; à travers mes larmes, elles ressemblaient à des bavochures de mascara. Papa avait refusé de l'emmener à bord de la Volkswagen en disant : « Ah bon, vous, vous rapportez les mandarines pourries chez l'épicier ? Moi pas ! » En d'autres termes, c'était de la faute de maman. Dans peu de temps, ai-je songé, on risque bien de la conduire au village pour ne plus jamais la ramener. Le reste de la soirée, papa n'ouvrit pas la bouche. Avachi sur le canapé, il s'éternisa devant la télé, un verre de genièvre à la main, une cigarette dans l'autre. Sur son bleu de travail, les trous se multipliaient : à défaut de cendrier, il posait ses cigarettes sur le bord de son genou où elles finissaient de se consumer. Oppressé, il cherchait peut-être à faire entrer un surcroît d'air par ces trous.

Le vétérinaire, qui est constamment chez nous depuis que la maladie s'est déclarée, nous a emmenées,

Hanna et moi, faire un tour en voiture dans les environs. Être ainsi à bord d'un véhicule, c'est la meilleure façon de rester immobile : tout autour de nous évolue et change sans qu'on ait soi-même besoin de bouger. On s'est dirigés vers les champs de colza. Assises sur le capot, on a regardé la moissonneuse-batteuse en action. Les graines noires atterrissaient dans un grand conteneur. Le vétérinaire nous a dit qu'on produit, à partir de cette plante, de l'huile pour les lampes, du fourrage, du biocarburant ou encore de la margarine. Une nuée d'oies nous survola. Elles se dirigeaient de l'autre côté. Je m'attendais à ce qu'elles tombent du ciel comme les morceaux d'une manne, le cou brisé à nos pieds, mais elles poursuivirent leur vol jusqu'à disparaître à l'horizon. J'ai voulu interroger Hanna du regard, mais elle était en pleine conversation avec le vétérinaire au sujet de l'école. Elle avait ôté ses chaussures pour ne garder que ses chaussettes rayées. Moi, j'aurais aimé enlever mes bottes vertes, cependant je n'ai pas osé. Une maladie, ça vient d'on ne sait où, de partout, à l'exemple des cambrioleurs, même si papa et maman sous-estiment les ruses de ces derniers. Quand ils s'absentent, ils ne verrouillent que la porte d'entrée, s'imaginant que seules des personnes qui connaissent les lieux penseraient à entrer par-derrière.

Pas une seule fois, on ne parla de ce qui venait de se passer à la maison. Aucun mot pour décapiter la peur, à la manière dont les lames de la moissonneuse-batteuse coupent la tête du colza pour ne garder que ce qui est utile. En silence, on regarda le soleil se coucher. Sur le chemin du retour, le vétérinaire nous a payé une frite qu'on a mangée dans la voiture ; les vitres se sont embuées, mes yeux aussi, car pour la première fois je ne me sentais pas seule : les frites, ça crée plus de liens entre les gens que toute autre nourriture.

Une heure plus tard, on était au lit, les doigts gras ; on sentait la mayonnaise, après une soirée, contre toute attente, pleine d'espoir. À cause des frites, cependant, je n'ai aucune envie de manger la biscotte briochée. Ne voulant pas décevoir maman une fois de plus aujourd'hui, je me décide à en prendre une deuxième bouchée. Je ne cesse de la voir allongée dans la brouette, son pied blessé pendouillant sur le bord. Et de revoir Obbe, l'air soudain tellement fragile que j'ai eu envie de le consoler, lui l'échalas gauche plus gauche et plus échalas que d'habitude. Je n'ai su comment le réconforter. Dans Romains 12, on peut lire : « Ayant toutefois des dons différents, selon la grâce qui nous a été donnée ; soit la prophétie, pour l'exercer selon la mesure de la foi ; soit le ministère, pour s'attacher au ministère ; soit l'enseignement, pour s'appliquer à l'enseignement ; soit l'exhortation, pour exhorter. Celui qui distribue les aumônes, qu'il le fasse avec simplicité ; celui qui préside, qu'il préside avec soin ; celui qui exerce les œuvres de miséricorde, qu'il le fasse avec joie. » Je ne sais quel est mon don, peut-être est-ce le silence et l'écoute. Ce à quoi je me suis tenue. Me contentant de lui demander comment allaient ses figurines Sims. Si elles s'embrassaient avec la langue. « Pas maintenant », a-t-il répondu avant de s'enfermer dans sa chambre. Le dernier *Hitzone* a retenti tellement fort dans ses haut-parleurs que je pouvais fredonner les paroles entre mes dents. Personne ne lui a fait la moindre remarque à ce sujet.

Tout comme les fèves surgelées, maman commence à se ramollir. Elle laisse tomber des choses par terre et nous le reproche. Aujourd'hui, j'ai prié cinq fois le Notre Père. Les deux dernières, les yeux ouverts de façon à en garder un sur tout ce qui m'entourait. J'espère que Jésus me comprend : les vaches ne dorment-elles pas les yeux ouverts pour éviter d'être prises au dépourvu ? Je ne peux m'empêcher d'avoir toujours plus peur de tout ce qui m'attaque par surprise le soir venu : ça va d'un moustique jusqu'à Dieu.

Les yeux vides, maman fixe ma couette lumineuse. Je n'arrive pas à avaler ce que j'ai dans la bouche. Je ne veux pas qu'elle soit triste à cause de moi. Ni qu'elle ressorte l'escabeau : cela lui permettrait d'accéder plus facilement à la corde – il lui suffirait de le repousser du pied – ou de monter sur le silo. Obbe soutient que ça va vite ensuite, sauf pour celui qui se pend car il a le temps de méditer des tas de choses, or la méditation au temple dure au moins le temps de deux pastilles à la menthe. Puisque le vertige ne l'a pas arrêtée cette fois, il ne l'arrêterait pas non plus en haut du silo.

— C'est sombre ici, je dis, la bouche pleine.

Les yeux de maman se posent sur moi, remplis d'espoir. Je visualise tout à coup le *Livre des Amis*[1] de Belle. Maman a rayé ma réponse à la question « Que veux-tu

1. Livre de questions-réponses que l'on prête à ses amis en les invitant à inscrire, à tour de rôle, leurs réponses à une série de questions.

devenir ? » pour la remplacer par : « Une bonne chrétienne ». Par conséquent, personne n'a remarqué ma poussée de croissance à la question « Combien mesures-tu ? ». Je me demande si je suis une bonne chrétienne. Peut-être, si je donnais à maman quelque chose qui lui remontait le moral…

— Sombre, où ça ?

— Eh bien, partout, je réponds, et j'avale ma bouchée.

Prenant soin de ne pas cogner son pied bandé, resserrant la ceinture de sa robe de chambre, maman allume le globe et fait semblant de s'esquiver. Le jeu auquel on se livrait quand Matthies était encore en vie et dont je ne me lassais jamais.

— Grande Ourse ! Grande Ourse ! Je n'arrive pas à dormir, j'ai peur.

Entre mes doigts, je la regarde s'approcher de la fenêtre, ouvrir les rideaux et dire :

— Regarde, je suis allée chercher la lune pour toi. La lune et toutes ces étoiles scintillantes. Qu'est-ce qu'une ourse pourrait désirer de plus ?

De l'amour, me dis-je, pareil à la chaleur de l'étable que dégagent toutes les vaches qui ont un but commun : survivre. Un flanc chaud contre lequel appuyer ma tête, comme pendant la traite. Bien sûr, elles figurent papa et maman. Tout l'amour qu'elles peuvent donner, c'est tendre leur langue râpeuse quand on leur tend une betterave fourragère.

— Rien, je suis une ourse comblée.

J'attends que les marches cessent d'émettre des craquements pour fermer les rideaux. J'essaie de penser à mon sauveteur, afin que se substitue à ce qui compresse mon ventre un désir, un désir que seuls les oiseaux savent exprimer au mieux. Je constate qu'à chacun de mes mouvements, le lit grince ; papa et maman vont donc entendre ce que je fais la nuit. Je me redresse, me mets debout sur mon matelas, passe la corde accrochée à la poutre autour de mon cou. Je ne parviens pas à resserrer le nœud, il a été fait il y a trop longtemps, je l'enroule comme un foulard, en sens la rugosité sur ma peau, m'imagine ce que ça fait d'étouffer à petit feu, d'être une balançoire et de savoir quel mouvement on attend de vous, de sentir la vie glisser hors de soi, ce que j'éprouve un peu à chaque fois que je suis sur le canapé, fesses à l'air, à faire le porte-savon.

17

— C'est une initiation, je dis à Hanna.

Elle se tient assise en tailleur sur mon nouveau matelas. La tête d'une Barbie est imprimée sur le devant de sa veste de pyjama. Longs cheveux blonds et lèvres roses. Visage à moitié passé, à l'exemple des poupées posées sur le rebord de la baignoire, dont on a frotté le sourire au gratte-éponge et au savon : on ne tient pas à ce que maman croie qu'il y ait la moindre raison de rire, moins encore depuis que les vaches sont malades.

— « Initiation », ça veut dire quoi ? me demande Hanna.

Elle a les cheveux remontés en un petit chignon. Moi, les chignons, je n'aime pas ça, ça tire et au collège on se fait traiter plus souvent encore de « bas noirs » étant donné que les chignons des femmes qu'on voit au temple ressemblent à des chaussettes roulées en boule.

— Un rituel pour accueillir quelque chose ou quelqu'un. Mon lit est neuf, c'est sa première nuit ici.

— D'accord. Mais qu'est-ce que je dois faire ?

— Commençons par lui souhaiter la bienvenue.

Je repousse ma mèche derrière mon oreille et dis à voix haute et claire :

— Lit, bienvenue.

Je pose la main sur le drap de dessous.

— Lit, bienvenue, fait à son tour ma sœur qui pose elle aussi sa paume sur le drap en le caressant.

— Et maintenant, le rituel.

Je m'allonge sur le ventre, tête sur le côté sous mon oreiller de manière à pouvoir regarder ma sœur. Je lui dis qu'elle est le papa et moi la maman.

— Bien, fait Hanna.

Elle s'allonge sur le ventre, à côté de moi. Je tire un peu plus l'oreiller sur ma tête, enfonce le nez dans le matelas. Il sent encore le magasin d'ameublement où papa et maman l'ont acheté, il en émane l'odeur d'une nouvelle vie. Hanna m'imite. Nous restons ainsi couchées comme deux corneilles abattues, sans échanger un mot, jusqu'à ce que j'écarte mon oreiller et regarde Hanna. Le sien monte et descend insensiblement. Le matelas est un navire, notre navire. « Si cette tente, notre demeure terrestre, est détruite, nous avons dans les cieux un édifice qui est de Dieu, une maison éternelle, qui n'est point faite de main d'homme. » Ces mots de l'une des Épîtres aux Corinthiens me revenant, je chuchote à Hanna :

— À partir de maintenant, mon lit, c'est notre base d'opération, le lieu où on est en sécurité. Répète après moi : « Cher lit, nous, Hanna et Parka, petit papa et petite maman, sommes heureuses de vous initier au monde obscur du Plan. Tout ce qui se dit ici, tout ce qu'on désire ici, ne sort pas d'ici. À partir de maintenant, tu fais partie de notre groupe. »

Hanna répète mes paroles, plutôt un marmonnement en réalité car elle a le nez dans le matelas. À sa voix, je comprends que le rituel la barbe, qu'elle m'implorera bientôt de passer à un autre jeu. Or, il ne s'agit pas d'un jeu, c'est très sérieux.

Pour qu'elle comprenne que ce n'est pas de la rigolade, je plaque la main sur l'oreiller qui repose sur son occiput, puis m'en empare par les deux extrémités et appuie. Hanna se met tout de suite à se tortiller dans tous les sens, m'obligeant à presser encore plus ; elle mouline des mains, s'agrippe à ma parka. Je suis plus forte qu'elle, elle ne peut pas s'en tirer.

— C'est une initiation, je répète, quiconque vient habiter ici doit éprouver ce que c'est d'être à deux doigts d'étouffer, comme Matthies, à deux doigts de mourir. Il n'y a que comme ça qu'on peut devenir amies.

Quand je retire l'oreiller, Hanna se met à sangloter. Elle est rouge tomate. Elle est avide d'aspirer de l'air.

— Idiote, dit-elle enfin, j'ai failli mourir étouffée.

— Ça fait partie du rituel. Maintenant, tu sais ce que je ressens toutes les nuits, et maintenant le lit sait ce qui risque d'arriver.

Je me recroqueville contre Hanna, embrasse ses joues pour les sécher, peur salée.

— Pleure pas, petit bonhomme.

— Tu m'as fait peur, petite femme, murmure Hanna.

— Quand on a peur des loups, on ne se risque pas dans les bois.

Peu à peu, je commence à me frotter contre ma sœur, comme je le fais souvent avec ma peluche, et chuchote :

— Si on fait preuve de culot, nos journées seront prolongées comme le prêt des livres de la bibliothèque, dans lesquels on peut se perdre plus longtemps sans courir le risque de prendre une amende.

— On est des livres usés, sans couverture. Ceux qui nous voient ne peuvent deviner sur quoi on porte, dit Hanna.

Cette minime prise de conscience nous fait glousser. De bouger, mon corps se réchauffe, ma parka colle à ma peau, je ne m'arrête que lorsque je sens que Hanna va s'endormir : on n'a pas le temps de dormir. Je me redresse dans le lit.

— Je choisis le vétérinaire, je fais tout à coup en essayant de mettre de la détermination dans ma voix – puis, comme le silence menace de s'installer, j'ajoute : Il est gentil, il habite de l'autre côté, il a écouté plusieurs cœurs, au moins des milliers.

Hanna acquiesce. De même que la tête de la Barbie.

— Boudewijn de Groot, c'est pas à la portée de filles comme nous, dit-elle.

Je ne sais pas ce qu'elle entend par là : des filles comme nous. Qu'est-ce qui fait de nous ce que nous sommes ? Pourquoi les gens peuvent voir qu'on est vraiment des Mulder ? Je crois que des filles comme nous, il y en a à revendre, simplement, nous, on ne les a encore jamais croisées. Les papas et les mamans, eux, ils finissent bien par se rencontrer un beau jour.

Et étant donné que tout le monde a un parent en soi, ils en arrivent à se marier.

La façon dont nos parents se sont trouvés, ça reste un mystère. Papa, il est incapable de chercher quoi que ce soit. Quand il perd un truc, il y a fort à parier que c'est dans sa poche ; quand il fait les courses, il rapporte systématiquement d'autres produits que ceux figurant sur la liste : maman n'est pas le bon paquet de yaourt, mais il s'en est contenté et elle s'est contentée de lui. Ils ne nous ont jamais rien révélé sur leur première rencontre. Maman prétexte à chaque fois que ce n'est pas le bon moment pour aborder le sujet. Des bons moments, chez nous, c'est une denrée rare ; quand il y en a un, on s'en rend compte après coup. Je suppose que ça s'est passé comme à la ferme : un beau jour, grand-père et grand-mère ont ouvert la porte de la chambre de maman et ont poussé papa dans la pièce de la même façon qu'on approche un taureau d'une vache. Puis ils ont refermé la porte, et voilà, nous, on a pointé le bout du nez. Depuis le jour en question, papa appelle maman « ma femme » et maman appelle papa « mon homme ». Les bons jours, « ma petite femme » et « mon homme à moi ». Ce que je trouve étrange – on dirait qu'ils ont peur d'oublier le sexe de l'autre, ou ce qu'ils sont l'un pour l'autre.

À Belle, j'ai raconté des balivernes. Je lui ai dit qu'ils s'étaient rencontrés devant le rayonnage des salades russes du supermarché et qu'au moment de choisir l'un et l'autre celle au bœuf, leurs mains se sont effleurées. Selon la prof, l'amour peut naître sans que les yeux se croisent, dans certains cas une caresse suffit largement. Cela m'a amenée à me demander comment on appelle ça, quand les deux font défaut : l'échange d'un regard et le frôlement des mains.

Même si je crois qu'il existe d'autres filles comme nous, j'opine du chef. Peut-être ne portent-elles pas en permanence sur elles l'odeur des vaches, celle de la colère ou du tabac de papa, mais sans doute cela n'est-il pas irrémédiable.

Je porte la main à ma gorge. Je sens toujours la marque de la corde sur ma peau. Quand je repense à aujourd'hui, à l'escabeau branlant dans la cuisine, au choc, j'ai l'impression que la corde se serre un peu, un double nœud sous le larynx. Tout semble s'arrêter subitement sous la gorge, à l'image du rai des phares du tracteur de papa qui s'arrête sur la couette. On l'entend partir répandre le fumier. Il opère en cachette car plus personne n'a le droit d'en transporter, afin de limiter les risques de contamination. Mais nous ne savons pas quoi faire de cette merde : les planches sur lesquelles on pousse la brouette pour la vider tout en haut du tas de fumier, à l'autre bout, s'enfoncent dans le lisier – il n'y a plus de place. Papa a dit que, la nuit, pas un chat ne remarquerait qu'il en épand. Aujourd'hui, en combinaison blanche, un membre du service de protection vétérinaire a posé des dizaines de ratières contenant du poison bleu tout autour de la ferme de façon que les rats ne transmettent pas la maladie. Hanna et moi, il ne faut pas qu'on s'endorme, il ne faudrait pas que papa nous soit enlevé à notre insu. Le rai passe du pied du lit jusqu'à mon larynx puis, après un petit moment, recommence son manège.

— Accident de tracteur ou chute dans une fosse à purin ?

Sous la couette, Hanna se rapproche de moi. Ses cheveux sentent l'ensilage. J'aspire cette odeur et pense au nombre de fois où j'ai maudit les vaches. Mais à présent qu'on s'apprête à les abattre, je redoute plus que tout qu'elles ne soient plus avec nous, qu'un silence tel se fasse qu'on en soit réduits à se souvenir des bruits, que seules les corneilles, perchées sur les gouttières, soient là pour nous observer.

— T'es froide comme un pain qu'on sort du congélo, me dit Hanna.

Elle love sa tête sous mon aisselle. Elle n'est pas entrée dans mon jeu. Peut-être a-t-elle peur que les mots qu'elle viendrait à prononcer se fassent réalité. Que, tout comme on prédit qui va gagner au *Lingo,* on en arrive à prédire la mort de quelqu'un.

— Mieux vaut un pain congelé qu'un sachet de fèves décongelées, je réplique.

La couette remontée sur la tête, de sorte qu'on ne réveille pas maman, on glousse. Je fais passer ma main de ma gorge à la nuque d'Hanna. C'est chaud au toucher. À travers sa peau, je sens les vertèbres cervicales.

— Tu as bien plus que moi l'épaisseur idéale, mon petit homme.

— Pour quoi, ma petite femme ? joue-t-elle cette fois le jeu.

— Pour un sauvetage.

Hanna repousse ma main. Pour un sauvetage, on n'a pas besoin d'une épaisseur idéale ; c'est l'absence de perfection qui nous rend fragiles et qui fait qu'on doit être sauvées.

— Nous sommes fragiles ?

— Aussi fragiles que des brins de paille, répond Hanna.

Tout à coup, je prends conscience de ce qui se passe. Tout ce qui relève d'un passé assez récent semble tomber à sa place, toutes ces fois où on a été fragiles.

— C'est encore l'une des plaies de l'Exode, il ne peut pas en être autrement. La différence, c'est qu'elles nous tombent dessus sens dessus dessous. Tu comprends ?

— Qu'est-ce que tu veux dire ?

— Eh bien, tu as saigné du nez si bien que l'eau s'est transformée en sang. On a eu la migration des crapauds, des poux à l'école, la mort du premier-né, les mouches des étables autour du tas de fumier, une sauterelle écrasée sous le sabot d'Obbe, des cloques sur ma langue à cause de l'œuf sur le plat et enfin de la grêle.

— Et tu crois que c'est pour ça qu'on a maintenant la peste bovine ? me demande Hanna, l'effroi sur la figure.

Elle a posé la main sur son cœur, à l'endroit précis où se trouvent les oreilles de la Barbie, comme si celle-ci ne devait pas surprendre les propos que l'on tient. Avec lenteur, je hoche la tête. Après cela, il n'y en a plus qu'une qui nous attend, je me dis, la pire de toutes : l'obscurité, la ténèbre, le jour à jamais enveloppé dans le paletot du dimanche de papa. Ce que je m'abstiens de dire à haute voix. Cependant, nous savons Hanna et moi qu'il y a dans cette maison deux personnes qui aspirent en permanence à gagner l'autre côté, qui veulent traverser le lac et qui sont prêtes, dans ce but, à faire des sacrifices qui peuvent aller d'un sachet d'Atomic FireBall à la mort d'animaux.

Nous entendons le tracteur changer de direction. Les phares s'éloignent. J'allume mon globe afin de contrecarrer le noir qui envahit la chambre. Papa en a terminé avec le fumier. Je l'imagine dans son bleu de travail, en train de regarder à une certaine distance la ferme où seule l'entrée est encore éclairée, la lumière qui passe par la fenêtre ovale pouvant laisser croire que la lune, à moitié ivre, a dégringolé de quelques mètres. Quand il observe ainsi la ferme, il voit trois générations de paysans. Elle appartenait à grand-père Mulder qui la tenait lui-même de son père. Bien des vaches ont survécu à grand-père. L'une de celles-ci, touchée par la fièvre aphteuse, nous a souvent raconté papa, refusait de boire : « Il a alors acheté un tonnelet de harengs et en a jeté le contenu dans la gueule de la bête malade. Une bonne dose de protéine qui s'est traduite par une très grande soif. La vache a ainsi surmonté la douleur que provoquaient les aphtes et s'est remise à boire. » Une histoire dont je ne me lasse pas. Cette fois, il est trop tard pour combattre la fièvre aphteuse à kilos de harengs ; les dernières vaches ayant appartenu à grand-père vont, elles aussi, y passer. En un rien de temps, papa va se voir arracher toute son existence. Du moins, c'est ainsi qu'il va sans doute vivre cela, la mort de Tiesy mais multipliée par le nombre de vaches, par cent quatre-vingts donc. Il connaît chaque vache et chaque veau par leur nom.

Hanna retire son visage, sa peau moite se décolle peu à peu de la mienne – laissant une couche de vaseline –, à croire qu'elle est l'un de ces corps célestes de mon plafond qui tombent de temps à autre, m'empêchant de faire un vœu puisque le cosmos n'est pas un puits à vœux mais une fosse commune : chaque étoile est un enfant mort, la plus belle étoile étant Matthies – maman nous l'a appris. Voilà pourquoi j'ai parfois peur qu'il tombe et atterrisse dans un autre jardin que le nôtre sans que nous en remarquions rien. Faut-il vraiment s'inquiéter ? Il y a tant de nuits où les étoiles sont moins nombreuses dans le ciel.

— On doit atteindre la case « Ciel », dit Hanna.

— Exactement.

— Mais quand, quand irons-nous de l'autre côté ?

Sa voix trahit son impatience. Attendre, ce n'est pas son fort, tout ce qu'elle veut doit se produire sans délai. Moi, je suis plus réfléchie, c'est pourquoi bien des choses me passent sous le nez : il arrive en effet que celles-ci se montrent elles aussi impatientes.

— Tu parles bien, mais ça ne se traduit pas vraiment dans la réalité.

Je promets à Hanna que ça va s'améliorer :

— Quand les souris auront quitté ma tête, l'amour dansera de nouveau sur la table.

— C'est une plaie aussi, les souris ?

— Non, c'est une protection au cas où le chat reviendrait.

— C'est quoi l'amour ?

— Ça ressemble, je réponds après un instant de réflexion, à l'advocaat de grand-mère du côté cool, c'est épais et jaune doré : pour en apprécier tout le goût, il est important de mélanger les ingrédients dans le bon ordre et dans les bonnes proportions.

— L'advocaat, c'est dégueulasse ! fait Hanna.

— Parce que tu n'as pas encore appris à l'aimer. L'amour non plus, ça ne se laisse pas aimer tout de suite, on en apprécie peu à peu le goût, ça se fait de plus en plus sucré.

Hanna me serre un instant dans ses bras, mains sous mes aisselles, comme elle le fait avec ses poupées. Papa et maman ne se câlinent jamais, je parie que c'est parce qu'ils ne veulent pas qu'une part de leurs secrets reste collée à l'autre comme de la vaseline. Car c'est ce qui se passe après une étreinte. Pour cette même raison, je ne prends jamais l'initiative de serrer quelqu'un dans mes bras : je ne sais pas de quel secret je tiens à me débarrasser.

18

Les sabots de papa, près du paillasson, sont emmaillotés dans des surchaussures bleues pour éviter toute aggravation de la contamination. Moi, j'aimerais bien fixer l'une de ces pantoufles sur mon nez de façon que chacune de mes respirations reste mienne. Chaussée de ces sabots, je gagne le fumier pour vider le panier d'épluchures. Alors que je les balance sur les excréments blanchis par la rosée, je prends peu à peu conscience qu'il s'agit peut-être du dernier amas de merde qu'il me sera donné de voir avant belle lurette. Les meuglements aux premières heures du jour, la citerne à lait qui se met en route pour refroidir, l'appareillage de distribution de concentrés, le roucoulement des ramiers qui se jettent sur le maïs et font leur nid au faîte de l'étable, tout cela finira de même par s'estomper en un souvenir qu'on ne fera revivre que lors des anniversaires ou des nuits blanches – un grand vide va se faire : les étables, la salle aux fromages, les silos, nos cœurs.

Une traînée de lait coule de la citerne jusqu'au puisard au milieu de la cour : papa a ouvert le robinet.

On n'a plus le droit de vendre le lait, mais il continue à traire les vaches, comme si de rien n'était, à les aligner dans les logettes et à appliquer les gobelets sur les trayons avant de passer sur leurs pis ou les gobelets l'une de mes vieilles culottes enduite de pommade afin que tout reste bien propre. J'ai souvent eu honte de le voir s'activer de la sorte, sans gêne aucune – mais la nuit venue, il m'est arrivé de penser à toutes ces mains, à toutes ces engelures et callosités, de celles d'Obbe à celles de Janssen, entre lesquelles mon entrecuisse est passé. L'une de mes culottes a fini perdue parmi les vaches, piétinée sur un caillebotis. Papa les a toujours appelées « torchons à trayons », il ne voit plus même qu'il s'est agi de sous-vêtements. Le samedi, maman les lave avant de les accrocher sur la corde à linge.

De l'ongle, je déloge un trognon resté collé au fond du panier. Du coin de l'œil, je vois le vétérinaire accroupi près d'une tente blanche. Il plonge une seringue dans un bocal d'antibiotiques et enfonce l'aiguille dans la nuque d'un veau. Celui-ci a la diarrhée, il chie jaune moutarde, ça lui a éclaboussé tout le derrière ; ses pattes tremblent comme des piquets de clôture quand ça souffle fort. Hier aussi, le vétérinaire était chez nous. Alors que si nous avions été cul nu sur le tapis de la salle de bains, un thermomètre dans l'anus, sa venue aurait été reportée au lendemain. Maman aurait chanté la comptine de Kortjakje qui n'est jamais malade le dimanche. Je me serais dit : Kortjakje est une lâche : ne pas pouvoir aller à l'école, mais bien au temple, c'est tellement facile. Ce n'est que depuis que je suis au collège que j'ai compris

Kortjakje : elle a peur de tout ce qu'elle ne connaît pas. La harcèle-t-on ? A-t-elle comme moi mal au ventre dès que la cour d'école apparaît, dès qu'il est question de sorties scolaires au cours desquelles quantité de germes infectieux vont être du voyage ? Casse-t-elle, elle aussi, des pastilles à la menthe sur le bord de la table pour se garder de la nausée ? En définitive, Kortjakje n'est qu'une fille pathétique.

À chaque pas que je fais, les pantoufles craquent. Papa a dit un jour : « La mort arrive à chaque fois en sabots. » Je n'avais pas saisi son propos. Pourquoi pas sur des patins ou chaussée de baskets ? À présent, je comprends : dans la plupart des cas, la mort s'annonce, et c'est nous qui refusons de la voir ou de l'entendre. Ainsi sait-on qu'en bien des endroits, la couche de glace n'est pas assez épaisse, ainsi sait-on que la fièvre aphteuse ne va pas épargner notre village plus qu'un autre.

Je fuis vers la grange aux lapins, où je suis à l'abri de toutes les maladies. Là, je pousse les fanes ramollies à travers le grillage. L'image des vertèbres cervicales de ces petits mammifères me revient. Craquent-elles si on leur tirebouchonne le kiki ? Quelle idée sinistre que de savoir qu'on a pour ainsi dire la mort d'autrui entre les mains, même si on n'a au bout des bras guère plus que de pâles menottes – pareilles à des truelles, elles peuvent servir à bâtir ou, d'un coup de leur tranchant, à raccourcir. Je retire la mangeoire, approche la main de la fourrure de Bouclette, aplatis ses oreilles en les caressant ; leur cartilage en rend les contours tout durs. Durant quelques secondes, les yeux fermés, je pense à la présentatrice du journal télévisé pour les enfants. À son regard inquiet si jamais saint Nicolas vient à s'égarer, tout le monde se réveillant sans rien dans ses chaussures si ce n'est une carotte orange fripée, ramollie par la chaleur du feu de cheminée. Ainsi qu'aux meringues posées devant elle, aux saints Nicolas en pain d'épices et à moi, m'imaginant être l'un d'eux, tout près d'elle, plus près que quiconque. À elle qui m'adresse la parole : « Parka, les choses grandissent puis rapetissent, mais les gens, eux, gardent toujours la même taille. » À elle qui me rassurerait, ce dont je ne suis plus capable par moi-même.

Rouvrant les yeux, je saisis l'oreille droite de Bouclette. Elle est raide et dure. Puis je tâte entre ses pattes postérieures. Ça se fait sans que j'y pense, comme à la saison des angelots en porcelaine. Au même moment, le vétérinaire se pointe. Je m'empresse de retirer ma main, baisse la tête pour remettre la mangeoire à sa place. Quand on rougit, la tête se fait lourde car la honte pèse.

— Elles ont toutes de la fièvre, certaines même quarante-deux degrés, m'annonce le vétérinaire.

Il s'empare du pain de savon vert et se lave les mains dans le tonneau aux parois duquel s'accrochent des algues. Il va me falloir le nettoyer sans tarder à la brosse. J'observe la surface du tonneau. La mousse que fait le savon me donne la nausée. Posant la paume sur mon bas-ventre, je sens mes intestins gonflés ; ils me font penser aux saucisses au fenouil du boucher qu'il est impossible de digérer.

Le vétérinaire repose le pain de savon sur la table, entre les mangeoires en pierre. Celles de lapins précédents, morts pour la plupart de vieillesse. Papa les a enterrés au fond du pré, un endroit où l'on n'a pas le droit de jouer. Il m'est arrivé de me faire du souci à cause des lapins enfouis là. Leurs grandes dents ne continuent-elles pas de pousser longtemps après leur mort ? Une vache ne va-t-elle pas se prendre les sabots dedans – ou pire encore, papa – si elles viennent à sortir de terre ? Si je donne autant de fanes et d'herbe à Bouclette, c'est pour qu'il ait de quoi ronger de son vivant et que ses dents atteignent leur taille maximale.

— Pourquoi on ne peut pas les guérir comme les enfants qui ont de la fièvre ?

Le vétérinaire s'essuie les mains dans un vieux torchon qu'il suspend ensuite à un crochet.

— C'est trop contagieux, on ne peut plus vendre la viande ni le lait. On ne fait donc que perdre de l'argent.

Je hoche la tête, bien que je ne saisisse pas son raisonnement. En abattant toutes les bêtes, on fait une plus grosse perte, non ? Tous ces corps fumants qu'on aime tant seront bientôt refroidis. C'est comme pour les Juifs, à ceci près que ces derniers étaient haïs : la mort est alors bien pire que lorsqu'on atterrit dans la tombe par amour, à la suite d'un cas de force majeure.

Le vétérinaire retourne un seau et s'assied dessus. Ses boucles noires pendent autour de sa tête comme autant de serpentins. De le dominer ainsi, je me sens gauche. J'ai déjà bien du mal à savoir quoi faire des centimètres qui s'ajoutent les uns aux autres et dont on fait uniquement le relevé dans *Le Livre des Amis*. Il n'y a pas si longtemps, on notait ça sur le montant de la porte. Papa prenait sa règle graduée et un crayon à papier puis traçait un trait à la hauteur exacte où nos têtes s'arrêtaient. Peu après le fameux jour de décembre, il a repeint le montant en vert olive. Le même vert que celui des volets de devant qui restent toujours fermés ces derniers temps : personne ne doit observer notre croissance.

— C'est très triste.

Dans un soupir, le vétérinaire tourne ses paumes vers le plafond. Il a des ampoules. Des coussinets d'air pareils à ceux des enveloppes dans lesquelles papa envoie des tubes de sperme de taureau après les avoir déposées, encore tièdes, sur la table du petit déjeuner. En hiver, à peine sortie du lit, il m'est arrivé d'en plaquer une contre ma joue tandis que le froid du sol s'infiltrait dans mes orteils et gagnait mon visage – en arrière-fond, j'entendais maman cracher sur les vitres du poêle avant de les astiquer avec du Sopalin. Une tâche qu'elle accomplit systématiquement avant que papa ne dépose le petit bois qu'il allume avec de vieux journaux. Selon elle, on sent mieux la chaleur quand on voit les flammes batailler pour un bout de bois.

Quant aux tubes, me voir les tenir contre ma joue la rebute. Elle soutient que c'est avec ça qu'on forge les petits veaux, à la manière dont grand-mère fabrique de nouvelles bougies avec la cire que les villageois mettent spécialement de côté pour elle. Blanchâtre, la substance dans les tubes est tantôt liquide, tantôt épaisse. Un jour, j'en ai monté un en cachette dans ma chambre. Hanna a insisté pour qu'on ouvre l'éprouvette dès qu'elle serait refroidie et qu'elle ne diffuserait donc plus de chaleur. Quand le tube fut aussi froid que nos corps, on a trempé l'une et l'autre un auriculaire dedans avant de le glisser, après avoir compté jusqu'à trois, dans notre bouche. Ça avait un goût salé qui soulevait un peu le cœur. Les soirs, on imaginait que des petits veaux allaient sortir de nous, jusqu'au jour où le plan du sauveteur s'est épanoui dans nos têtes. Dès lors, on s'est senties plus grandes que jamais : on se liquéfierait dans les mains des sauveurs, tout autant que les semences des tubes à essai.

— Ta parka, t'es bien dedans ?

Il me faut un certain temps pour répondre. Je suis encore focalisée sur les ampoules de ses mains.

— Oui, très bien.

— Pas trop chaud ?

— Pas trop chaud.

— On se moque de toi à cause de ça ?

Je hausse les épaules. Je suis douée pour inventer des réponses, un peu moins pour les exprimer. Chacune d'entre elles appelle une observation. Or, je n'aime pas les observations. Elles sont tout aussi tenaces qu'une tache que laisse sur les habits la cire dont on enduit au pinceau les fromages. Quasi impossibles à faire partir.

Le vétérinaire sourit. Jusqu'ici, je n'avais jamais remarqué qu'il a les narines les plus grosses que j'aie jamais vues, ce qui veut dire qu'il se cure souvent le nez avec le doigt. Cela crée un lien entre nous dont je ne peux faire abstraction. Autour de son cou pend un stéthoscope. Pendant un instant, j'imagine la froideur du métal posé sur ma poitrine, le vétérinaire à l'écoute de tout ce qui bouge et change en moi, un froncement soucieux se dessinant sur son front, il enfonce son pouce et son index entre mes mâchoires pour me nourrir, tout comme il le fait avec un veau. Il me tiendrait chaud sous sa blouse verte.

— Ton frère te manque ? il me demande à brûle-pourpoint.

Il place une main autour de mon mollet, me pinçote. Peut-être cherche-t-il à savoir si je suis malade moi aussi : pour établir un diagnostic sur la santé d'un veau, on lui tâte les pattes. Il frotte doucement de bas en haut, si bien que, sous le jean, ma peau se réchauffe, la chaleur se répand dans tout mon corps, pareille à une pensée par une froide journée d'hiver, l'idée d'un chocolat chaud au retour à la maison, idée qui se révèle bien moins chaude une fois qu'on est rentré. Je fixe ses ongles soigneusement coupés. Sur son annulaire se détache la marque d'une bague, là où la peau est plus claire. Les gens que l'on aime demeurent toujours visibles, dans notre cœur ou sous notre peau, tout comme ma cage thoracique qui semble se fendre quand ma mère, assise au bord de mon lit, me demande d'une voix de porcelaine si je l'aime et que je lui réponds : « De l'Enfer jusqu'au Ciel. » Parfois, j'entends ma poitrine craquer et j'ai peur qu'elle ne se fende pour de bon.

— Oui, il me manque, je murmure.

C'est la première fois que quelqu'un me pose la question. Au lieu d'une caresse sur la tête, d'un pinçottement de ma joue. Non pas : comment vont ton père et ta mère ? comment vont les vaches ? Mais : comment tu vas ? Je fixe mes chaussures.

Quand je lève les yeux, je constate qu'il a pris un air accablé, le même que maman affiche souvent – on dirait alors qu'elle se trimballe toute la journée un verre d'eau sur la tête, qu'il lui faut apporter de l'autre côté sans en renverser une goutte. Voilà pourquoi j'ajoute :

— Mais je vais bien, au point que je peux dire que je suis heureuse et que j'honore le Seigneur jusqu'à ce qu'on place aux genoux de mon jean des renforts représentant des personnages de bandes dessinées.

Le vétérinaire rit.

— Tu sais que tu es la plus belle fille que j'aie jamais vue ?

Je sens mes joues se colorer comme les petits cercles d'un questionnaire à choix multiples. J'ignore combien il en a vu dans sa vie, des filles. Toujours est-il que je me sens très flattée. Quelqu'un me trouve belle. Même quand je porte ma parka délavée dont les ourlets s'effilochent. Je ne sais quoi lui répondre. Selon la prof, bien des questionnaires à choix multiples contiennent des pièges, ils présentent une part de réalité en même temps qu'un mensonge. Le vétérinaire cache son stéthoscope sous son polo. Avant de sortir, il m'adresse un clin d'œil. « Pour préserver la paix », dit parfois maman quand papa lui en décoche un. Elle prononce ces mots avec hargne car il y a longtemps qu'entre eux la paix est morte. Quoi qu'il en soit, dans ma poitrine brûle tout autre chose que dans mon cœur, une chose qui flambe comme le buisson de l'Exode.

19

Nous grandissons avec la Parole, or les paroles font de plus en plus défaut à la ferme. Voilà l'heure du café passée depuis longtemps et on est encore dans la cuisine, silencieux ; on hoche la tête pour répondre à des questions que personne ne pose, le vétérinaire assis à la place de papa au bout de la table, en face de maman. Il boit son café, noir ; je bois un sirop, noir. Comme tous les après-midi avant de nourrir les bêtes, papa est parti à vélo au lac pour vérifier qu'il n'a rien oublié, une pince à linge bleue à la jambe gauche de son pantalon pour éviter qu'elle ne se prenne dans les rayons. Il y a plein de choses que papa oublie. Il passe plus de temps à regarder le sol ou le ciel que ce qui se situe à hauteur des yeux. Avec ma taille, je me situe exactement entre les deux, aussi me faut-il me faire plus grande ou plus petite pour qu'il me remarque. Certaines fois, par la fenêtre de la cuisine, je le suis des yeux jusqu'à ce qu'il ne soit plus qu'un minuscule point noir sur la digue, oiseau tombé d'une nuée de ses semblables. Les premières semaines qui ont suivi la mort de mon frère, je m'attendais à ce que papa le ramène, certes transi de froid, sur le porte-bagages. Que tout finirait bien. À présent, je sais qu'il rentre toujours à la maison sans personne sur son porte-bagages et que Matthies ne reviendra pas, pas plus que Jésus ne descend jusqu'à nous sur un quelconque nuage.

Le silence règne à table. De toute façon, chez nous, on parle de moins en moins. Par conséquent, la plupart des conversations se déroulent dans ma tête. Je m'entretiens longuement avec les Juifs de la cave, leur demande quels mots ils collent sur le moral de maman, s'ils l'ont vue par hasard manger ces derniers temps, s'ils pensent qu'elle va tomber raide morte un jour à l'instar de mes crapauds qui refusent de s'accoupler. Je me représente une table mise, au milieu de la cave, entre les étagères chargées de paquets de farine, de pots de cornichons, de boîtes grasses contenant les cacahuètes préférées de maman. Elle n'aime que les entières ; les moitiés, elle les laisse à papa qui, lui, ne fait pas la différence. Je l'imagine au milieu d'eux dans la robe qui a ses faveurs : un tissu bleu marine au motif de marguerites. Je demande aux Juifs de déclamer pour elle le Cantique des Cantiques : elle le trouve très beau. Ou encore de prendre soin d'elle, pour le meilleur et pour le pire.

Les conversations qui portent sur papa sont d'une autre teneur. Elles tournent souvent autour de son trousseau. J'espère que sa future femme le contredira plus que maman ne le fait, que quelqu'un osera s'opposer à lui, le fera douter de même qu'il nous arrive de douter de Dieu. J'espère aussi qu'une distinction s'opérera : après tout, même les plus grands amis intimes du monde ne peuvent parler en permanence d'une seule et même voix, donc pas plus papa et Dieu que les autres personnes. Il m'arrive même d'espérer que quelqu'un le prendra à partie : « T'as les oreilles pleines de betteraves fourragères, tu n'entends que toi. Il va nous falloir réparer la barrière de passage à niveau qui branle, les charnières n'ont rien à faire là. » Ce serait chouette.

Obbe me tire la langue. À chaque fois que je le regarde. Elle est brune à cause des boudoirs au chocolat que l'on nous a donnés en plus d'un sirop. Quand le vétérinaire me fait un clin d'œil, je remarque que mes yeux sont remplis de larmes. Je repense au cours de sciences de la nature qui portait sur Neil Armstrong, le premier homme à avoir marché sur la lune, à ce que la lune a éprouvé lorsque, pour la première fois de son existence, quelqu'un s'est donné la peine de s'approcher d'elle. Qui sait si le vétérinaire n'est pas lui-même un astronaute ? Qui sait si quelqu'un ne va pas enfin prendre la peine d'examiner la quantité de vie qu'il reste en moi ? J'aspire à une bonne conversation. Mais voilà, je ne sais pas de quoi est faite une bonne conversation. Il faudra quoi qu'il en soit qu'elle contienne le mot « bon », cela me paraît évident. Il faut que je pense à regarder longuement mon interlocuteur dans les yeux, car trop détourner le regard signifie qu'on a un secret – les secrets sont toujours cachés dans le compartiment froid de la tête à la manière des paquets de viande hachée du congélateur. Dès qu'on les sort sans rien en faire, ils se gâtent.

— Toutes les bêtes ont la coulante, faudrait pas que ça empire encore, tente le vétérinaire pour briser le silence.

Maman garde les poings serrés, posés sur la table comme des hérissons roulés en boule. À Hanna, j'ai expliqué qu'ils hibernaient et qu'elle ne tarderait pas à suivre la ligne de nos mâchoires, comme il a pu lui arriver de le faire de l'index avant de gratter le lait séché à la commissure de nos bouches.

La porte d'entrée s'ouvre alors et papa apparaît dans la cuisine. Il descend la fermeture du col de son pull de skipper et jette sur le plan de travail un sac de pain qu'il vient de sortir du congélateur. Il se plante à côté de nous et avale de grosses bouchées d'un boudoir.

— Ils viennent demain à l'heure du café, dit le vétérinaire.

Papa frappe la table du poing. Le boudoir de maman fait un bond, elle pose la main dessus d'une manière protectrice. Que ne suis-je un boudoir, je tiendrais exactement dans le creux de sa main.

— Qu'est-ce qu'on a fait pour mériter ça ? elle demande.

Elle recule sa chaise et s'approche du plan de travail. Papa se pince le nez, les doigts pareils aux branches du clip d'un sachet à pain – il ne tient pas à s'assécher en versant trop de larmes.

— Vous, dans vos chambres, se contente-t-il de dire. Tout de suite !

Obbe nous invite sous les combles. On le suit dans sa chambre dont les rideaux sont encore tirés. À la fin du cours, cet après-midi, la prof a dit que lorsqu'on respire par le nez, tout est filtré par les poils des narines. Lorsqu'on respire par la bouche, tout entre directement dans le corps, rien n'arrête les maladies. Belle s'est alors mise à respirer bruyamment par la bouche, mettant les rigolards dans sa poche. Moi, j'ai posé sur elle des yeux anxieux : si Belle tombe malade, ça marquera la fin de notre amitié. Dorénavant, je ne respire plus que par le nez, je garde les lèvres serrées, ne les ouvre que pour parler, sachant que je prononce de moins en moins de mots.

— Baisse ton pantalon, Hanna.

— Pourquoi ? je demande.

— Parce que c'est d'une importance vitale.

— Papa a besoin de plus de slips pour nettoyer les pis des vaches ?

Je pense à mes culottes. Peut-être maman les a-t-elle trouvées sous mon lit. Elle aura remarqué qu'elles sont durcies et jaunes de pipi. Obbe hausse les sourcils, à croire que c'est moi qui pose des questions bizarres. Puis il secoue la tête.

— Je connais un truc drôle.

— Pas un truc avec la mort ? s'inquiète Hanna.

— Non. Ça n'a rien à voir avec la mort. C'est un jeu.

Hanna hoche la tête avec empressement. Elle aime les jeux. Souvent, elle joue toute seule au Monopoly, par terre, dans la pièce de devant.

— Enlève ton slip et allonge-toi sur le lit.

Avant que je puisse lui demander ce qu'il concocte, Hanna a le pantalon et le slip sur les chevilles. Je regarde la fente entre ses cuisses. Ça ne ressemble pas à la part de tropézienne dont a parlé mon frère. Bien plus à la limace qu'il a un jour coupée en deux avec un opinel, derrière le tire-botte, libérant un liquide visqueux.

Obbe s'assied sur le lit, à côté d'Hanna.

— Maintenant, ferme les yeux et écarte les jambes.

— Tu triches, je dis à Hanna.

— Non, se défend-elle.

— J'ai vu tes cils trembler.

— C'est à cause du courant d'air.

À tout hasard, je pose la main sur les yeux de ma sœur, sens ses cils me chatouiller la paume et regarde Obbe qui s'empare d'une canette de coca. Il se met à la secouer comme un malade. Puis la place devant la fente, écarte le plus possible les cuisses d'Hanna – on peut voir la chair rose. Il secoue plus encore la canette et la rapproche le plus possible de l'orifice. Tout à coup, Obbe retire la languette et le coca se propage en un jet bien droit dans l'ouverture. Une secousse traverse les hanches d'Hanna ; elle pousse un cri. Ce que je vois dans ses yeux quand, choquée, je retire ma main, je ne sais ce que c'est. Pas de la douleur, plutôt un regard paisible. Elle glousse. Mon frère secoue une deuxième canette et répète la procédure. Hanna écarquille les yeux ; humides, ses lèvres se pressent contre ma paume, elle gémit doucement.

— Ça fait mal ?

— Non, c'est bon.

Puis Obbe casse la languette d'une troisième canette de coca et l'applique contre le bouton rose qui saille de la fente. Il l'actionne comme s'il voulait ouvrir une canette. Hanna gémit plus fort qu'avant et se tortille sur la couette.

— Arrête, Obbe, tu lui fais mal !

En sueur, trempée de coca, ma sœur reste allongée, tête sur l'oreiller. Obbe transpire lui aussi. Il prend les canettes à moitié vides posées par terre et m'en tend une. J'en avale des gorgées avec avidité et vois, tout en buvant, Hanna qui cherche à remettre sa culotte.

— Deux secondes, lui dit Obbe. Il faut que tu gardes quelque chose pour nous.

Il prend, sous son bureau, la corbeille à papier, la retourne sur le sol et retire des détritus, des interrogations écrites n'ayant pas obtenu la moyenne, des dizaines de languettes de coca. Ensuite, il les enfonce une à une dans Hanna.

— Autrement, papa et maman risquent de remarquer que vous volez des canettes, explique-t-il.

Hanna ne regimbe pas. Elle semble soudain une tout autre personne. On la dirait soulagée, alors que nous nous sommes promis d'être éternellement accablées à la place de papa et maman. Je lui jette un regard méchant.

— Papa et maman ne t'aiment pas.

C'est sorti sans que je m'en rende compte. Hanna me tire la langue. Toutefois, je vois le soulagement s'effacer peu à peu de ses yeux ; ses pupilles se rétrécissent. Je m'empresse de poser la main sur son épaule et lui dis que c'était une blague. Tous, nous aspirons à l'amour de papa et maman.

— Il va nous falloir faire toujours plus de sacrifices, dit Obbe.

Il s'assied devant son ordinateur qui émet bientôt un bourdonnement. Je ne sais quel sacrifice nous venons d'accomplir, mais n'ose poser la moindre question, de peur de me voir confier une nouvelle mission. Hanna prend place sur une chaise pliante, à côté d'Obbe. L'un et l'autre font comme si de rien n'était. Peut-être que rien ne s'est passé, après tout. Je me fais peut-être du souci sans raison aucune, tout comme chaque soir à la tombée du jour. Or, bien que j'aie une peur bleue du noir, cela fait partie de la vie : le jour finit à chaque fois par se lever, comme en ce moment, une lumière artificielle certes, celle de l'écran, qui a suffi à faire disparaître une grande partie de l'obscurité. Je ramasse une languette qui traîne par terre et la fourre dans la poche de ma parka, celle qui contient les moustaches de Bouclette et la tête de ma tirelire. Il faut faire attention à Hanna, à chaque pas qu'elle fait dorénavant, elle pourrait nous trahir, on perçoit sans doute le cliquetis des languettes dans son corps, le même bruit que lorsqu'on boit une gorgée alors que l'une d'elles est tombée dans la canette. Je regarde le dos de mon frère et celui de ma sœur. Tout à coup, je constate qu'on n'entend plus le battement des ailes des papillons contre les couvercles des boîtes de fromage blanc. Une phrase de Matthies me vient à l'esprit : « Si l'un de vos frères ou l'une de vos sœurs pèche contre vous, il convient de lui en parler entre quatre yeux. S'il vous écoute, si elle vous écoute, vous l'avez sauvegardé, lui ou elle, au sein de la communauté. » Obbe et moi devons absolument nous parler. Si c'est en présence de six yeux, je devrai m'assurer que ceux d'Hanna restent fermés.

Après le dîner, je m'éclipse dehors, enjambe les rubans rouges tendus devant l'étable. Quand j'en franchis la porte, je tiens une main sur mes lèvres en guise de masque en papier. Étant donné que portes et fenêtres doivent rester fermées, une forte odeur d'ammoniac règne dans les lieux, mélangée à celle de l'ensilage. Armée du racleur, je passe derrière les vaches et, à mi-distance, fais un tas de la bouse liquide qui s'évacue entre les caillebotis – je l'entends tomber dans la fosse à lisier. Il convient de tenir le racleur bien incliné par rapport au corps pour éviter que l'outil reste accroché aux caillebotis. Par moments, je le fais passer sur les sabots d'une vache pour qu'elle comprenne qu'elle doit se déplacer un peu. Avec certaines, il faut se montrer un peu plus rude ; à défaut, elles font semblant de rien. Je longe la goulotte jusqu'aux vaches sèches ; celles-ci ruminent jovialement, comme si elles se moquaient de savoir qu'il s'agit de leur dernier repas. Je laisse Beatrix, une noire à tête blanche et taches brunes autour des yeux – toutes les vaches ont les yeux bleus : une membrane qui renvoie la lumière –, me lécher la main. En hiver, je fais la même chose avec les veaux, je les laisse suçoter, aspirer mes doigts gelés jusqu'à ce que ceux-ci soient complètement « sous vide », tout comme la tristesse dans ma poitrine. Le bruit de succion me ramène à chaque fois à ce que m'a rapporté Obbe : au lieu de se faire téter les doigts, le fils Janssen a tendu autre chose, mais ce sont là des histoires qui, à l'instar de l'odeur du purin que l'on épand dans les champs, se propagent dans le village une fois par mois et face auxquelles il est préférable de se boucher le nez.

Je laisse la vache faire pendant un moment. Donner confiance dans un premier temps, ensuite frapper sans pitié, c'est ce que m'a appris mon frère. Façon selon laquelle il a, sans doute, constitué sa collection de papillons. Je passe la main de la tête de la vache à sa colonne vertébrale puis à l'os de sa hanche et à l'amorce de sa queue. Les caresses à cet endroit et sur les oreilles, c'est ce que préfèrent les groningues. Chaque soir, une lampe de poche à la main, je parcours mon corps à la recherche d'un tel endroit, mais sans rien trouver qui vaille la peine d'être frictionné, geste qui me calmerait ou accélérerait ma respiration. Ma main a glissé de façon naturelle de la hanche à la queue. Je vois sa boîte à caca s'ouvrir et se refermer à la manière de la bouche d'un bébé. Sans réfléchir, j'enfile mon index dans le trou : c'est chaud et spacieux. En dessous, se détache ce qui ressemble en effet à la part de tropézienne dont a parlé Obbe, mais en plus rose et couronnée à son extrémité d'une touffe de poils. Entre les deux, je sens un autre orifice, celui-ci étroit et doux. Sans doute la foufoune de la vache, je me dis. Dans la même seconde, elle resserre sa croupe et plaque sa queue contre son flanc, remue nerveusement sa patte gauche vers l'arrière.

Repensant à Hanna, j'enfonce et retire mon doigt, de plus en plus vite, jusqu'à ce que ça commence à m'ennuyer. Je fourre mon autre main dans la poche de ma parka. Parmi les tessons de ma tirelire, la languette et les moustaches de Bouclette, mes doigts reconnaissent la sonde à fromage. J'ai oublié que j'avais barboté cet instrument. Je l'extirpe, le fais tourner à quelques reprises au bout de mes doigts de façon à le contempler sous tous les angles. Une idée me traverse l'esprit. À l'exemple d'un plongeur qui se doit d'obtenir un diplôme, tout sauveteur se doit de faire ses preuves. Un diplôme que va devoir passer le vétérinaire : s'il est en mesure de sauver une vache d'une sonde à fromage fourvoyée, il saura à n'en pas douter sauver le cœur égaré d'une fille. Je ferme à demi les paupières pour me préparer à la douleur que va ressentir Beatrix, enfonce avec précaution la sonde dans sa boîte à caca, pousse un peu plus fort pour élargir l'orifice et qu'il se ventouse autour de l'objet jusqu'à ce que je ne puisse plus le bouger. Je lâche alors la sonde et retire mon avant-bras tartiné de merde. Je gratifie le flanc chaud de Beatrix d'une tape tout comme papa tapote mon mollet quand il en a terminé avec le savon.

— Beatrix ne se sent pas bien, je dis au vétérinaire.

Entre-temps, je me suis rincé le bras avec le produit que maman utilise pour nettoyer les seaux, et j'ai décrassé mes bottes au jet d'eau.

— Je vais aller voir, dit-il et il gagne l'étable.

Quand il revient quelques secondes plus tard, son regard ne trahit rien. Pas de froncement au-dessus du nez, pas de bouche crispée par un rictus.

— Et alors ?

— Tu sais, c'est une groningue de la haute, il me répond. Un petit bobo et elle en rajoute. Elle n'a rien, elle est encore en parfaite santé. Et dire qu'on va malgré tout abattre cette pauvre bête demain. La fièvre aphteuse, c'est une abomination aux yeux de Dieu.

Je lui souris à la manière de la présentatrice du quiz *Lingo* quand l'un des joueurs échoue à attraper la balle verte.

20

— C'est au tour de la première vache, annonce maman.

Devant la porte de l'étable, elle tient un thermos dans chaque main, sur l'un la mention THÉ écrite au feutre indélébile, sur l'autre la mention CAFÉ. Calé sous son bras, un paquet de biscuits roses. Pour la maintenir en équilibre, dirait-on. Elle a prononcé ces mots d'une voix rauque. Passant derrière elle, j'entre dans l'étable. Au même moment, les premières vaches tombent, raides mortes, sur les caillebotis. Les masses inertes sont traînées par les pattes postérieures jusqu'à la machine qui les soulève – on dirait l'appareil qui s'empare des peluches dans une fête foraine – avant de les laisser choir dans la benne du camion. Deux bêtes ruminent paresseusement sous les brosses rotatives, les naseaux couverts d'épaisses croûtes. Elles posent un regard fiévreux sur leurs congénères qui glissent ou s'affaissent, pouf. Certains veaux atterrissent encore vivants parmi les cadavres. Sur certains, on a appliqué un pistolet d'abattage : une cheville leur a perforé le front. Les gémissements dans la benne-conteneur, les chocs contre les parois, provoquent des fissures sous ma peau ; la fièvre commence à envahir mon corps à moi aussi. Remonter mon col jusqu'au nez, mâcher les cordons de ma parka, cela ne suffit plus à me protéger. Máxima, Bijou et Princesse y passent, elles aussi, sans atermoiements. Elles s'écroulent, les voilà parties, tassées sur elles-mêmes comme des briques de lait vides, larguées sur les autres.

Soudain, j'entends papa qui crie. Lui et Obbe se tiennent dans l'aire d'alimentation, entre les hommes qui portent une tenue bleu-vert, un bonnet de bain et un masque qui leur couvre le nez et la bouche. À gorge déployée, de la salive à la commissure des lèvres, il se met à déclamer le Psaume 35 : « Éternel, défends-moi contre mes adversaires ; combats ceux qui me combattent ! Prends l'écu et le bouclier, et lève-Toi pour me secourir ! Saisis la lance, barre le passage à ceux qui me poursuivent. » Peu à peu, la salive coule sur son menton, tombe par terre. Je me concentre sur les gouttes, sur le chagrin qui suinte de lui, comme le lisier et le sang des vaches mortes qui dégoulinent entre les joints des dalles pour finir dans le puisard, mélangé au lait de la cuve réfrigérante.

On a abattu les veaux en premier. Afin qu'ils ne voient pas le sort brutal qu'on réserve à leurs mères. En signe de protestation, Obbe a pendu le plus jeune à un arbre de la cour, tête en bas, une patte accrochée à une branche. Langue ballante hors de la gueule. Chaque paysan du village a pendu l'une de ses vaches ou l'un de ses cochons morts à l'entrée de sa ferme. Certains ont par ailleurs abattu un arbre et placé la bille en travers de la route afin d'empêcher le service de protection vétérinaire de passer. Le type en combinaison blanche, qui avait disposé des ratières autour de la cour, les a toutes enlevées, les remisant soigneusement dans sa camionnette, une diligence qu'il n'observe plus à présent puisqu'il jette les boulettes de poison dans le conteneur noir.

— Tu ne tueras point ! s'exclame papa.

Il se tient près de l'une des dernières vaches de grand-père. Elle gît sur le sol, pattes en l'air. Les caillebotis sont parsemés de queues arrachées, de cornes, de bouts de sabots. Obbe prend le relais :

— Assassins ! Hitler !

Je pense aux Juifs qui ont trouvé la mort comme du bétail pourchassé, à Hitler qui avait une telle phobie des maladies qu'il en est venu à considérer l'homme comme une bactérie, comme une babiole aisée à exterminer. Pendant le cours d'histoire, la prof a raconté qu'à l'âge de quatre ans, Hitler, évoluant sur la glace, avait chuté dans l'eau. Sauvé par un prêtre. Elle a dit que dans certains cas, mieux vaut ne pas sauver celui ou celle qui passe ainsi à travers la glace. Je me suis demandé pourquoi on avait sauvé un scélérat de l'acabit d'Hitler et pas mon frère. Pourquoi les vaches doivent mourir alors qu'elles n'ont rien fait de mal ?

Je lis la haine dans les yeux d'Obbe quand il se met à frapper l'un des hommes en combinaison. Evertsen et Janssen le tirent par son bleu de travail et s'efforcent de le calmer, mais il parvient à leur échapper et se précipite hors de l'étable, passant devant maman, toujours clouée près de la porte, ses deux thermos dans les mains – si jamais je lui en prenais une, elle s'affalerait sans doute aussi lourdement que les vaches sèches, qui sont en train d'y passer. La puanteur de la mort se loge dans mon larynx, pareille à une boule de protéines agglutinées. J'essaie de l'avaler et, en clignant des yeux, de substituer aux veaux des mouches d'orage, jusqu'à ce qu'elles se décident à me piquer et que seules les larmes me permettent de les chasser. Chaque perte contient en elle toutes les tentatives de préserver ce que l'on a cherché en vain à garder. Du sac rempli des plus belles billes à mon frère en passant par d'introuvables calots. Dans la perte, on se trouve soi-même, on est qui on est : des créatures vulnérables tels de jeunes étourneaux tout nus, qui tombent de leur nid et espèrent que quelqu'un viendra les ramasser. Je pleure à cause des vaches, je pleure à cause des Rois mages, par pitié, puis à cause de ce ridicule moi dans sa parka d'angoisses, de sorte à bientôt essuyer encore et encore mes larmes. Je vais devoir dire à Hanna qu'on ne peut pas gagner l'autre côté pour le moment. On ne peut pas laisser papa et maman comme ça. Que va-t-il advenir d'eux maintenant que c'en est fini des vaches ? Le petit étourneau privé de ses parents sait une chose : jamais on ne viendra le prendre pour le remettre dans son nid.

Je glisse une main devant ma bouche à cause de la puanteur et murmure au rythme de la mitraille : « Me Voici Toute Mouillée, Je Suis Un Nuage. Me Voici Toute Mouillée, Je Suis Un Nuage. Me Voici Toute Mouillée, Je Suis Un Nuage… » Ça ne m'aide pas, ne me calme pas. Je regarde papa. Il s'est emparé d'une fourche qu'il brandit de colère en direction des combinaisons. Ah ! s'il s'agissait de bottes de foin ou de balles d'ensilage ! ensemble, on pourrait les soulever et les déplacer, ou encore les envelopper dans du plastique vert et les placer dans les champs pour la vue, puis les laisser sécher. L'un des hommes, le plus grand de la bande, se tient à côté de la porte et de maman ; il a pris un biscuit rose, le masque pendouille sous son menton comme un sachet à vomi. De ses incisives, il gratte le sucre glace avant de manger le reste tandis qu'autour de lui, les vaches volent contre les murs et que ses confrères tirent des balles dans les têtes. Alors qu'il saisit un deuxième biscuit et qu'il en ôte minutieusement la couche supérieure, les fissures dans ma peau semblent s'agrandir – c'est ce que ressent certainement une chenille qui, sur le point de devenir papillon, remarque que quelque chose contrarie sa métamorphose, bien qu'elle voie les fissures autour d'elle, la lumière de la liberté qui filtre à travers –, mon cœur se met à battre tellement fort derrière mes côtes que je redoute que tout le village l'entende, de même que lorsque, certaines nuits, je m'agite sur mon ours tandis que l'obscurité remue. Si je m'écoutais, je crierais, filerais des coups de pied dans l'estomac de ces types, ou leur attacherais un masque devant chaque œil pour qu'ils voient, non plus les vaches, mais la noirceur de leurs actes, des actes qui leur colleraient à la peau à chaque pas le restant de leurs jours comme autant de taches noires. Je traînerais leurs têtes faisandées et fangeuses, puis les harponnerais les uns après les autres par la jambe avant de les larguer au-dessus du conteneur.

Papa laisse tomber la fourche, lève les yeux vers le faîte de l'étable où les pigeons s'envolent à chaque détonation. Leurs plumes sont sales : la paix s'avance toujours en blanc. Aujourd'hui, c'est la guerre. Durant un bref moment, j'espère qu'il va s'approcher de moi pour me serrer fort contre lui, les boutons-pression de son bleu de travail enfoncés dans ma joue, moi me perdant dans le désir de me cramponner à lui. Mais la seule chose dans laquelle il m'est en réalité possible de me perdre, c'est la perte elle-même.

Dehors, je vois Obbe qui se débarrasse de son bleu de travail jetable. Il le jette dans le feu de protestation qu'il a dressé dans le pré, avec des roseaux secs, à proximité du tas de fumier, et autour duquel se tient une poignée de paysans perdus. Ah ! que ne pouvons-nous nous défaire de notre corps de cette façon, débarrassés de notre souillure.

PARTIE III

1

Tout à coup, Obbe colle sa bouche contre mon oreille et murmure avec lenteur et insistance : « Nom-de-Dieu. » Par la fente des rideaux, un rayon de soleil tombe sur son front. L'entaille rouge, marque de ses coups de tête contre le bois du lit, s'est transformée en cicatrice, pareille à la couture de ma chaussette. Obbe devient de plus en plus un obstacle, ce qui n'est en rien agréable. Je garde les yeux fermés et sens sa chaude haleine dentifrice à travers laquelle sont passés les mots interdits qu'il répète, qui disparaissent dans la vrille de mes tympans. Heureusement, il s'agit de mes oreilles à moi, non de celles de papa ni de celles de maman, car c'est la pire chose qu'on puisse dire et penser, un blasphème que personne n'a encore jamais prononcé à la ferme. Je sens la tristesse m'envahir, plus à l'égard de Dieu que pour moi-même en réalité. La tournure que prennent les événements ici, Il n'y est pour rien. Pourtant, c'est Son nom qu'on détourne ainsi avec arrogance. Plus mon frère prononce ces paroles, plus je rétrécis sous ma couette.

— T'as utilisé le mot de passe des Sims.

Dans son pyjama rayé, Obbe me domine de son torse. Il a plaqué les mains de chaque côté de mon oreiller.

— Une seule fois, je dis à voix basse.

— C'est pas vrai. Tes avatars n'ont plus besoin d'aller travailler parce qu'ils sont pleins aux as. Tu triches ! T'aurais dû me demander la permission, nom de Dieu !

Je perçois l'odeur de l'après-rasage de papa : un mélange de cannelle et de noix. Il ne me faut pas plus déplaire à mon frère qu'à mon père, voilà ce que je me dis, et, comme s'il s'agissait de la chose la plus naturelle du monde, je me retourne sur le ventre, baisse mon pyjama et mon slip pour dénuder mes fesses. Obbe retire sa bouche de mon oreille.

— Qu'est-ce que tu fais ?

— Faut que tu enfonces ton doigt dans ma boîte à caca.

— Mais c'est dégueulasse.

— Papa le fait, pour que je puisse faire caca. Tu vas creuser une galerie, ce sera déjà ça. Tu te rappelles quand on en faisait pour les fourmis qu'on gardait dans un aquarium rempli de sable ? Ça va pas prendre beaucoup de temps.

Obbe remonte les manches de son sweat-shirt, écarte doucement mes fesses comme s'il s'agissait de l'une de ses encyclopédies animalières que lui seul est autorisé à toucher. Son index s'insinue comme s'il cherchait à désigner une bête insolite, un cacatoès par exemple.

— T'as mal ?

— Non.

Serrant les mâchoires, je m'efforce de contenir mes larmes. Je ne lui avoue pas qu'il vaudrait mieux recourir à du savon vert Sunlight, qui en réalité n'est pas vert, mais brun jaunâtre. Soit, mais à la différence des vaches touchées par la fièvre aphteuse, je ne tiens pas à me retrouver avec de l'écume autour de la bouche. Papa oublie de plus en plus sa tâche, il ne plante plus de drapeau : pour lui, je suis déjà terre conquise. Quelqu'un doit donc prendre la relève pour que je n'aie pas à aller chez le médecin ni à être assainie.

Obbe enfonce le plus possible son doigt.

— Malheur à toi si tu lâches un pet ! s'exclame-t-il.

Quand je tourne la tête, je constate que la toile de son pantalon de pyjama est tendue au niveau de son entrejambe. Je repense à la dernière fois où j'ai vu sa biroute faire un tour de passe-passe, m'interroge sur son épaisseur – elle correspond à combien de doigts ? –, me demande s'il sera possible de l'enfoncer elle aussi pour élargir la galerie. Mais je n'en touche mot, pas maintenant : poser des questions, ça crée des attentes et je ne sais si je pourrai y satisfaire. Quand la prof m'en pose une, j'ai parfois l'impression qu'une main passe du Tipp-Ex sur mes pensées. De surcroît, je ne dois pas fâcher Obbe plus qu'il ne l'est. Imaginez un peu, si ses blasphèmes réveillaient papa et maman ! Sans crier gare, Obbe se met à bouger son index de plus en plus vite, d'avant en arrière, comme s'il cherchait à donner une impulsion à l'animal exotique de sa collection, afin qu'il prenne vie. Lentement, je me mets pour ma part à monter et baisser mon arrière-train : je veux fuir et en même temps rester. Je veux couler à pic et en même temps rester à flot. Autour de moi émerge un paysage enneigé.

— Tu sais l'âge que peut atteindre une anguille ?

— Non, je souffle.

Ma voix s'adoucit d'elle-même tout en se faisant plus rauque. Ma bouche se remplit de salive. Durant de brèves secondes, je songe à mes crapauds. Ils se tiennent l'un sur l'autre et s'appellent « ma petite femme » et « mon petit homme », leurs longues langues s'entortillent l'une autour de l'autre, à croire qu'elles se battent pour attraper la même mouche à viande imaginaire. Un crapaud a-t-il une biroute ? Si oui, est-il à même de la rentrer dans son fourreau comme le taureau ou comme Obbe son revolver en bois dans son étui ?

— Les plus âgées ont quatre-vingt-huit ans. Elles ont trois ennemis : le cormoran, le ver qui colonise sa cavité abdominale et les pêcheurs.

Obbe retire brusquement son doigt. Le paysage enneigé commence à fondre. Le soulagement que je ressens se double, dans ma poitrine, d'une déception, l'impression qu'il me refoule dans ma tête noir charbon – une lampe de poche dirigée sur vous pour vous mettre sous les feux de la rampe et que l'on éteint trop vite. De plus en plus souvent, je m'échappe de la ferme en m'allongeant sur le ventre et en frottant mon entrejambe sur mon nounours ; mon sommier grince et grince encore jusqu'au moment où je ne l'entends plus, où je me déleste de toute la tension de la journée, ne percevant plus qu'un bourdonnement dans mes oreilles, la mer bien plus proche qu'en plein jour.

— Papa et maman ont quarante-cinq ans et ils n'ont pas d'ennemis.

— Ça veut rien dire, je réplique tout en remontant ma culotte et mon pantalon de pyjama.

J'espère que papa ne m'en voudra pas de l'avoir relevé de sa tâche, tâche qu'il néglige d'ailleurs, il ne me touche pour ainsi dire plus. Je ne tiens pas à être pour lui à l'origine d'ennuis supplémentaires.

— En effet, ça veut rien dire, acquiesce Obbe.

Il déglutit bruyamment à plusieurs reprises. Fait comme si cela ne le touchait pas, comme s'il n'avait pas peur qu'on les perde avant de nous perdre nous, et considère avec une moue dégoûtée son index. Index qu'il renifle.

— Ça sent le secret, dit-il.

— Gros porc.

— Si tu caftes à papa ou à maman, j'tue Bouclette. Et j'te dépiaute de ta parka cradoque, nom de Dieu !

Obbe me repousse et sort de ma chambre à grandes enjambées. Je l'entends descendre l'escalier, ouvrir et claquer les portes des placards de la cuisine. À présent que les vaches ne sont plus là, on ne prend plus le petit déjeuner à heure fixe. Il arrive même que l'on fasse l'impasse dessus en se contentant de Brinta et de quelques crackers. De surcroît, papa oublie de passer prendre le pain au village. À moins qu'il n'ait éprouvé, du jour au lendemain, une aversion pour la moisissure. Le mercredi après-midi, il nous demande de nous aligner devant lui – lui assis près de la fenêtre, dans son fauteuil-fumoir, jambe droite croisée sur la gauche, pose qui ne lui sied pas – jambes écartées, ça lui ressemble plus –, dans la main le stylo-plume bleu marié à son livre de comptes : il nous examine, nous le nouveau bétail, examine notre dos nu comme il le fait du dessous d'un petit gâteau aux œufs, pour s'assurer que nous ne sommes pas porteurs d'une maladie. Pour contrôler qu'aucune tache bleue ou blanche n'apparaît sur notre peau. « Promettez-moi de ne pas mourir », dit-il. Nous, on acquiesce, sans exprimer la faim que l'on ressent à l'estomac et dont on pourrait, qui sait, mourir. Bien qu'on nous serve chaque midi des conserves de soupe aux boulettes de viande enrichie de vermicelles que maman casse au-dessus de la casserole. De cette façon, elle a l'impression d'encore cuisiner pour nous. Certains vermicelles surnagent, telles des bouées de sauvetage, dans nos bols au motif de poules.

Pendant un moment, je remue mes jambes lourdes sous ma couette dinosaure jusqu'à ce qu'elles retrouvent leur poids normal, même si je ne sais au juste comment les jambes sont censées se sentir – sans doute d'une légèreté de plume – tout ce qui nous appartient en propre est d'une légèreté de plume, ce qui nous est étranger nous pèse. L'haleine dentifrice d'Obbe mêlée au blasphème plane autour de moi, à la manière d'un client exigeant qui vient acheter du lait : jamais satisfait, entrant chez autrui comme chez lui, tête haute. J'écarte la couette, gagne le palier puis la chambre d'Hanna. Elle dort au bout du couloir, laisse toujours sa porte entrouverte. Elle exige que la lumière reste allumée sur le palier. Elle croit que les cambrioleurs s'agglutinent, à l'instar des mites, autour des lampes et que papa les chasse le matin venu.

Je pousse tout doucement sa porte. Déjà réveillée, elle est en train de lire un album. On lit beaucoup, elle et moi, on aime les héros, on les emmène dans nos têtes, là où l'on écrit la suite de leurs histoires en nous attribuant le rôle principal. Un jour, je serai le héros de maman, si bien que je pourrai, avec Hanna, aller de l'autre côté, l'esprit libre. Une autre fois, je libère tant les Juifs que les crapauds et j'offre à papa une étable flambant neuve remplie de groningues – surtout, je n'oublie pas de faire disparaître toutes les cordes ainsi que le silo de stockage. Plus aucun endroit haut perché, plus aucune tentation.

— Obbe a blasphémé, il a dit NdeDieu, je lui glisse à l'oreille avant de m'asseoir au bout de son lit.

Hanna écarquille les yeux. Elle pose son album.

— Si jamais papa entend ça !

Elle a de petits cacas au coin de chaque œil. Je pourrais les éjecter d'une chiquenaude de l'auriculaire ainsi qu'Obbe et moi avons expulsé un jour, de la pointe d'une truelle, un escargot de sa maison avant d'enduire un ou deux carreaux de sa chair visqueuse.

— Faut qu'on fasse quelque chose, ajoute-t-elle.

— Peut-être dire à maman qu'Obbe est méchant, je suggère. Tu te rappelles, Evertsen, il voulait se débarrasser de son chien parce qu'il était méchant. Une semaine après, il l'a fait piquer.

— Obbe, c'est quand même pas un chien, idiote.

— Mais il est méchant.

— D'accord, mais si on doit lui filer un truc pour le calmer, plutôt un os qu'une piqûre.

— Tu penses à quoi ?

— À un animal.

— Vivant ou mort ?

— Mort. C'est ça qu'il préfère.

— Ces pauv' bêtes, j'en ai mal au cœur. Mais bon, je vais d'abord lui en parler.

— Tu lui racontes pas de salades, hein. Ça le mettrait en colère. Et nous, faut qu'on parle du Plan. Je veux pas rester ici plus longtemps.

Me revient l'image du vétérinaire. Étant donné qu'il n'a pas réussi à trouver la sonde à fromage, il ne sera pas capable de sauver mon cœur. Je garde ça pour moi, il y a plus important dans l'immédiat.

Hanna sort de sa table de nuit un sachet de FireBall. Sur l'emballage, une figure crache des flammes. Ma sœur le déchire et me tend une boule rouge. Je la mets dans ma bouche, la suce. Dès qu'elle devient trop chaude, je la retire. Elle change sans arrêt de couleur, passant du rouge à l'orange puis au jaune.

— Une fois qu'on sera sauvées, de l'autre côté, on pourrait, pourquoi pas, ouvrir une usine FireBall. Comme ça, continue Hanna, on pourra faire tous les jours des longueurs au milieu des boules rouges.

Elle fait aller sa boule d'une joue à l'autre. On les achète à la confiserie Van Luik, de l'autre côté du village, chemin du Babeurre. La dame qui les vend porte toujours le même tablier blanc douteux et ses cheveux noirs en bataille. Tout le monde l'appelle Sorcière. On raconte des histoires effrayantes à son sujet. Selon

Belle, elle transforme le moindre chat qui erre dans les rues en chaton en réglisse et les gosses qui se risquent à chaparder sa marchandise en autant de caramels. Il n'empêche, tous les enfants du village achètent leurs bonbons chez elle. Papa nous défend de nous rendre dans sa boutique. « C'est une païenne déguisée en bigote. Je l'ai vue tailler sa haie le dimanche. » Un jour, je me suis faufilée avec Belle derrière le magasin et on a regardé par-dessus la haie : le jardin est tellement luxuriant que la cime des arbustes touche les étoiles. J'ai fichu la trouille à ma copine en lui disant que Sorcière rend visite, la nuit, à quiconque s'est approché en cachette de son jardin pour le transformer en une plante qu'elle empote.

En plus des bonbons, elle vend dans son magasin des articles de bureau ainsi que des magazines dont la couverture montre soit des tracteurs, soit des femmes à poil. Quand on pousse la porte, une clochette retentit, ce qui se révèle inutile puisque le mari de Sorcière se tient immanquablement derrière la caisse, maigre comme un lévrier, vêtu d'une blouse aussi blanche que son visage, le regard absorbant chaque client qui entre ; ses yeux sont des aimants qui restent collés sur vous. À ses côtés se dresse la cage d'un perroquet. M. et Mme van Luik parlent sans discontinuer à cet animal aux couleurs vives. Plutôt que de paroles, il s'agit en vérité de ronchonnements au sujet des nouveaux stylos à bille qui n'ont pas encore été livrés, des lacets de réglisse tellement secs que l'on pourrait les lancer dans des fenêtres pour en casser les carreaux, des températures trop élevées ou trop basses quand elles ne sont pas trop étouffantes…

— Retourne dans ta chambre, me dit Hanna. Papa et maman vont bientôt se réveiller.

Je hoche la tête et mords la FireBall qui se transforme en chewing-gum. Le goût sucré de la cannelle remplit ma bouche. Hanna s'empare de son album et fait semblant de reprendre sa lecture – je vois qu'elle n'arrive plus à se concentrer sur les mots, les mots dansent ainsi qu'ils dansent souvent dans ma tête, rechignant alors toujours plus à s'aligner sagement et à sortir de ma bouche.

2

Deux fourches gisent dans la cour – dents entrecroisées –, pareilles à deux mains jointes dans la prière. Obbe est introuvable. Je le cherche dans les étables désertes où flotte une odeur de sang séché ; par terre, çà et là, traîne encore une queue encroûtée. Personne n'est entré ici depuis que les vaches sont parties. Je gagne le potager où je découvre mon frère, accroupi, penché sur ses betteraves. Des secousses traversent ses épaules. Sans trop m'approcher, je le vois qui tient un plant mort dans ses bras puis il enfonce d'un geste agressif un doigt dans la terre – ainsi qu'il s'y est pris un peu plus tôt entre mes fesses – afin de semer de nouvelles graines. Cette fois, il pousse plus fort. De son autre main, il caresse les feuilles d'un plant de betterave ; quand il est bien luné, il va jusqu'à caresser le plumage d'une poule. Dans le cas présent, la mort est venue sans lui, il n'a joué aucun rôle. Je serre les bras autour de ma parka. On est début novembre, mais il a déjà gelé cette nuit.

Tout à coup, Obbe se redresse, se retourne et me voit. Une phrase de l'Exode me revient : « Si tu vois l'âne de celui qui te hait abattu sous son fardeau, tu te garderas de l'abandonner ; tu devras le dégager avec lui. » J'adresse un sourire à mon frère pour lui montrer que j'apporte la paix, que j'apporte toujours la paix, même si parfois l'envie d'apporter la guerre me démange, de la même façon qu'il m'arrive d'apporter un jouet cassé dans le potager pour l'enterrer entre des oignons rouges, à côté de l'angelot amputé de l'une de ses ailes. Je ne sais pas moins que quand on cherche à enterrer ses jeunes années, mieux vaut venir d'une bonne famille – il faut se coucher sous des couches de terre. Mais le temps n'est pas encore venu pour cela. Il nous reste nos missions : ce qui nous maintient à flot jusqu'à présent, même si Obbe est à moitié plié sur le sol humide et qu'il pose sur moi un regard impassible. Mal à l'aise, je frotte d'avant en arrière ma botte sur la terre et remarque subitement que la chair de poule parcourt mes bras. L'élastique de mon pantalon de pyjama ne serre plus bien ma taille. Obbe bondit sur ses pieds ; les traces de larmes marquent encore sa figure. Il secoue la boue de son pyjama rayé. Ce qui nous affecte finit par nous faire tomber en miettes comme un morceau de fromage friable.

Obbe vient se placer devant moi. Ses sourcils drus ressemblent à des bouts de barbelé – une mise en garde : ne pas approcher. Du dos d'une main, il se frotte les joues pour finir de les essuyer ; de l'autre, il tient quelques plants de betteraves fripés. Les betteraves sont ratatinées et portent des taches de moisissure. Les fanes sont brunes.

— Ce que tu viens de voir ne s'est jamais passé, me glisse-t-il.

Je hoche brièvement la tête et regarde le marc de café dispersé autour des choux-fleurs, censé éloigner les bestioles nuisibles. Papa et maman seraient-ils les animaux nuisibles qui nous rongent toujours plus ? Obbe se retourne. De la terre mouillée souille sa veste de pyjama. Pour la première fois, je m'imagine en train de creuser une fosse dans le potager, d'y allonger Obbe puis de reboucher le trou, de ratisser la surface et de laisser le froid glacial tout recouvrir comme on le fait avec les choux frisés, dans l'espoir de voir naître une version améliorée de mon frère. Une version que j'appellerais « frère », à laquelle je ferais cadeau des biscuits au lait concentré pour lesquels il n'y aurait plus assez de place dans le tiroir à côté des autres, un frère dont je n'aurais plus à avoir honte dans la cour du collège – il ne chercherait pas des noises à d'autres élèves, ne se donnerait pas en spectacle dans le hangar à vélos devant deux ou trois camarades de classe en écrasant une Lucky Strike sur une araignée porte-croix.

« Et celui qui blasphémera le nom de l'Éternel sera puni de mort ; toute l'assemblée le lapidera ; aussi bien l'étranger que celui qui est né au pays, quand il blasphémera le nom de l'Éternel, il sera mis à mort. »

Obbe reste planté à côté de la brouette dans laquelle il a trimballé maman et où stagne à présent de l'eau de pluie. Excédée par les paroles qu'il vient de prononcer, je lance mon pied devant moi, la brouette bascule, l'eau gicle sur le sol et sur les bottes d'Obbe. À côté se trouve le kart rouillé de Matthies. Le siège rouge est tout décoloré ; une déchirure court le long du dossier. Personne n'est monté dessus depuis la mort de notre frère. Obbe rigole.

— Toi, t'es la sainte-nitouche du village, hein ?

— Je ne veux tout simplement pas que tu pousses des jurons, que tu blasphèmes. Tu veux avoir la mort de papa et de maman sur la conscience ?

— Morts, ils le sont déjà, il rétorque en glissant d'un geste rapide l'index sur sa pomme d'Adam. Et vous aussi, vous allez pas tarder à y passer.

— Arrête tes salades.

— À moins que vous fassiez un sacrifice.

— Pourquoi un sacrifice ?

— Quand l'heure sera venue, je te montrerai.

— Mais quand est-ce que l'heure viendra ?

— Quand elle aura la couleur d'une belle tomate charnue. Si on attend trop longtemps pour la cueillir, elle se fissure, puis se fend et commence à moisir. L'important, c'est de choisir le bon moment, répond Obbe.

Il s'éloigne alors, les plants de betteraves boueux calés sous le bras. Ils souillent son pyjama.

3

Papa fourre une à une les vaches argentées dans un sac-poubelle puis tire sur les liens coulissants jaunes – se rétrécissant, l'ouverture ressemble au trou du cul d'une vache dont le sphincter se contracte. Il reste planté là un instant en tenant le sac. Par-dessus mon manuel de sciences de la nature, je l'observe. Il porte ses cheveux lavés de frais, une raie sur le côté ; le peigne a tracé des lignes pareilles aux sillons d'un champ. Une sorte d'échancrure, rappelant celle d'un cendrier, marque sa lèvre où sa cigarette reste calée. La raie le fait ressembler un peu à Hitler, mais je m'abstiens de le lui dire. Il en viendrait à croire que je le hais lui aussi, marcherait le dos plus voûté encore, toujours plus près de la terre, plus près de la tombe de Matthies où il reste une place pour un membre de la famille – « premier arrivé, premier servi » a pu dire maman. J'espère qu'elle et lui ne vont pas jouer à savoir qui va gagner la course. Le jour anniversaire de la naissance et de la mort de Matthies, on se rend ensemble au cimetière, un endroit, à proximité du temple, où la mort sent le conifère. Une fois sur place, maman astique, d'un coin de mouchoir et d'un peu de salive, la photo d'identité fixée sur la stèle ; on pourrait croire qu'elle ôte du lait séché resté autour de la bouche de notre frère aîné. De son côté, papa allume la bougie, arrose les plantes et les fleurs qui cernent la dalle. Sous nos pieds, le gravier couine dès que l'on cherche à adopter une posture différente. À chaque fois, je m'efforce de bouger le moins possible pour éviter de bousculer maman. Personne ne parle. Je regarde sans manquer les sépultures voisines de celle de mon frère. Gisent là une fille tombée l'été d'un bateau et happée par les hélices, une femme qui rêvait de voler et dont la tombe est en conséquence ornée d'un énorme papillon sculpté, et un homme dont on a retrouvé le cadavre alors qu'il sentait déjà... Un jour toutefois, ainsi qu'on peut le lire dans la Bible, toutes les tombes s'ouvriront, un jour chaque vie reviendra. Idée qui m'a toujours procuré un frisson d'effroi : je vois tous ces squelettes sortir de terre et déambuler dans le village en un cortège de modèles anatomiques, dents qui claquent, orbites vides. Ils frappent aux portes, prétendent vous connaître, être de votre famille. Me reviennent les paroles de l'une des Épîtres aux Corinthiens que grand-mère m'a lues alors que j'avais peur qu'on ne reconnaisse pas Matthies : « Insensé, ce que tu sèmes ne prend point vie, s'il ne meurt auparavant. Et quant à ce que tu sèmes, tu ne sèmes pas le même corps qui doit naître, mais le grain nu, comme il se rencontre, de blé, ou de quelque autre semence. Mais Dieu lui donne un corps comme il veut, et à chaque semence le corps qui lui est propre. Telle est aussi la résurrection des morts. Le corps est semé corruptible, il ressuscite incorruptible ; il est semé méprisable, il ressuscite glorieux ; il est semé infirme, il ressuscite plein de force ; il est semé corps animal, il ressuscite corps spirituel. » Je n'ai cependant toujours pas compris pourquoi il nous a fallu mettre Matthies en terre comme une graine alors qu'il aurait tout aussi bien pu porter de très beaux fruits à la surface du globe. Quand papa se retourne, on comprend qu'il est temps de revenir sur nos pas. À chaque fois, je touche les conifères, une manière, qui sait, de présenter mes sincères condoléances à la mort, par respect, par peur.

Papa a consolidé sa raie avec de la cire à cheveux. Je ne tiens pas à ce que les Juifs le voient coiffé comme ça à travers les fissures du plancher : ce serait leur faire une peur bleue bien inutilement. Cela dit, par moments, je doute qu'ils habitent encore dans la cave. Il y règne un grand calme et bientôt un grand froid : leurs corps finiront par geler comme les bouteilles de sirop de cassis. Mieux vaudrait les héberger dans la grange à foin, où il fait plus chaud.

Je reprends ma lecture. Il est question des fourmis et de leur capacité à porter des choses bien plus lourdes qu'elles : pour maman, j'espère que les Juifs sont toujours là, car quand on sépare la reine des fourmis de son peuple, me dit mon manuel, celle-ci ne tarde pas à mourir de solitude. Pareillement, le peuple meurt quand la mère dépose ses ailes et cesse de vivre. Sans elle, papa, qui serre le nœud du sac-poubelle, ne ferait pas non plus long feu. Une fois, il a gagné deux médailles d'argent grâce à Gaillarde et Grenadine, vaches ayant donné cent mille litres de lait. Ses groningues préférées. Elles ont même fait l'objet d'un article dans le *Reformatorisch Dagblad,* photo à l'appui. Le dimanche qui suivait, nous avons eu droit à de déférentes poignées de main à la fin du culte ainsi qu'à une tranche gratuite de quatre-quarts au Hoeksteen, où les gens qui le souhaitent reviennent chaque dimanche sur la prédication. Pendant un moment, j'eus l'impression que papa diffusait de la lumière au milieu des membres de la communauté, à l'exemple de mes étoiles phosphorescentes. Il parlait en faisant de grands mouvements de mains, il riait fort – du rire dont il accompagne la vente d'un veau à un marchand de bestiaux. Je l'observais en me disant : ce n'est pas papa, c'est un étranger avec lequel on va bientôt partager la même maison, un inconnu qui va perdre son éclat dès que tout se rallumera autour de lui. En restant nous-mêmes obscurité, on lui permettra d'offrir un joli contraste. Il ne m'a pas moins impressionnée par sa façon de narrer le succès remporté par Gaillarde et Grenadine. En certaines occasions, il faut savoir se vendre soi-même, avancer un montant suffisamment crédible pour s'offrir la possibilité de faire monter les enchères. Chaque jour, on doit être à même de se vendre et de vendre ce que l'on fait. Papa excelle dans ce domaine. Un jour, il nous vendra, Hanna et moi, à un époux en puissance – cela dit, on estime que ça n'a que trop traîné, on préférerait prendre nous-mêmes les choses en main. Tout en écoutant papa le dimanche en question, j'ai raboté le bord gras et brun de la tranche de gâteau, ai fourré cela dans la poche de ma parka dans l'idée, une fois rentrée à la maison, de me percher sur le canapé et de tendre ces restes à maman, offrandes pareilles aux vers de terre que l'on agite au-dessus du bec grand ouvert d'un petit étourneau. J'ai aussi envisagé de les déposer sur la tombe de Matthies – les gâteaux, il en raffolait. Surtout ceux servis avec de la chantilly ou des vermicelles au chocolat, ceux au cœur tendre, avant de me raviser : qui sait si vers et coléoptères n'allaient pas en faire leur festin !

Par la fenêtre, je vois papa balancer le sac-poubelle dans le conteneur noir. Il rentre et va s'asseoir près de la fenêtre, dans son fauteuil. La moitié de son visage s'embrume sous la fumée de sa cigarette. Sans me regarder, il dit :

— Au lieu d'un veau, c'est un paysan qu'on aurait dû accrocher à l'arbre en signe de protestation. Ça aurait bien plus marqué les esprits pollués de ces païens, de ces croquignoles invertébrées.

Ce n'est pas la première fois que papa s'en prend à des gens en les traitant de croquignoles. Quand on les voit, ils paraissent durs, mais une fois dans la bouche, ils se ramollissent. À peine a-t-il prononcé ces mots que je le vois pendu tête en bas à une branche, la langue hors de sa bouche. Je parie qu'il va réitérer sa menace de partir pour de bon. Me demandant si je me souviens de l'histoire du bonhomme qui, un jour, enfourche son vélo et pédale en direction du bord du monde. Qui se rend compte, en cours de route, que ses freins ne fonctionnent plus, ce qui le soulage puisqu'il n'a plus à s'arrêter pour le moindre prétexte ni pour la moindre personne. Le bonhomme quitte ainsi le monde, il chute et dégringole, enchaîne les culbutes comme par le passé à cette différence près que cette fois-ci, ça ne va plus s'arrêter. Ainsi se manifeste la mort, une chute sans fin de laquelle on ne se relève pas, même à renfort de sparadrap et de plâtre. Je retiens mon souffle. Cette histoire m'a souvent donné la chair de poule. Un jour, Hanna et moi, on a plié des capsules de bière autour des rayons de son vélo pour qu'il ne parte pas en catimini dans la roue du bonhomme. Ce n'est que plus tard que j'ai compris que le bonhomme en question et papa ne faisaient qu'un. Que papa est un pro de la culbute.

— T'as fait caca ? il me demande à brûle-pourpoint.

Aussitôt, mon corps se contracte. Durant une poignée de secondes, j'espère qu'il va s'embrumer totalement, qu'il va disparaître quelques minutes. Tout ce qui est sorti de moi, c'était coulant, on aurait dit du lait chocolaté, rien qui ne mérite d'être mentionné. Pas même la diarrhée, plutôt un pipi brunâtre. Papa, ce qui lui importe, c'est un véritable étron, ce pour quoi il convient de faire tout son possible.

— Et quelle merde t'es en train de lire ? Tu ferais mieux de te plonger dans la Bible, il poursuit.

Choquée, je referme d'un coup sec mon manuel. Certaines fourmis sont capables de soulever jusqu'à cinq mille fois leur poids. Comparés à elles, les êtres humains ne sont que des homoncules. À peine sont-ils en mesure de porter leur propre poids, sûrement pas leur tristesse. Je relève les genoux afin de me protéger. Papa tapote sa cigarette pour en faire tomber la cendre dans sa tasse. Il sait que maman a horreur de ça. Elle soutient que le café va prendre un goût de tabac mouillé, autrement dit de la cause de mortalité numéro un.

— Si tu ne fais pas caca maintenant, on va devoir faire un trou dans ton ventre. Un tuyau va propulser ton caca dans un sachet. C'est ce que tu veux ?

S'appuyant sur les accoudoirs, papa se lève du fauteuil pour attiser le feu. Ses soucis, il les empile comme le petit bois à côté du poêle : ils s'enflamment vite et bien sous nos crânes enfiévrés. Tous, nous voulons les faire nôtres, même s'ils brûlent en moins de rien et procurent peu de chaleur.

Je secoue la tête de droite à gauche. J'aimerais lui parler du doigt d'Obbe, lui dire que tout va s'arranger. En même temps, je ne tiens pas à le décevoir : donner à quelqu'un l'impression d'être inutile, c'est le faire se rouiller avant l'heure.

— Tu le gardes exprès, hein ?

Je secoue de nouveau la tête. Papa se plante devant moi. Il tient un petit bout de bois. Il a le regard sombre, le bleu qui cerne ses pupilles semble avoir disparu.

— Même les chiens, ça chie, dit-il. Allez, montre-moi ton ventre.

Je pose précautionneusement les jambes par terre. Il porte la main sur le bas de ma parka. La punaise ! je panique. Si papa la voit, il tirera d'un coup sec dessus, ainsi qu'il l'a maintes fois fait de la boucle d'identification d'une vache morte. Et si jamais cela se produit, lui et maman ne partiront jamais en vacances, car le seul endroit où je voudrais aller, c'est moi-même – un chalet pour une seule personne et non pour cinq.

— Alors les amis ! fait soudain une voix.

Papa lâche ma parka. Son regard change immédiatement : c'est quand on ne s'y attend plus que des éclaircies surviennent à l'intérieur des terres, dirait Bouclette en présentant le journal télévisé. Comme on approche de la Saint-Nicolas, elle est de retour à la télé depuis une semaine. Par moments, elle me décoche un clin d'œil. Je sais alors qu'elle entérine mes choix et ceux d'Hanna, que même lorsque nous ne serons plus à la ferme, elle gardera un œil sur nous. Cela me procure une certaine tranquillité d'esprit. Papa ouvre le portillon du poêle et jette le morceau de bois dedans.

— De front, la bête est en bonne santé. De derrière, elle est malade.

Le regard du vétérinaire coulisse de papa à moi. C'est l'une de ses formules, il l'utilise à propos du bétail, mais cette fois, c'est à moi qu'il la destine. Il hoche la tête, ouvre bouton-pression après bouton-pression sa blouse verte. Papa émet un soupir.

— Son trou du cul lui joue des tours.

Sur le moment, je repense à tous les pains de savon que j'ai cachés dans ma table de chevet. Huit au total. Bien assez pour faire mousser la mer du Nord. Tous les poissons, les morses, les requins, les hippocampes : propres comme des sous neufs. Je tendrai une corde à linge pour eux et les attacherai avec les pinces de maman.

— De l'huile d'olive et une pitance variée, explique le vétérinaire.

Il renifle et s'essuie le nez sur sa manche. J'exerce une pression accrue sur le manuel que je tiens entre les mains. J'ai oublié de corner la page où je me suis arrêtée. Pourquoi n'y a-t-il personne pour faire un pli en moi qui me permettrait de trouver ma place et de reprendre ma propre histoire, là où elle est restée en suspens ? Que ce soit ici ou de l'autre côté : en Terre promise.

Papa tourne subitement les talons et gagne la cuisine. Je l'entends farfouiller dans le placard aux épices et condiments. Il réapparaît, une ancestrale bouteille d'huile d'olive à la main. Des croûtes jaunes ornent le contour du goulot. Cette huile, nous n'en utilisons jamais dans notre nourriture. Tout au plus papa s'en sert-il pour graisser les gonds des portes afin qu'elles ne grincent plus.

— Ouvre la bouche, dit-il.

Je pose les yeux sur le vétérinaire. Lui préfère fixer une photo de mariage de papa et maman, accrochée au mur. Il s'agit de la seule photo sur laquelle ils échangent un vrai regard, où l'on peut voir qu'ils sont amoureux l'un de l'autre, bien que maman arbore un sourire diffus et que papa se tienne gauchement en appui dans l'herbe, sur un genou, son pied déformé subtilement laissé hors champ. Ils ont encore un corps souple, les deux badigeonnés dirait-on pour l'occasion d'huile d'olive. Papa porte un costume marron et maman une robe d'un blanc laiteux. Plus j'observe la photo, plus leurs sourires se font diffus, comme s'ils savaient ce que le futur allait leur réserver, les vaches tout autour d'eux dans le pré en guise de demoiselles d'honneur.

Me prenant au dépourvu, papa me pince le nez, glisse le bec verseur répugnant entre mes lèvres et penche la bouteille. Je m'étrangle presque. Papa me lâche.

— Voilà, ça devrait suffire.

Je fais de mon mieux pour déglutir, tousse deux ou trois fois, m'essuie la bouche sur le genou de mon pantalon, qui rappelle un moule à pâtisserie tout juste graissé, et serre les bras autour de mon ventre. *Ne vomis pas, ne vomis pas, autrement tu vas mourir.* Papa désigne la cour, le vétérinaire suit son doigt des yeux. Je n'entends pas ce qu'ils se disent. Je caresse l'espoir de voir un jour Dieu nous débarrasser de la ferme de la même façon que la machine à grappin a évacué les vaches mortes, et accentue la pression de mes mains autour de mon ventre. Je veux lâcher mon caca et en même temps le garder. Peut-être Obbe doit-il enfoncer quelque chose de plus gros en moi ? De mon côté, me munir simplement de quelques feuilles de papier hygiénique soigneusement pliées deux à deux – la règle, c'est huit pour le caca, quatre pour le pipi – et laisser aller et venir ma main entre mes fesses à la manière d'un racleur. Ou me faut-il avaler une gorgée de la présure de maman, qui provoque des trous dans le fromage ? Ainsi perforée, je laisserai enfin tout sortir.

4

J'écrase le brocoli dans mon assiette. On dirait des sapins de Noël miniatures. Ils me ramènent au soir où Matthies n'est pas rentré. Aux heures que j'ai passées sur le rebord de la fenêtre, les jumelles de papa autour du cou, lesquelles étaient en réalité destinées à m'aider à repérer le pic épeiche. Je n'ai vu dans les parages ni pic ni frangin. La sangle avait laissé une marque rouge sur ma nuque. Si seulement j'avais pu rapprocher ce qui s'éloignait toujours plus de nous en retournant simplement les jumelles – en collant mes yeux sur les grandes lunettes. J'avais aussi fouillé bien des fois le ciel à la recherche des angelots de l'arbre de Noël. En cachette, Obbe et moi les avions sortis de leur boîte remisée sous les combles, une semaine après la mort de notre frère aîné. On les avait frottés sans ménagement les uns contre les autres («mon angelot tout juteux», feignait de geindre Obbe, ce à quoi je répondais : «mon amour de porcelaine») avant de les laisser glisser, depuis la fenêtre de sa chambre, dans la gouttière. Le temps ayant fait son œuvre, ils ont pris à présent une teinte verdâtre. Certains sont ensevelis sous les feuilles mortes du chêne. À chaque fois que nous allons vérifier s'ils sont encore là, la déception nous gagne : si ici-bas, les anges ne sont plus même capables de s'envoler après le premier revers qu'ils subissent, comment pourraient-ils rejoindre Matthies au ciel ? Comment pourraient-ils le protéger et nous protéger ?

À la fin, j'avais replacé les caches sur les jumelles, remis celles-ci dans leur étui pour ne plus jamais les en sortir, pas même quand le pic épeiche fit son retour – figeant ainsi l'image sur un immuable noir.

J'enfourne une grosse bouchée de brocoli. Au déjeuner, on prend toujours un repas chaud. Le soir, tout est froid : la cour, le silence qu'observent papa et maman, nos cœurs, la salade russe sur nos tartines. Ne sachant comment me positionner sur ma chaise, je déplace mes fesses d'avant en arrière pour minimiser la sensation de brûlure au niveau de ma boîte à caca. Je ne dois rien laisser paraître, sinon Obbe va activer ses dix doigts et non plus un seul et Bouclette va finir aussi froid que le soir. D'ailleurs, ne l'ai-je pas cherché ? Les vaches ne calment-elles pas les taureaux en leur montrant leurs fesses ?

À table, je ne peux détourner le regard du stéthoscope que le vétérinaire a posé à côté de son assiette. C'est la deuxième fois que j'en vois un en vrai. Sur Nederland 1, ils en ont montré un, mais sans le corps du fait de la fesse – un corps trop peu habillé. Je me remets à imaginer que l'instrument se pose sur ma poitrine nue, que le vétérinaire colle son oreille contre le métal et dit à maman : « Je crois qu'elle a le cœur déchiré. S'agit-il d'une affliction héréditaire ou est-ce le premier cas dans la famille ? Il faudrait songer à l'envoyer à la mer, l'air y est plus pur, tout ce purin, ça entre dans les habits, le cœur s'infecte plus vite que la normale. » Je le vois alors sortir de la poche de son pantalon un cutter, le même modèle que celui que papa utilise pour couper les ficelles des bottes d'ensilage, zipp zipp et la balle perd sa forme. Puis il utilise un feutre pour tracer des lignes sur ma poitrine. Je me mets à penser au Grand Méchant Loup qui a mangé les sept chevreaux et dont on a découpé le ventre pour les sauver – qui sait si de moi ne va pas sortir, à quatre pattes, une grande fille libérée de ses peurs, ou du moins quelqu'un que l'on remarquera, restée cachée trop longtemps sous des couches de peau et de parka. Quand le stéthoscope quitte ma peau, le vétérinaire ne peut faire autrement que coller son oreille sur ma poitrine ; en inspirant et expirant, je ferai monter et baisser sa tête – il va me comprendre. Je vais lui dire que j'ai mal partout, lui indiquer des endroits où personne n'est encore jamais allé, tout ce qui se trouve entre mes orteils et le sommet de mon crâne. Il pourrait tracer des lignes entre mes grains de beauté pour savoir jusqu'où aller et tirer de moi un dessin tout comme on relie des points dans un album de coloriage. Mais s'il n'entend pas mon appel à l'aide, je vais devoir moi-même retirer le métal de ma poitrine, ouvrir grand la bouche et en faire descendre l'extrémité ronde au fond de ma gorge. Là, il ne pourra pas ne pas prêter l'oreille. Les haut-le-cœur, en effet, ce n'est jamais bon signe.

Obbe me refile un coup de coude dans les côtes.

— Bonjour, ici Terre, Parka m'entendez-vous ? Passez-moi le jus de viande, SVP.

Maman me tend le récipient dont l'anse a disparu. Des ronds de gras flottent à la surface. Sans traîner, je le transmets à mon frère avant qu'il ne gâche l'ambiance en me demandant à quoi je rêvais. Il se mettrait à nommer tous les garçons du collège, alors que celui auquel je pense souvent n'a qu'une plaque commémorative à l'endroit où il avait l'habitude de garer son vélo. De toute façon, l'ambiance n'a rien d'enthousiasmant, moins encore depuis que les vaches ne sont plus là ; le vétérinaire parle d'ailleurs des répercussions de la fièvre aphteuse sur toutes les fermes du village. La plupart des paysans se refusent à évoquer le sujet ; les plus imprévisibles, explique-t-il, pètent les plombs avant qu'on ait vu venir quoi que ce soit.

— Ça dépasse l'entendement, fait papa sans regarder personne. Même quand on a tout perdu, il nous reste encore les enfants.

Je jette en coin un regard furtif à Obbe. Il a pour ainsi dire le nez dans son assiette : examine-t-il la structure des brocolis pour voir s'ils pourraient servir de parapluies sous lesquels nous dissimuler ? Ses poings serrés trahissent son mécontentement au sujet des propos de papa ou de ce que ce dernier s'abstient de dire. Nous savons tous que papa et maman ont eux aussi des plombs, comme les doubles rideaux, afin de pendre bien droits. Je ne cesse de fixer le vétérinaire qui, par moments, passe sa langue sur la lame de son couteau. C'est une belle langue, rouge foncé.

Je songe aux plantes dans la serre de papa, à la façon dont il les entaille avec un couteau avant de les planter, feuilles vers le haut, et de les fixer avec des agrafes. J'imagine le vétérinaire en train de frôler ma langue de la sienne. Va-t-on enfin pratiquer sur moi aussi une bouture ? Les gens vont-ils voir mes faux plis ? Une nouvelle vie va-t-elle jaillir de moi, une version sans parka ? Quand Hanna a fourré, il y a quelque temps, sa langue dans ma bouche, j'ai relevé que la dernière chose qu'elle avait mangée, c'était un réglisse au miel. Peut-être qu'un peu de cette saveur, ai-je pensé, va atténuer les picotements qui me chatouillent la gorge. Je me demande si la langue du vétérinaire a un goût de miel, si ce goût va tenir en respect les petites bêtes qui montent, qui montent dans mon bas-ventre.

Papa est assis, tête dans les mains, il n'écoute plus le visiteur qui, tout à coup, se penche en douce vers moi et murmure :

— Je trouve que ta parka te va très bien.

Je ne sais pourquoi il adopte ce ton : la tablée entière l'entend. Certes, j'ai vu à plusieurs occasions des gens agir de la sorte, désireux semble-t-il que tout le monde se penche un peu en avant, oreilles dressées, de les attirer comme un aimant avant de les remettre un à un à leur place. Une manifestation de puissance. Je regrette qu'Hanna loge chez une copine. Autrement, elle aurait pu entendre que ce ne sera plus très long. Qu'il me faut sans doute passer l'éponge sur la déception de la sonde à fromage. À cause de cela, j'avais plus ou moins perdu foi en lui, une expérience similaire à celle où j'étais encore en primaire. Papa m'avait appelée à la cuisine. La première et dernière fois qu'on a eu une conversation à table sans que les vaches jouent le rôle principal.

— J'ai quelque chose à te dire.

Mes doigts cherchaient mes couverts, le moindre truc auquel m'accrocher, mais l'heure du dîner n'avait pas encore sonné, la table n'était pas mise.

— Saint Nicolas n'existe pas.

Il prononça ces mots sans me regarder, fixant le marc de café dans sa tasse qu'il tenait inclinée. Puis il se racla une deuxième fois la gorge :

— Le saint Nicolas de l'école, c'est Tjerre, notre client, celui qui nous achète du lait tous les jours, le chauve.

J'ai pensé à Tjerre qui, pour blaguer, s'amusait parfois à cogner les jointures de ses doigts sur son crâne tout en produisant des sons creux avec sa bouche. On adorait, on ne s'en lassait pas. Il m'était impossible de l'imaginer portant une barbe et une mitre. J'essayai bien de formuler une réplique, mais, à l'instar du pluviomètre du jardin, ma gorge était pleine à ras bord. À la fin, ça a débordé et j'ai commencé à sangloter. Je songeai aux vagues de mensonges, aux moments passés devant la cheminée, aux refrains qu'on chantait pour saint Nicolas dans l'espoir qu'il nous entende, alors que notre seul auditeur était tout au plus une mésange. Aux mandarines dans nos chaussures qui transmettaient leur amertume à nos chaussettes, à Bouclette qui était peut-être elle aussi fictive. À la nécessité d'être gentils sous peine d'être enlevés par les acolytes du saint.

— Et Bouclette, elle ?

— Elle, elle est vraie, mais le saint Nicolas de la télé, c'est un acteur.

Je regardai les nonnettes que maman avait mises, à mon intention, dans un filtre à café. Tout ce que l'on nous donnait était pesé au gramme près, y compris ces petites boules en pain d'épices. Je n'y touchai pas, les larmes ne cessaient de couler. Papa se leva, il prit un torchon et essuya sans ménagement mes joues. Il ne s'arrêtait plus, pas même quand mes pleurs cessèrent, à croire que ma figure était couverte de cirage brun, celui des illusions, celui des compagnons de saint Nicolas. Si j'avais pu, j'aurais frappé sa poitrine comme lui avait tapé à la porte année après année, puis je me serais enfuie dans la nuit pour ne jamais revenir. Tous avaient menti depuis le début. Pourtant, dans les années qui ont suivi, je me suis efforcée de conserver ma foi dans le bon saint avec la même obstination que je mettais à garder foi en Dieu – tant que j'étais en mesure de les visualiser, tant que je les voyais à la télévision et tant que j'avais une raison de prier ou de faire un vœu, ils existaient.

Le vétérinaire porte le dernier brocoli à sa bouche, se penche de nouveau en avant, pose ses couverts en croix sur son assiette pour indiquer qu'il a fini de manger.

— Quel âge as-tu ?

— Douze ans.

— Ça veut dire que t'es presque formée.

— Déformée, vous voulez dire ! lance Obbe.

Le vétérinaire ignore mon frère. L'idée que je suis presque formée aux yeux de quelqu'un me rend fière, alors même que j'ai l'impression de toujours plus me désagréger. Il n'empêche, je ne suis pas sans savoir qu'être « formée », c'est bon signe ; par exemple, ma collection de pogs l'est pour ainsi dire aussi, il ne m'en manque que trois ; à un moment donné, je vais probablement éprouver le même sentiment que lorsque je feuillette mon classeur en me remémorant tous ceux que j'ai gagnés et perdus. Certes, feuilleter en soi-même me paraît plus compliqué, mais peut-être faut-il pour cela être adulte, rester bloqué pour de bon au même trait sur le montant de la porte, ne pas pouvoir l'effacer au contraire des précédents. Raiponce, elle, avait douze ans seulement quand elle a été enfermée dans la tour avant d'être délivrée par le prince. Peu de gens savent que son nom signifie, en allemand, mâche, la plante potagère.

Le vétérinaire garde longuement les yeux sur moi.

— Je ne comprends pas que tu n'aies pas encore de petit copain. Si j'avais ton âge, je saurais quoi faire.

Mes joues deviennent aussi chaudes que les flancs de la saucière. Je ne sais où réside la différence, pourquoi il aurait su quoi faire à l'âge de douze ans et pourquoi ce ne serait plus le cas aujourd'hui, à un âge à peine supérieur à celui de papa ? Moi qui croyais que les adultes savaient tout…

— Demain, risque de pluie, fait papa tout à trac.

Il n'a pas prêté attention une seconde à la conversation. Maman n'arrête pas d'aller et venir entre le plan de travail et la table, si bien que personne ne remarque qu'elle ne mange quasiment rien. Dans mon manuel de sciences de la nature, j'ai lu que les fourmis ont deux estomacs : un pour elles-mêmes et un deuxième pour nourrir d'autres fourmis. Un mécanisme attendrissant. Moi aussi, j'en veux deux, de façon à en utiliser un pour que maman ne perde plus de poids.

Le vétérinaire me fait un clin d'œil. Je me promets de parler de lui à Belle, demain. J'ai enfin moi aussi quelqu'un à propos de qui faire des messes basses. Je tairai ses rides, plus nombreuses que n'en compte la nappe non repassée. Ne dirai pas qu'il tousse comme un veau qui souffre de pneumonie. Qu'il est plus âgé que papa, qu'il a de grosses narines dans chacune desquelles passent au moins trois frites. Je dirai qu'il est plus beau que Boudewijn de Groot. Ce n'est pas peu dire. Après les cours, Belle et moi, on écoute souvent ses chansons dans ma chambre. Quand on a un gros cafard – ce qui est le cas de Belle quand Tom lui textote de petits x au lieu de grands, sachant qu'après un point, un X majuscule se forme tout seul et qu'il prend donc la peine de le remplacer par un x minuscule –, on se dit : « J'ai un papillon noyé dans le ventre. » Puis on se contente de hocher la tête, on sait exactement ce que l'autre ressent.

5

Portant la bêche à laquelle un bout de papier blanc du lampion d'Obbe est resté collé, je m'engage, en pyjama, dans le pré, au-delà de l'étable qui abrite la vache mécanique, qu'on appelle entre nous l'étable à sperme. Tout près de l'endroit où Tiesy est enterré – là où Obbe a aplati la terre retournée du dos de la pelle sans y ficher cette fois le moindre bâton car ce n'est pas une mort dont on tient à se souvenir, sur quoi on tient à se retourner –, je creuse un trou. Dans mon ventre, les élancements se font de plus en plus vifs, ça m'oppresse. Je serre autant que possible les fesses en balbutiant : « Encore un peu de patience, Parka, tu vas pouvoir y aller. » Une fois le trou assez profond, je jette un coup d'œil autour de moi : papa et Obbe dorment encore, Hanna joue derrière le canapé avec ses Barbie. Je ne sais pas où maman traîne. Peut-être est-elle chez Line et Kees, les voisins qui viennent d'acheter une citerne à lait neuve de vingt mille litres pour préparer l'arrivée de leur nouveau cheptel.

Je me dépêche de dénouer les cordons de mon pantalon de pyjama rayé, baisse celui-ci et ma culotte sur mes chevilles, sens le vent glacial sur mes fesses et m'accroupis au-dessus du trou. Hier soir, quand papa, en une ultime tentative, a cherché dans la Bible la solution à mon problème de constipation, il est tombé sur un passage du Deutéronome : « Tu auras un endroit, hors du camp, où tu sortiras ; et tu auras un pieu avec ton bagage ; et quand tu voudras t'asseoir dehors, tu creuseras avec ce pieu, et tu recouvriras ce qui sera sorti de toi. » Après avoir feuilleté plus avant, il a refermé le volume dans un soupir, signe que la réponse appropriée ne figurait nulle part. La phrase, cependant, s'est inscrite dans ma tête, au point que je n'ai pu trouver le sommeil. Je n'ai pas arrêté de me tourner et me retourner dans mon lit, trois mots se dégageant de l'obscurité : « hors du camp ». Il y a fort à parier que Dieu entend par là : hors de la ferme. Se peut-il qu'il me faille en sortir pour arriver à faire caca ? Mon incapacité à aller à la selle étant la seule chose que nous abordons encore aujourd'hui, j'ai tu mon plan à papa et à maman. Rien ne saurait les faire réagir si ce n'est de me voir, dans la cuisine, soulever mon sweat-shirt pour leur montrer mon ventre tout aussi enflé qu'un œuf ayant deux jaunes. Moi tout aussi fière que devant un énorme œuf blanc de l'une de mes poules soie.

Tête baissée, je regarde entre mes jambes et sens la pression qui s'exerce sur ma boîte à caca. Je ne sais si cela tient à l'huile d'olive ou à la phrase de la Bible, toujours est-il que ça marche. Néanmoins, au lieu d'un boudin brun tout fumant qui se dirigerait vers le sol à la manière d'un ver monstrueux, seules de petites crottes sortent de mon anus. Je continue à pousser, des larmes coulent sur mes mâchoires serrées. La tête me tourne, mais il me faut insister pour tout expulser. À défaut, je risque d'exploser un de ces quatre, ce qui m'entraînera plus loin encore de la maison et de moi-même. Mes crottes me font penser à celles de Bouclette, si ce n'est qu'elles sont un peu plus grosses. Grand-mère a pu dire que le caca le plus sain, c'est celui qui ressemble aux saucisses grasses qu'elle prépare à base de viande de veau. Mon caca ressemble à tout sauf à ça. Bien plutôt à de mini-croustades.

Du trou s'élève une fumée toujours plus dense. À cause de la puanteur, pire que celle qui se dégage d'une étable peuplée de vaches en train de chier, je me pince le nez. Quand plus rien ne sort, je jette un regard circulaire à la recherche des feuilles. Je me rends alors compte qu'il n'y a plus de verdure nulle part et que les feuilles mortes sont ensevelies sous une couche de givre : je ne tiens pas à ce que ma boîte à caca gèle comme a gelé le bouchon de la baignoire qui, dans le pré, sert d'abreuvoir aux vaches. Sans me torcher les fesses, je remonte donc culotte et pantalon, prenant garde à ne pas souiller le tissu au contact de mon derrière. Je me retourne et me penche sur le trou, tel un aigle sur ses petits. Après avoir regardé les crottes qui forment un petit tas, j'entreprends de tout reboucher et tout recouvrir, puis j'aplatis le sol du dos de la bêche, puis avec mes bottes, et fiche dans la terre une branche pour me souvenir de l'endroit où j'ai perdu un morceau de moi-même. Je quitte le pré, remets la bêche à sa place à côté des pelles et des fourches. Je pense alors aux gamins des voisins qui, eux, trouvent dans la cuvette des toilettes ce qu'ils ont perdu : un bouton bleu, un Lego, les balles en plastique d'une petite carabine, un boulon… Pendant quelques secondes, je me sens grande.

6

Belle dit : « Au contraire de l'espace qui s'étend, la tristesse ne grandit pas. » Elle a le beau rôle : l'espace dont elle parle a la taille d'un bocal à poissons, il est né après la mort de ses deux guppys. Le jour de son douzième anniversaire, le bocal s'est fait aquarium. Ça ne va pas plus loin. Alors qu'en ce qui me concerne, ça s'étend, s'étend, s'étend, on ne peut plus l'arrêter : au début, il mesurait un mètre quatre-vingts, maintenant il a la taille de Goliath, le géant de la Bible – « six coudées et un empan » comme on disait à l'époque.

Néanmoins, je hoche la tête. Je ne veux voir ni le verre de l'aquarium se briser, ni Belle verser des larmes. Je ne supporte pas de voir des gens pleurer. Si je le pouvais, je les emballerais dans du papier d'aluminium comme mes biscuits au lait concentré avant de les fourrer dans l'obscurité d'un tiroir jusqu'à ce qu'ils soient tout secs. Je veux de l'action, pas me sentir triste. Des choses qui perforent les journées à la manière d'une aiguille qui perce une ampoule pour en évacuer le plus gros de la sérosité. Cependant, mes pensées ne cessent de me ramener à cet après-midi, quand maman a fait un esclandre après le départ du vétérinaire. « Esclandre », c'est le mot que papa utilise pour tout ce qu'il ne nous faut pas trop prendre au sérieux. Sans crier gare, maman s'est exclamée : « Je veux mourir. » Elle a continué de débarrasser la table, rempli le lave-vaisselle et débarrassé la planche à découper des germes de pomme de terre ; ils ont atterri dans le panier aux épluchures destinées aux poules.

— Je veux mourir, elle a répété, j'en ai assez de tout. Si demain une voiture me renverse et m'écrase en m'aplatissant comme un hérisson, je m'en accommoderai.

Pour la première fois, j'ai lu du désespoir dans ses yeux. Obbe s'est levé de table. Il a appuyé le poing sur le sommet de son crâne. Ce qui ne l'a pas calmé.

— Dans ce cas, tombe raide morte.

— Obbe ! j'ai murmuré. Elle va se briser en morceaux.

— Tu vois quelqu'un qui se brise, toi ? Moi, ce que je vois, c'est quelqu'un qui me les brise !

Et, balançant son téléphone portable contre les bleus de Delft décorant le mur au-dessus de la cuisinière :

— Nom de Dieu !

Le Nokia a explosé. J'ai tout de suite songé au jeu Snake, le serpent n'avait sans doute pas survécu. Le plus souvent, il n'avait besoin de personne pour s'empêtrer, dans d'autres cas il se gavait de souris à tel point qu'il finissait par déborder de l'écran. À présent, il était en morceaux.

Le silence régna pendant un petit moment, je n'entendais plus rien si ce n'est le goutte-à-goutte du robinet. Surgissant du séjour, papa se précipita dans la cuisine, bringuebalant sa jambe boiteuse derrière lui. Il projeta Obbe sur le carrelage et lui bloqua les bras dans le dos.

— Faites-le, tuez-vous, sinon c'est moi qui vais tous vous tuer ! cria mon frère.

— Tu ne prendras point le nom de l'Éternel ton Dieu en vain ; car l'Éternel ne tiendra point pour innocent celui qui aura pris Son nom en vain ! cria pour sa part papa.

Maman fit gicler un peu de produit à vaisselle sur une éponge et entreprit de récurer le plat du four.

— Vous le voyez bien, murmura-t-elle, mieux vaut que je saute du train en marche.

Je plaquai les mains sur mes oreilles jusqu'à ce que les cris se tempèrent et que papa lâche Obbe, jusqu'à ce que maman ouvre le four et appuie quelques secondes son poignet contre la plaque encore brûlante, que la chaleur s'immisce enfin en elle.

— T'es la meilleure des mamans, je lui dis tout en percevant dans le ton de ma voix – dénué de toute vie, résonnant du vide des étables – que je mentais.

Maman parut toutefois avoir oublié ce qui venait de se passer. Papa leva les bras en l'air :

— Vous nous rendez fous, fous à lier !

Et il disparut dans la remise à bois. Les conflits, il faut les étouffer dans l'œuf, alors qu'ils sont encore en germe, assure grand-mère du côté austère. Le germe, c'était nous ? Je me suis dit : non, les parents survivent dans leurs enfants, non l'inverse, la folie survit en nous.

— Tu veux vraiment mourir ?

— Oui, mais t'en fais pas, Parka, j'suis une maman qui vaut pas tripette.

Elle opéra un demi-tour et gagna la grange, le panier à épluchures à la main. Je restai figée sur place puis tendis la main à Obbe. Il saignait du nez. Obbe me repoussa violemment :

— Espèce de péteuse !

Belle et moi sommes assises par terre, sur le sol poussiéreux de l'étable à sperme. Au milieu se dresse une vache fantôme, composée d'un cadre métallique surmonté d'un morceau de fourrure supposé rendre fous les taureaux. Sous la fourrure, un rail métallique et un siège noir en cuir. On se déplace dessus d'avant en arrière pour recueillir le sperme. Usée çà et là, la fourrure s'appelle Dirk IV, le nom du célèbre taureau qui a procréé des centaines de descendants. On a élevé, sur un piédestal, une statue de bronze à son effigie au milieu de la place du village. J'interromps le laïus de Belle qui soutient que la tristesse commence toujours à petite échelle avant de s'accroître. Elle connaît la vie comme les touristes un village : ils sont incapables de trouver les venelles sombres, le sentier réservé aux riverains.

— Allonge-toi sur Dirk.

Sans me questionner, Belle grimpe sur la vache fantôme. Pour ma part, je prends place sous elle, sur le siège en cuir noir. Dans la fourrure, il y a un trou où est fixé un tube. De chaque côté pendouillent les pieds de Belle ; le bout de ses All Stars est souillé de boue, les lacets ont pris une teinte grisâtre.

— Remue tes hanches comme si tu faisais du cheval.

Belle se met à bouger. Je me penche pour la regarder. Elle s'est agrippée à la fourrure.

— Plus vite.

Elle accélère. Dirk IV commence à couiner. Au bout de quelques minutes, elle s'arrête. Pantelante, elle dit :

— C'est chiant et c'est fatigant.

Je déplace le siège pour me retrouver sous ses hanches. J'ai la possibilité d'avancer de quatre crans de plus.

— Je connais un truc épatant.

— Tu dis toujours ça, mais ça tient pas debout.

— Attends un peu avant de dire quoi que ce soit. Fais comme si la vache, c'était Tom. Ça, tu sais faire.

— Et ensuite ?

— Remue tes hanches.

— Que va-t-il se passer ?

— Tu vas finir par voir de belles couleurs, comme une FireBall qui en change constamment. Et tu vas arriver de l'autre côté du pont, là où il n'y a pas de tristesse, là où tes guppys vivent encore et où tu seras maîtresse de tes faits et gestes.

Belle ferme les yeux. Elle se remet à bouger d'avant en arrière. Ses joues rosissent, rougissent, ses lèvres s'humidifient de salive. Je me laisse tomber en arrière sur le siège. Ne me faudrait-il pas faire un exposé à l'attention de papa et maman ? Je choisirais le thème des crapauds, leur expliquant comment ils doivent s'accoupler – l'important, c'est que maman, qui a le dos aussi fragile qu'une tuile aux amandes, grimpe sur papa. En outre, il s'agit là du seul moyen de lui redonner de l'appétit. Ainsi, papa aurait enfin de la matière à laquelle se raccrocher. De même, on pourrait organiser une migration de crapauds à la ferme. On placerait papa à un bout de leur chambre, maman à l'autre et on leur demanderait de croiser la route. On pourrait aussi remplir la baignoire pour qu'ils nagent ensemble – ça nous rappellerait le jour où la nouvelle baignoire vert menthe a été installée, l'avant-veille du fameux jour de décembre. Papa et maman l'avaient inaugurée en prenant un bain ensemble.

« Ils sont en costume d'Ève », avait dit Matthies, provoquant nos ricanements. On visualisait deux beignets aux pommes plongés dans l'huile de friture. Ils en ressortaient bronzés, draps de bain serrés autour de la taille comme deux serviettes en papier.

Les charnières de la vache mécanique couinent de plus en plus fort. Papa était fier de Dirk IV. Après usage, il la gratifiait toujours d'une tape sur le flanc. Soudain, ma gorge commence à me brûler. Les yeux me piquent. La première neige de l'année tombe tôt et descend dans mon cœur. Un poids.

— Je vois pas de couleurs.

Je me dégage du siège puis reste plantée à côté de Belle qui a toujours les paupières closes. Je me dépêche alors d'enfiler l'imper vert pâle de papa posé sur le dossier d'une chaise, à côté du bloc évier. Tout à coup, la porte de la grange s'ouvre. Obbe passe sa tête. Son regard coulisse de moi à Belle puis revient sur moi. Il entre en prenant soin de refermer la porte.

— À quoi vous jouez ?

— Un jeu stupide, répond Belle.

— Dégage !

Obbe n'est pas le bienvenu. Si on le laisse jouer avec nous, il va encore inventer un truc glauque. Il est tout aussi peu fiable que le temps dans la région. Il a encore du sang sur le pourtour de la narine à la suite de sa chute dans la cuisine.

Pour lui aussi, j'éprouve de la pitié. De moins en moins, certes, puisqu'il blasphème, sans compter qu'il vole de la nourriture ainsi que de l'argent dans la boîte posée sur le manteau de cheminée. La possibilité de louer une place de camping est réduite à néant ; qui plus est, il met en danger le trousseau de papa, c'est à peine s'il lui reste de quoi s'acheter un grille-pain et un séchoir à linge. Un jour, Obbe finira par voler le cœur de papa et celui de maman. Il creusera alors un trou dans le pré à l'exemple d'un chat errant qui tient dans la gueule un cormoran.

— Je connais un truc chouette, dit-il.

— On te veut pas avec nous.

— Moi, je veux bien. Parka, elle invente que des trucs chiants.

— Tu vois, Belle elle veut bien.

Dans le placard, au-dessus de l'évier, il s'empare d'une boîte de douilles Alpha et de pistolets argentés : des tiges allongées aux extrémités colorées. On les utilise pour inséminer une vache qui rechigne à tomber enceinte naturellement. Obbe me tend une paire de gants bleus. Quand je ne tiens pas à croiser son regard, je me concentre sur les poils de son menton. Au toucher, on dirait les graines de cumin que maman me demande parfois de mélanger au caillé. Depuis quelques jours, il se rase. Tendue, je suis le moindre de ses mouvements.

— Tu es mon assistante, dit-il.

Il ouvre une deuxième fois le placard. Cette fois, il en sort une bouteille. Elle contient un liquide épais dont il enduit un pistolet. « Lubrifiant » peut-on lire sur l'étiquette.

— Enlève ton pantalon et remets-toi à plat ventre sur la vache.

Belle s'exécute sans protester. Je me rends soudain compte que, ces derniers temps, plutôt que de Tom, elle parle surtout de mon frère. Elle m'interroge sur ses hobbies, les plats qu'il aime, me demande s'il préfère les blondes ou les brunes, et ainsi de suite. Je refuse qu'Obbe la touche. Supposons que l'aquarium se brise – à quoi en serons-nous réduites ? Une fois Belle en position sur Dirk IV, Obbe m'ordonne d'écarter les fesses de ma copine de façon que sa boîte à caca soit à nu comme le réservoir d'un porte-plume.

— Ça va pas faire mal, hein ? elle demande.

— Ne crains donc rien, je lui réponds un sourire aux lèvres, tu vaux plus que beaucoup de passereaux.

Je lui ressers la phrase de Luc que grand-mère me récite quand je loge chez elle et que j'ai peur de mourir dans mon sommeil.

Pour être à la bonne hauteur, Obbe se perche sur un seau retourné, pointe le pistolet et, sans prévenir, pousse le fer froid entre les fesses de Belle. Elle pousse un cri de bête blessée. Effrayée, je lâche ma prise.

— Reste allongée, lui dit Obbe, autrement ça fera encore plus mal.

Des larmes coulent sur les joues de ma copine, son corps tremblote. Fébrile, je pense à mon stylo-plume qui fuit. La prof m'a conseillé de le laisser tremper dans de l'eau froide une nuit durant, de le dégorger et rincer le lendemain puis de souffler dessus pour le sécher. Dois-je mettre Belle, elle aussi, dans de l'eau froide ? Alors que je pose un regard apeuré sur Obbe, il désigne du menton la cuve où l'on conserve dans l'azote les pailles qui contiennent le sperme. Papa a oublié de la verrouiller. Je soupçonne Obbe d'avoir la même idée que moi : dégorger. J'ouvre la cuve, en sors une paille que je donne à mon frère. Le pistolet dépasse toujours des fesses de Belle.

— T'es la meilleure assistante qui soit.

La glace commence à fondre. Ce que l'on fait est bien. Parfois, il faut accepter de se livrer à des sacrifices bien peu amusants. De même que Dieu a demandé à Abraham de sacrifier Isaac avant de Se contenter d'un animal, de même il nous faut faire diverses tentatives pour rencontrer la mort avant que Dieu ne soit satisfait et nous laisse en paix.

Obbe pousse la paille dans le pistolet. Il y a mille façons de changer le cours des choses, pourtant nous restons sur la même ligne, ignorant que l'azote va brûler la peau de Belle. Je sens combien la lâcheté alourdit mes jambes alors que je m'enfuis de la grange, Obbe dans mon sillage. On file chacun dans une direction différente de la ferme. « Et ne nous induis point en tentation, mais délivre-nous du Malin », je dis dans ma barbe. Je vois Hanna qui place son vélo contre le mur, sur le côté de la maison. Elle a calé son oreiller sous les tendeurs de son porte-bagages. À la main, elle tient sa petite valise. Valise qui grouille de poissons d'argent quand une longue période s'écoule entre deux séjours chez grand-mère. On les écrase entre le pouce et l'index. On les réduit en poussière. On fait tout disparaître en soufflant sur nos doigts.

— Viens, je lui dis en la précédant derrière la grange des lapins.

Afin de n'être repérées ni par papa, ni par les corneilles, ni par Dieu, on se faufile entre les balles de foin entassées là. Je retiens les larmes qu'essaient de me tirer les cris de Belle, qui résonnent dans mes oreilles, ses yeux écarquillés comme deux bocaux à poissons rouges fendus et à moitié remplis.

— Pourquoi on se cache là ? Qu'est-ce qui s'est passé ? fait Hanna, inquiète. Tu trembles de partout.

— Parce que… parce que… autrement, je vais exploser, comme la poule de papa, tu te rappelles, celle qui est restée un œuf coincé dans le cul parce qu'il était trop gros. Si papa ne l'avait pas tuée, elle aurait éclaté en répandant ses tripes tout autour. Moi, j'suis dans la même situation qu'elle.

— Ah, oui, fait Hanna, cette pauv' bête.

— Moi aussi, j'suis une pauv' bête. Alors, tu veux bien me serrer dans tes bras ?

— Je te serre dans mes bras.

— Tu sais, je dis en enfonçant le nez dans ses cheveux qui sentent le shampooing Zwitsal, je veux bien grandir mais je ne veux pas que mes bras grandissent en même temps. Parce que tu tiens pile entre eux.

— S'ils deviennent trop grands, répond Hanna après un silence, je les enroulerai deux fois autour de moi, comme mon écharpe.

7

Cette nuit-là, je rêve de Belle. On était dans la forêt, à la périphérie du village, près du bac. On jouait à la chasse aux renards. Je ne comprenais pas pourquoi Belle portait le manteau et le chapeau de dimanche de maman, chapeau rehaussé d'une sorte de gaze sur le devant et d'un nœud noir sur le côté. L'ourlet du manteau traînait par terre, accrochant des brindilles et des grumeaux de boue ; il produisait un bruissement. Puis Belle et le renard se fondaient en un seul être, moitié humain, moitié animal. On avançait toujours plus dans la forêt, on finissait par se perdre entre les grands arbres élancés qui, dans l'obscurité, ressemblaient à des tire-bottes dressés à la verticale. Partout où je passais, Belle apparaissait, elle et son corps de renard rouge-brun.

— C'est toi le renard ? elle me demandait.

— Oui, dégage avant que j'te dévore comme une petite poulette.

Elle dressait hautainement le menton, renvoyait ses cheveux en arrière :

— Andouille ! c'est moi, le renard ! Je te pose donc une question et si tu ne fournis pas la bonne réponse, tu vomiras ou tu auras la diarrhée à en mourir prématurément.

Son nez et ses oreilles se faisaient tout à coup pointus. Tout ce qui était pointu, en pointe ou de pointe avait une valeur ajoutée : les dents qui fendent les aliments, les attaquants d'une équipe de foot, la circulation aux heures matinales qui laisse le temps de se réveiller tranquillement. Le corps du renard lui allait bien. Elle avançait d'un pas, je reculais d'un pas. Je m'attendais à tout instant à ce qu'elle poussât des cris aussi effroyables que dans l'étable au sperme, qu'elle écarquillât les yeux comme un brochet accroché à un hameçon. Sans défense.

— Ton frère est-il vraiment mort ou est-ce la mort qui est ton frère ? finissait-elle par me demander.

Je secouais la tête, les yeux rivés sur le bout de mes chaussures.

— La mort n'a pas de famille, voilà pourquoi elle ne cesse de chercher un nouveau corps, histoire de ne pas être seule. Dès lors qu'un corps est six pieds sous terre, elle part à la recherche du suivant.

Belle me tendait la main. Dans le rêve, j'entendais soudain les paroles du pasteur : « La seule façon d'éliminer l'ennemi, c'est de s'en faire un ami. » Je jetais un coup d'œil derrière moi afin de happer une bouchée d'air frais préservée de tout germe d'une maladie, et lui demandais :

— Que va-t-il se passer si je te serre la main ?

Belle se rapprochait de plus en plus de moi, elle dégageait une odeur de chair cramée. Tout à coup, ses fesses étaient recouvertes de pansements.

— Si tu me serres la main, je te mangerai vite fait.

— Et si je ne te serre pas la main ?

— Je prendrai mon temps pour te manger. Ça te fera plus mal encore.

J'essayais de m'éloigner d'elle, mais mes jambes se ramollissaient sous moi, mes bottes se révélaient soudain trop grandes pour mes pieds.

— Tu connais le nombre de campagnols que le renard a besoin d'accumuler dans son estomac pour ne plus avoir besoin de sonder son propre vide ?

Alors qu'enfin je m'enfuyais, sa voix me parvenait, avec un effet d'écho intégré, la voix de quelqu'un qui jouait à cache-cache :

— Cher campagnol, campagnol, campagnol…

8

Papa ferme les paupières, ne laissant voir que deux fentes, pour déterminer la hauteur à laquelle il faut accrocher les patins à glace argentés. Calées entre ses lèvres, trois vis et non deux au cas où l'une d'elles viendrait à tomber. À la main, une perceuse. Restant à une certaine distance, maman observe, les yeux mouillés, le tuyau d'aspirateur épaulé. Je regarde son chemisier blanc, visible puisque la ceinture de sa robe de chambre est dénouée. À travers le tissu fin, on peut voir ses seins flasques. Ils ressemblent aux meringues qu'Obbe fait à l'occasion pour les vendre au lycée, par quatre, dans des sachets de congélation : quand l'œuf n'est pas assez frais, le blanc se délite et donne un truc tout mou. Papa redescend de l'escabeau, maman arrête l'aspirateur. Le silence, lui, est d'or.

— Ils sont de travers, dit-elle.

— Non, dit-il.

— Si, regarde, d'ici on les voit de travers.

— Dans ce cas, change de place. De travers, c'est un mot que je connais pas, tout dépend de l'angle de vue.

Maman resserre la ceinture de sa robe de chambre, s'empresse de quitter le séjour en tirant l'aspirateur par le tuyau, lequel la suit d'ailleurs, à longueur de journée, comme un chien docile dans la maison. Parfois, je suis jalouse de cette affreuse bête bleue, de laquelle elle semble plus proche que de ses propres enfants. Je la vois chaque fin de semaine lui changer amoureusement l'estomac alors que le mien est sur le point d'exploser.

Je dirige de nouveau les yeux sur les patins. L'intérieur des chaussures est recouvert de velours rouge. Ils sont en effet de travers. Je me retiens de le dire. Papa s'est assis sur le canapé, il fixe le vide; sur les épaules, de la poussière de plâtre. Il tient toujours la perceuse à la main.

— T'as l'air d'un épouvantail, papa, lui dit, sur un ton provocateur, Obbe qui vient d'arriver.

Je ne l'ai entendu rentrer ce matin que vers cinq heures. Le cœur battant, j'ai attendu, analysant chaque bruit : ses pas qui zigzaguaient sans cependant éviter les marches qui craquent – la sixième et la douzième –, ses mains qui se repéraient en tâtant les murs. Il avait le hoquet et peu après, il a dégueulé dans la cuvette des chiottes de la salle de bains. Scénario identique depuis quelques nuits. J'en ai mouillé à chaque fois mon pyjama de sueur. Selon papa, vomir est un péché suranné dont le corps doit se débarrasser. Je sais qu'Obbe fait beaucoup de conneries en tuant des animaux, mais ce qu'il fait de mal en allant à des fêtes organisées dans des granges, je ne le pige pas. Certes, il fourre à chaque fois sa langue dans la bouche d'une fille, jamais la même. Je l'ai vu se dépatouiller à plusieurs reprises depuis la fenêtre de ma chambre, alors que la lampe de l'étable éclairait la scène : on aurait dit Jésus auréolé d'une lueur céleste. Moi, à chaque fois, je presse les lèvres sur mon avant-bras, la langue sur ma peau moite décrivant des cercles. Ça a un goût salé. Ce matin, je n'ai guère échangé de mots avec lui : il ne faudrait pas qu'il me transmette ses bactéries et que je me mette à mon tour à vomir. Ça me rappelle la première et dernière fois que j'ai vomi. Matthies était encore parmi nous.

C'était un mercredi, j'avais environ huit ans. J'avais accompagné papa pour aller chercher du pain à la boulangerie. Sur le chemin du retour, il m'a donné un gros petit pain aux raisins. Il était encore bien frais, sans taches bleues et blanches. En arrivant chez grand-mère – on lui dépose chaque semaine un sac plein de pains –, j'ai eu des nausées. On est passés par-derrière parce que la porte d'entrée sert surtout de décor. Dans le potager, j'ai vomi. Les raisins secs nageaient à la surface de la flaque brunâtre, on aurait dit des scarabées gonflés. À l'endroit précis où grand-mère avait planté ses carottes. De ses bottes, papa s'est dépêché de tout recouvrir d'une couche de terre. Je m'attendais à ce que grand-mère tombe malade et meure à cause de moi après avoir arraché et consommé les légumes en question. Moi, à l'époque, je n'avais pas encore peur de mourir. Cette peur n'est née qu'à partir du moment où Matthies n'est pas réapparu. L'incident dans le jardin a dès lors revêtu plusieurs versions, dans la pire j'échappais de justesse à la mort. Je me suis soudain demandé si Obbe vomit à cause des filles qui enfoncent leur langue, qui sait, dans sa gorge, comme il peut arriver qu'on ait des haut-le-cœur quand on pousse trop loin notre brosse à dents dans la bouche. Papa et maman ne lui demandent pas ce qu'il a fabriqué, ni pourquoi il pue la cigarette et la bière.

— On va faire du vélo ? je glisse à Hanna qui est en train de dessiner derrière le canapé.

Ses figurines n'ont pas de corps, rien qu'une tête, ce qui correspond à notre façon de nous focaliser sur l'humeur des gens. Elles ont l'air tristes ou fâchées. Elle a coincé sous son bras droit sa petite valise. Depuis qu'elle a logé chez une copine, elle la trimballe partout, une manière peut-être de caresser la possibilité de s'enfuir. Elle nous interdit de toucher sa valise et d'en parler.

— Pour aller où ?

— Au lac.

— Pour quoi faire ?

— Le Plan, je me contente de dire.

Elle acquiesce. L'heure est venue de mettre nos plans en pratique. On ne peut pas s'éterniser plus longtemps ici.

Dans l'entrée, Hanna prend son anorak accroché au crochet bleu et l'enfile. Celui d'Obbe est jaune, le mien vert. À côté du mien, le crochet rouge. Ce n'est pas l'anorak qui manque à cet endroit, mais le corps qui est censé le porter. Seuls ceux de papa et maman pendent à des patères en bois, déformées par l'eau de pluie que transportent leurs capuches. À une époque les seules épaules fiables de la maison, lesquelles s'affaissent de plus en plus.

Soudain, je repense au jour où papa m'a attrapée par le col. Matthies était mort depuis quelques semaines. J'avais demandé à papa pourquoi on n'avait pas le droit de parler de notre frère, et s'il existe une bibliothèque au ciel où l'on peut emprunter des livres sans payer d'amende quand on les rapporte trop tard. Matthies n'avait pas d'argent sur lui. À la maison, on oublie souvent de ramener les bouquins – à commencer par ceux de Roald Dahl et les différents volumes de *La Méchante Sorcière* qu'on lit en cachette car papa et maman estiment qu'il s'agit d'œuvres impies. On n'a jamais envie de les restituer à la bibliothécaire. Laquelle n'a jamais été gentille avec nous. L'explication de Matthies : elle a peur des enfants qui ont les doigts gras. Et de ceux qui cornent les pages, autrement dit de ceux qui n'ont pas vraiment de chez-soi, d'endroit où se retirer à n'importe quel moment de la journée et qui, par conséquent, sont obligés de marquer l'endroit où ils ont interrompu leur lecture. Ce que j'ai été amenée à faire moi-même à partir d'un certain moment. Quand j'ai posé ces questions, papa m'a saisie par le col et suspendue par la capuche au crochet rouge. J'ai balancé mes pieds d'un côté et de l'autre, mais impossible de me libérer. Le vide s'était fait sous mes pieds.

— C'est qui qui pose les questions ici ?

— Toi, lui ai-je répondu.

— Pas du tout. C'est Dieu.

J'ai sollicité ma cervelle. Dieu m'avait-il déjà posé la moindre question ? Je ne m'en souvenais pas. Bien qu'il m'arrive souvent d'imaginer maintes réponses aux questions que les gens sont susceptibles de me poser. Cette activité m'empêchait-elle d'entendre Dieu ? Quand maman écoute un peu fort *De Muzikale Fruitmand,* elle ne nous entend pas réclamer des bonbons.

— Reste accrochée là jusqu'au retour de Matthies.

— Quand va-t-il revenir ?

— Quand tes pieds toucheront le carrelage.

J'ai regardé le sol. Mon expérience de la croissance des enfants me disait que ça pourrait prendre un certain temps. Papa a fait mine de partir, il est réapparu au bout d'une poignée de secondes, la fermeture Éclair de mon anorak me sciait la gorge, contrariait ma respiration. Il m'a détachée et reposée par terre. Je me suis efforcée de ne plus poser de questions au sujet de mon frère, j'ai délibérément accumulé les amendes à la bibliothèque, lisant parfois les histoires à voix haute sous ma couette dans l'espoir que Matthies les entende depuis le ciel, les terminant par un dièse, signe que j'utilise aussi quand j'écris un message dans mon Nokia pour Belle à propos d'une interro importante.

Je pédale sur la digue, derrière Hanna. Elle a calé sa petite valise sous des tendeurs. À mi-chemin, nous croisons la voisine, Line. J'évite de regarder son fils assis sur le siège du porte-bagages, même si je sais à présent que je ne suis pas une pédophile ; ses boucles blondes lui donnent un air d'ange, or j'aime les anges ainsi que les jeunes angelots. Grand-mère dit qu'il ne faut jamais tenter le loup avec une chèvre. Même si elle n'a, dans son jardin, ni l'un ni l'autre, je peux imaginer qu'il n'est guère souhaitable de les laisser tous les deux ensemble.

Line nous a adressé un salut de loin. Elle a le regard soucieux. Lui retourner un sourire enjoué, c'est la meilleure façon d'éviter qu'elle nous pose une question, qu'elle en pose une à papa ou à maman.

— Fais semblant d'être gaie, Hanna, je murmure.

— Je ne sais plus comment il faut faire.

— Comme quand tu dois poser pour la photo de l'école.

— Ah, d'accord.

Elle et moi arborons notre plus large sourire, ça tire au niveau des commissures. On croise Line sans subir la moindre question embarrassante. Je me retourne sur le dos de son gamin. Une image surgit tout à coup dans ma tête : il pendouille à la corde du grenier – les angelots, il convient de les pendre pour qu'ils tournent dans le vide autour de leur axe de manière à offrir un soutien égal à tous ceux qui les entourent. Je cligne des yeux pour me débarrasser de cette vision lugubre. Me reviennent les paroles prononcées par le pasteur Renkema lors du culte de dimanche dernier alors qu'il commentait Luc : « Le mal ne vient pas du dehors, mais du dedans. C'est là que le bât blesse. Dans le temple, le publicain se frappe la poitrine et prie. Il se frappe la poitrine comme pour dire : “Là réside la source de tout mal.” »

Je plaque le poing sur ma poitrine, la pression est telle que tout mon corps se tend. Alors que je commence à zigzaguer sur mon vélo, je dis dans ma barbe : « Pardonne-moi, mon Dieu. » Puis je repose les mains sur le guidon pour donner le bon exemple à Hanna. Elle n'a pas le droit de faire du vélo en lâchant le guidon. Si jamais elle s'y risque, je la rappelle à l'ordre en criant, de même que je crie « voiture » ou « tracteur » à chaque fois qu'un véhicule cherche à nous dépasser. Pour qu'elle reste concentrée, je me porte à sa hauteur et lui raconte la blague d'Obbe :

— Pourquoi Hitler s'est-il suicidé ?

— Qu'est-ce que j'en sais, fait Hanna en haussant les sourcils.

— Parce qu'il n'avait pas les moyens de payer la note de gaz.

Hanna rigole, elle a une fente entre les deux incisives du haut, on dirait une planteuse de pommes de terre. Un peu plus d'air entre à présent dans ma poitrine. Parfois, j'ai l'impression qu'un géant a posé ses fesses dessus ; la nuit, quand je retiens mon souffle pour me rapprocher de Matthies, il me fixe, assis sur mon fauteuil de bureau, de ses grands yeux de veau nouveau-né. Il m'encourage : « Faut pas t'arrêter aussi vite, retiens-le bien plus longtemps. » Il m'arrive de penser que le Grand Gentil Géant s'est échappé de mon livre le soir où je me suis endormie en le laissant ouvert sur ma table de chevet. Mais le géant en question n'est pas gentil, il est plutôt hargneux et surtout très impérieux. Bien qu'il n'ait pas de branchies, il est capable de retenir son souffle très longtemps, parfois la nuit entière.

Arrivées au pont, on jette nos vélos sur le talus. Un panneau en bois mentionne, au début de la rambarde : *Soyez sobres, veillez; car le diable, votre ennemi, rôde comme un lion rugissant, cherchant qui il pourra dévorer.* Ça vient de la première Épître de Pierre. Dans l'herbe traîne un paquet de chewing-gums vide. Quelqu'un qui voulait sûrement arriver de l'autre côté l'haleine fraîche. Le lac est calme, une figure de faux dévot sur laquelle on ne saurait lire le moindre mensonge. Çà et là, une fine couche de glace se forme sur les bords. Je balance un caillou. Il reste sur la glace. Hanna se perche sur l'un des rochers. Elle pose sa valise à côté d'elle, fixe l'horizon, une main en auvent au-dessus des sourcils.

— On dirait qu'ils se cachent dans des cafés.

— Qui ça ?

— Les hommes. Tu sais ce qu'ils aiment ?

Je ne réponds pas. Vue de dos, ma sœur n'est pas ma sœur, mais quelqu'un qui pourrait passer pour n'importe qui – ses cheveux sont de plus en plus longs. Je crois qu'elle les laisse pousser délibérément pour que maman lui fasse une tresse tous les jours, pour sentir tous les jours la caresse de maman.

Moi, mes cheveux se coiffent tout seuls.

— Les chewing-gums qui ne perdent pas leur goût.

— Ça n'existe pas ! je rétorque.

— Il s'agit d'avoir du goût et de ne pas s'affadir.

— Ou de mâcher moins vite.

— Faut de toute façon pas être trop collante.

— En ce qui me concerne, le goût s'affadit vite.

— Faut dire que tu mâches comme une vache.

Je pense à maman. Elle fait tellement de mouvements de mastication en vingt-quatre heures qu'on est en droit de parler d'une tension accrue. Or, pour elle, une tension accrue constitue une bonne raison de sauter du haut du silo, ou du moins de casser le thermomètre avec lequel elle mesure la température du fromage, puis d'en avaler le mercure – depuis notre plus tendre enfance, papa nous a mis en garde contre le mercure, synonyme de mort rapide. J'ai ainsi appris que l'on peut mourir lentement ou rapidement, l'un et l'autre présentant certains avantages et certains inconvénients.

Je me place derrière Hanna et pose la tête contre son anorak. Elle a une respiration régulière.

— Quand partons-nous ? demande-t-elle.

Le vent froid transperce ma parka. Je frissonne.

— Demain, après l'heure du café – et comme Hanna reste silencieuse, j'ajoute : D'après le vétérinaire, je suis formée.

— Qu'est-ce qu'il en sait ? Il passe ses journées avec des animaux difformes, mal formés qu'il achève en général d'une piqûre.

De l'amertume perce soudain dans sa voix. Serait-elle jalouse ? Je plaque une main sur chacune de ses hanches. Une petite poussée et elle culbute dans l'eau. Je verrais alors comment Matthies s'est retrouvé dans le lac, comment cela a pu arriver.

Et je le fais. Je la pousse dans l'eau et la regarde boire la tasse, remonter à la surface en s'ébrouant, les yeux écarquillés comme deux bouchons de pêche noirs. Je hurle son prénom :

— Hanna ! Hanna ! Hanna !

Mais le vent fracasse les syllabes contre les rochers. Je m'agenouille au bord de l'eau pour la tirer par le bras. Après cela, plus rien n'est pareil. De tout mon poids, je m'allonge sur ma sœur trempée, ne cessant de répéter :

— Ne meurs pas ! ne meurs pas !

Quand les cloches sonnent cinq coups, on se relève enfin. L'eau dégouline de toutes parts de ma sœur. Je saisis sa main et la tiens fermement, la presse comme s'il s'agissait d'un torchon mouillé. On est aussi vides que les boîtes de biscuits Reine Beatrix sur la table du petit déjeuner, que l'on a gagnées à la loterie de la Poste : plus personne ne peut nous remplir. Hanna ramasse sa valise. Son corps frissonne tout autant que la manche à air rouge et blanc qui pendouille à proximité du pont. J'ai presque oublié comment on pédale, comment on rentre à la maison. Je ne sais plus où l'on doit aller. En moins de rien, la Terre promise, de l'autre côté, est devenue une carte postale grisâtre.

— J'ai glissé, dit Hanna.

Je secoue la tête de droite à gauche, coince mes tempes entre mes poings, enfonce les jointures de mes doigts dans ma peau.

— Si, dit Hanna, c'est ça qui s'est passé.

9

Cette nuit, je fais de nouveaux cauchemars fiévreux, mais ceux-ci portent sur ma sœur. Elle patinait sur le lac, mains ramenées dans le dos, rejetant devant elle de petites bouffées d'air. Le pasteur Renkema avait garé sa Volkswagen au bord du chenal, ses phares éclairaient la glace. Le faisceau lumineux marquait la taille des cercles qu'Hanna pouvait décrire. Dans son habit noir, Renkema restait assis sur le capot, Bible sur les genoux. Tout autour de nous était blanc de neige et de glace.

Tout à coup, les phares se mettaient à glisser vers moi. Je n'étais pas un être humain, mais une chaise pliante abandonnée près de l'appontement. Plus personne n'avait besoin de moi pour tenir sur ses patins. Mes pieds étaient froids, mon dossier était dépourvu de bras. À chaque fois qu'Hanna passait devant moi et que j'entendais le grattement de ses patins, je cherchais à l'interpeller. Mais les chaises, ça ne crie pas. Je voulais la mettre en garde contre les trous que le vent a creusés dans la glace, mais les chaises, ça ne peut mettre en garde. Je voulais la retenir, la presser contre mon dossier, la prendre sur mes genoux. À chaque tour qu'elle effectuait, elle me jetait un regard. Son nez était rouge, elle portait les cache-oreilles de papa, que l'on coiffe parfois quand on languit après ses mains autour de nos têtes froides. Je voulais lui dire combien je l'aimais, je l'aimais à tel point que mon dos, mon dossier, se mettait à rougeoyer, son bois chauffait comme quand il a soutenu une journée entière un visiteur. Mais les chaises, ça ne peut pas dire à quel point elles aiment quelqu'un. De surcroît, personne ne savait que c'était moi : Parka déguisée en chaise pliante. Un peu plus loin passaient quelques foulques macroules. Cela me rassurait de voir qu'ils évoluaient sur la surface. Certes, le poids de ma sœur équivalait à au moins trente-cinq de ces échassiers. Fouillant de nouveau la glace, je voyais Hanna sortir du faisceau lumineux et disparaître de plus en plus hors de mon champ de vision. Renkema se mettait à klaxonner, faisait clignoter ses phares. Le bonnet jaune de ma sœur descendait peu à peu comme le soleil couchant. Je ne voulais pas la voir disparaître ainsi. Je voulais être un pic à glace s'enfonçant en elle, me clouer à elle. Je voulais la sauver. Mais les chaises, ça ne peut sauver personne. Tout au plus peuvent-elles se taire et attendre que quelqu'un, fatigué, vienne poser ses fesses sur elles.

10

— Là où il y a des baguettes plantées dans le sol, il y a des taupières, dit papa en me tendant une bêche.

Je l'attrape par le milieu du manche. Je suis triste pour les taupes qui tombent dans l'obscurité du piège. Je suis tout comme elles : la journée, un noir toujours plus épais semble se faire ; le soir venu, je n'y vois plus à un mètre – j'ai les yeux aussi enfoncés que ceux d'un petit mammifère pelucheux. À l'instar de mon père, je creuse çà et là, retournant la motte herbeuse que je dégage de la terre. Ce matin, en allumant le globe terrestre sur ma table de chevet, un éclair s'est produit, puis il a de nouveau fait nuit noire. J'ai rappuyé sur l'interrupteur, mais rien ne s'est passé. Pendant un instant, j'ai cru que l'océan s'était vidé – mon pyjama était trempé, il sentait la pisse. J'ai retenu mon souffle et pensé à Matthies. Quarante secondes. Puis j'ai de nouveau pris une bouffée d'air et dévissé le globe terrestre. L'ampoule avait l'air comme neuve. Je me suis dit : les ténèbres, la dernière plaie. Ce qui veut dire qu'on les aura toutes eues. Une idée que j'ai chassée.

Ce n'est pas un hasard si, lors de la réunion des parents d'élèves, la prof a dit à papa et maman que j'ai trop d'imagination, que je construis autour de moi un monde en Lego : un clic et on ajoute une pièce ou on en retire une – je détermine qui est l'ennemi et qui est l'ami. Elle leur a également raconté que, la semaine dernière, j'ai fait le salut hitlérien en entrant en classe – il est vrai que j'ai tendu le bras en l'air et dit « Heil Hitler », ainsi qu'Obbe me l'avait suggéré dans l'idée de faire rire la prof. Au lieu de rigoler, la prof m'a fait copier des lignes : « Je ne dois pas plus me moquer de l'Histoire que de Dieu. » Moi, j'ai pensé : Vous ne savez pas que je suis du bon côté. Que maman cache des Juifs à la cave, qu'on les autorise à manger des bonbons et des biscuits en forme de têtes rigolotes, qu'ils boivent quantité de sodas. Les biscuits ont deux faces : l'une au chocolat, l'autre au spéculoos. Moi aussi, j'ai certainement deux côtés, je suis à la fois Hitler et un Juif, à la fois collabo et héros. Dans la salle de bains, j'ai retiré mon pyjama mouillé puis l'ai étalé sur le carrelage chauffant. Un slip propre sur les fesses et ma parka sur le dos, j'ai attendu que ça sèche, assise contre la baignoire. C'est alors que la porte s'est ouverte et qu'Obbe est entré. Il a considéré mon pyjama comme s'il s'agissait d'un cadavre.

— T'as pissé dans ton froc ?

J'ai secoué énergiquement la tête de droite à gauche. Ai serré l'ampoule du globe dans ma main. Une lampe plate.

— Non, c'est l'eau qui s'est vidée de mon globe terrestre.

— Grosse menteuse ! Y a pas d'eau dedans.

— Mais si. D'ailleurs, il y a cinq océans.

— Alors explique-moi un peu pourquoi ça sent la pisse ?

— C'est l'odeur de la mer. Tu sais pas que les poissons, y pissent eux aussi ?

— Bon, peu importe, fit Obbe. C'est l'heure du sacrifice.

— Demain, lui ai-je promis.

— Bien, demain sera le grand jour, il a confirmé avant d'ajouter, après un nouveau regard sur le pyjama : Si jamais tu te débines, je dirai à tout le monde au collège que tu n'es qu'une petite pisseuse à tous les sens du terme.

Obbe avait fermé la porte derrière lui.

Allongée à plat ventre sur le tapis de la salle de bains, j'ai nagé le papillon, autrement dit remué le pubis sur le textile pelucheux comme s'il s'était agi de mon ourson, comme si je nageais dans l'océan parmi les poissons.

Derrière papa, je progresse dans le pré. Sous mes bottes, l'herbe gelée craque. Depuis que les vaches ne sont plus là, il relève chaque jour les taupières ; dans la main droite, il trimballe quelques nouvelles pincettes pour remplacer celles qui se sont refermées. Quand je fais mes devoirs, je le vois souvent par la fenêtre de ma chambre traverser les terres en suivant invariablement le même itinéraire. Certains jours, maman et Obbe l'accompagnent. Vues d'en haut, les terres ressemblent au plateau du jeu T'en fais pas ; quand ils rentrent à la ferme, je ressens le même soulagement que lorsque l'un de mes pions regagne la maison. Certes, il nous est de plus en plus difficile de cohabiter sous le même toit. Chaque pièce de la ferme ne tolère qu'un seul pion ; dès que deux se trouvent dans la même, ça dégénère. Papa ne devrait pas tarder à poser ses pièges dans la maison. Sans autre occupation, il passe le reste de la journée dans son fauteuil-fumoir, silencieux comme un héron empaillé qui attend de faire de nous ses proies. Les hérons raffolent des taupes. Quand il ouvre la bouche, c'est souvent pour tester nos connaissances en matière biblique. Qui a perdu, en même temps que ses cheveux, tous ses pouvoirs ? Qui s'est transformé en une statue de sel ? Qui a été avalé par une baleine ? Qui a tué son frère ? Combien de livres contient le Nouveau Testament ? Nous, on fuit le fauteuil comme la peste, mais ce n'est pas toujours possible, par exemple quand il s'agit de passer à table. Papa multiplie les questions, la soupe refroidit, les gressins ramollissent. Une mauvaise réponse et l'on est prié de retourner dans notre chambre pour réfléchir. Papa ne semble pas se rendre compte qu'on a déjà suffisamment de sujets de réflexion, chaque jour en apporte de nouveaux, ni que nos corps se développent, et que pareilles méditations, à la différence de ce qui se passe sur les bancs du temple, ne sauraient être remises aux calendes grecques à renfort de pastilles à la menthe.

— Autrefois, une peau rapportait un florin. Je les clouais sur une planche pour les laisser sécher, raconte papa.

Il s'accroupit près de l'une des baguettes de bois fichées dans le sol. Les taupes que l'on capture, il les donne dorénavant à manger aux hérons, derrière l'étable. Les échassiers les trempent d'abord dans l'eau pour les ramollir. Puis ils les gobent d'un coup, à l'image de papa qui avale la parole de Dieu sans mâcher.

— Oui, ma p'tite, garde la tête froide car si ça se referme d'un coup, t'es raide morte, murmure papa en enfonçant la baguette.

Il n'y a rien. On gagne le piège suivant : rien non plus. Les taupes préfèrent vivre seules. Elles affrontent les ténèbres seules, de même que tout un chacun doit en définitive combattre seul ses propres ténèbres. Dans ma tête, le noir corbeau règne de plus en plus souvent alors que chez Hanna, ça change tous les jours. De temps en temps, elle creuse pour regagner la surface. Moi, je ne sais plus comment sortir de ce foutu dédale de galeries où, à chaque intersection, je risque de tomber sur papa ou maman, bras pareils à des ressorts inertes collés à leur corps, à ces pincettes rouillées qui font de la figuration dans la grange, suspendues à côté de divers outils, après avoir rendu service pour annihiler bien des taupes.

— Fait bien trop froid pour ces bestioles, commente papa.

Depuis quelques jours, il ne s'est pas rasé. Une goutte pend à son nez. Nez sur lequel l'extrémité d'une baguette a gribouillé une égratignure rouge.

— Oui, bien trop froid, j'approuve.

Je redresse les épaules en manière de pare-vent. Considérant les baguettes plantées plus loin, papa dit :

— On parle de toi au village. De ta parka.

— Qu'est-ce qu'elle a, ma parka ?

— Y aurait pas des taupinières qui poussent en dessous ? C'est ça, non ? il ricane.

Je rougis. Belle a quelque chose qui commence à pousser. Elle m'a montré ça dans le vestiaire après la gym : des mamelons roses et gonflés comme deux chamallows.

— Maintenant, à toi.

— Les miens, ai-je répondu en secouant la tête, ils poussent dans le noir, comme le cresson. La journée, faut pas les déranger, autrement ils s'embourgeoisent et se ramollissent.

Elle m'a comprise, mais elle ne tarderait pas à s'impatienter. Même si Obbe et moi lui avons imposé le silence pour un petit moment. Elle n'a pas cafté à ses parents, dans le cas contraire ceux-ci auraient téléphoné à la ferme pour demander des explications. Cependant, en classe, un manuel d'histoire nous sépare à présent, notre mur de Berlin. Depuis l'incident, elle refuse de m'adresser la parole, elle ne montre plus le moindre intérêt pour ma collection de biscuits.

— Chaque fille en bonne santé a des taupinières, dit papa.

Il se redresse et se plante devant moi. Il a les lèvres rêches à cause du froid. Je m'empresse d'indiquer une baguette.

— Y a sûrement une taupe là-dessous.

Papa se retourne et fixe l'endroit que je lui montre. Ses cheveux blonds ont poussé, tout comme les miens. Ils ne nous arrivent pas encore tout à fait aux épaules. En temps normal, maman nous aurait envoyés depuis longtemps chez le coiffeur, sur la place du village. Dorénavant, elle oublie. À moins qu'elle souhaite nous voir envahis, disparaître peu à peu comme la façade mangée par le lierre. Personne ne pourrait dès lors voir combien nous sommes insignifiants.

— Tu crois que tu pourras te marier un jour devant Dieu accoutrée comme ça ?

Du pied, papa enfonce sa bêche dans le sol – il mène 1-0. Pas un seul garçon de ma classe ne me regarde. Quand ils s'intéressent à moi, c'est pour blaguer à mon sujet. Par exemple, hier, Pelle a fourré sa main dans son pantalon puis a sorti son index par la braguette.

— Touche-moi ça, il m'a dit. J'ai la trique.

Sans réfléchir, j'ai attrapé son doigt et l'ai pincé. J'ai senti les os fins à travers la peau jaunie par la nicotine. Toute la classe s'est mise à beugler. Un peu déconcertée, j'ai regagné ma place à côté de la fenêtre, tandis que les rires s'accentuaient et que le mur de Berlin tremblait sur ses fondations.

— Je ne me marierai jamais, j'irai de l'autre côté, je réponds, mes pensées encore tournées vers le collège.

Ces paroles m'ont échappé. Papa devient blême, à croire que j'ai dit « de la fesse », ce qui est bien pire que d'éveiller l'idée qu'on est en train de parler de seins qui poussent.

— Celui qui ose un jour braver le pont ne reviendra jamais, dit-il d'une voix forte.

Dès le fameux jour de décembre, il nous a mis en garde et a fait de la ville une fosse à purin qui vous aspire et vous grise lorsque vous tombez dedans.

— Pardon, papa, je murmure. J'ai dit ça comme ça.

— Tu sais très bien ce qui est arrivé à ton frère. Tu veux connaître le même sort ?

Il retire la bêche du sol et s'éloigne, donnant au vent l'occasion de se glisser de nouveau entre nous. Papa s'accroupit au niveau du dernier piège.

— Demain, tu enlèves ta parka. Je la brûlerai et on n'en parlera plus ! crie-t-il.

Subitement, je vois son corps coincé entre les pinces de l'une des taupières. Nous vois placer une baguette de bois près de sa tête pour qu'on sache où le pion est mort. On rince la pincette avec le tuyau d'arrosage qui pend dans le tonneau, près des lapins. Je secoue la tête pour me débarrasser de cette vision lugubre. Je n'ai pas peur des taupinières, mais bien des ténèbres dans lesquelles les taupes grandissent.

Bredouilles, nous retournons à la ferme. En chemin, papa frappe parfois une taupinière du dos de sa bêche pour l'aplanir.

— Ça ne fait pas de mal de leur faire un peu peur, dit-il avant d'ajouter : Tu veux devenir aussi plate que ta mère ?

Je pense aux seins de maman, aussi flasques que les deux sacs de la quête.

— C'est parce qu'elle ne mange pas.

— Elle est submergée de soucis, elle a plus d'place pour aut'chose.

— Pourquoi elle a des soucis ?

Papa ne me répond pas. Je sais que c'est à cause de nous. On n'est pas capables de se conduire normalement. Même quand on essaie, on déçoit papa et maman, à croire qu'on est de la mauvaise race, à l'exemple des fraises de cette année. En début de saison, maman les a trouvées trop farineuses ; en fin de saison, trop fermes. Je n'ose rien dire des crapauds sous mon bureau, qui sont sur le point de s'accoupler. Je sais que ça va arriver, qu'ils se remettront alors à manger, tout va s'arranger.

— Si t'enlèves ta parka, maman reprendra automatiquement du poids.

Papa me regarde en coin. Il essaie de sourire, mais ses commissures paraissent gelées. Un bref instant, je me sens grande. Les grands rient les uns des autres, ils se comprennent même quand ils ne se comprennent pas eux-mêmes. Je porte la main à la fermeture Éclair de ma parka. Dès que papa détourne les yeux, je porte l'autre à mon nez, en sors une crotte que je fourre dans ma bouche.

— Je ne peux pas enlever ma parka, autrement je vais tomber malade.

— Tu veux nous faire honte ? Tu nous pousses dans la tombe avec tes loufoqueries ! Demain, tu m'enlèves ça !

Je ralentis le pas pour me retrouver un peu en retrait. Je le vois de dos. Il porte un blouson rouge et une gibecière. Pas de taupes dedans ni rien du tout. L'herbe craque sous ses semelles.

— J'veux pas que vous mouriez ! je crie contre le vent.

Papa ne m'entend pas. La paire de pincettes qu'il tient dans la main cliquette dans le vent.

11

Pareils à des choux de Bruxelles, les têtes des crapauds surnagent à la surface. De l'index, je pousse avec précaution le plus mou des deux au fond de la casserole que j'ai discrètement prise dans la cuisine. Il ne tarde pas à réapparaître dans un plop. Trop faibles pour nager, ils flottent cependant sans la moindre difficulté.

— Encore un jour de patience, et on va partir pour de bon, je leur dis.

Je les sors de l'eau, sèche leur peau bosselée avec une chaussette à rayures rouges. En bas, j'entends maman crier. Elle et papa se disputent parce que l'un de leurs anciens clients s'est plaint à la communauté. Non, cette fois, à propos de la couleur – trop blafarde – ou de la texture – trop aqueuse – du lait, mais à propos de nous, les Rois mages. C'est surtout moi qui ai un air blafard et des yeux aqueux. Maman a accusé papa : il n'accorde aucune attention à ses enfants ; papa a accusé maman : elle n'accorde aucune attention à ses enfants. Puis ils ont commencé à se menacer mutuellement : je vais faire ma valise ! Mais ça ne tient pas la route : un seul des deux peut partir. On ne peut regretter l'absence que de l'un à la fois, un seul peut un jour rentrer et faire comme si de rien n'était. Les voilà qui se disputent maintenant pour savoir qui des deux va partir. En secret, j'espère que ce sera papa, parce qu'en général il est de retour dès l'heure du café. En manque de café, il attrape mal à la tête. Quant à maman, je ne sais trop ce qu'il en est : on ne peut l'inciter à revenir ni avec des friandises ni avec quelque plat que ce soit ; il nous resterait à la supplier et à jeter tous nos points faibles dans la bataille. J'ai l'impression qu'ils s'éloignent de plus en plus l'un de l'autre. Le dimanche, en gagnant le temple par la digue, maman appuie fort sur les pédales, si bien que papa est obligé de boucher le trou. Même chose pour ce qui est de leurs querelles : c'est à papa de résoudre le problème.

— Demain, ils vont m'enlever ma parka, je murmure.

Les crapauds clignent des yeux : cette annonce les choque-t-elle ?

— Je crois que je suis comme Samson, à cette différence près que mes pouvoirs se dissimulent dans ma parka, non dans mes cheveux. Sans ma parka, je serai esclave de la mort. Vous comprenez ?

Je me lève et cache la chaussette mouillée sous mon lit, près de mes culottes jaunies de pipi, remets les crapauds dans ma poche et gagne la chambre d'Hanna. La porte est entrouverte. Je la vois de dos, allongée sur le côté. J'avance et pose la main au bas de son dos dénudé. Elle a la chair de poule, la même sensation au toucher qu'un Lego, je pourrais d'un clic me fixer dessus et ne plus jamais lâcher prise. Hanna se retourne, somnolente. Je lui parle des taupes et de ma parka que papa exige que j'enlève. De leur dispute, des menaces qu'ils réitèrent, partir, quitter la maison :

— Nous serons orphelins.

Hanna n'écoute que d'une oreille. Je lis dans ses yeux qu'elle est ailleurs. Ça me rend nerveuse. Normalement, quand on est ensemble, on déambule autour de la ferme. On imagine alors des voies de sortie, des existences plus enviables, on imagine que le monde est comme le jeu des Sims.

— Tombé dans un piège à taupes ou bu le mercure du thermomètre ?

Hanna garde le silence. Avec une lampe de poche, elle éclaire mon visage. Je place un bras devant mes yeux. Ne se rend-elle donc pas compte qu'on ne va pas bien ? Que l'on dérive peu à peu de papa et maman, et non l'inverse, sur un nénuphar ? Que si la mort est entrée dans papa et maman, elle nous habite nous aussi, la mort qui cherche sans cesse le corps d'un humain ou d'un animal, qui n'a de repos que lorsqu'elle a attrapé l'un ou l'autre ? Que nous pourrions tout aussi bien choisir une autre fin, différente de celles que proposent les livres que nous connaissons ?

— Hier, j'ai entendu qu'on peut imaginer sa propre mort, que de plus en plus de trous se forment en nous parce qu'on est rongé de l'intérieur jusqu'au jour où l'on se fracasse. Qu'il est préférable de prendre soi-même l'initiative – ma sœur approche son visage du mien –, car c'est moins douloureux. De l'autre côté, il y a des gens qui attendent. Quand il fait noir, et uniquement alors, ils s'allongent sur toi, à l'exemple de la nuit qui enfonce le jour dans le sol, mais moins brutalement. Ils se mettent alors à bouger les hanches. Tu sais, un peu comme les lapins. Cela fait, t'es une femme du monde et tu peux laisser pousser tes cheveux comme Raiponce. Et tu peux devenir tout. Tout.

La respiration d'Hanna s'accélère. Mes joues chauffent un peu. Elle pose la lampe de poche sur l'oreiller, d'une main soulève sa chemise de nuit et de l'autre appuie sur sa culotte à petits pois. Elle ferme les yeux, la bouche à peine entrouverte. Ses doigts s'activent sur sa culotte. Je n'ose pas bouger alors qu'elle commence à gémir, son corps frêle se tortille comme un animal blessé en se mouvant légèrement d'avant en arrière, plus ou moins les mouvements que je dicte à mon ours en peluche, même si c'est différent. À quoi pense-t-elle ? Je sais seulement que ce n'est ni à un lecteur CD, ni à l'accouplement des crapauds. Où errent ses pensées ? Je prends la lampe de poche et dirige le faisceau sur elle. Des gouttes de sueur perlent sur son front, en quelque sorte la condensation d'un corps qui a trop chaud dans un espace naturellement froid. Je ne sais si je dois lui venir en aide. Si elle a mal ou si je dois descendre chercher papa en lui disant qu'Hanna a l'air d'avoir de la fièvre, peut-être près de quarante degrés.

— À quoi tu penses ? je chuchote.

Elle a les yeux vitreux. Je vois qu'elle est quelque part où je ne suis pas, comme durant l'épisode de la canette de coca. Ça me rend fébrile car d'habitude, on est toujours ensemble.

— À un homme nu, dit-elle.

— T'as vu ça où ?

— Chez Van Luik, sur un magazine.

— Mais on n'a pas le droit d'y aller ! C'est là que t'as acheté tes FireBall ? Celles qui chauffent dans la bouche ?

Hanna ne me répond pas. Je commence à m'inquiéter. Elle relève le menton, crispe les paupières, plante les dents dans sa lèvre inférieure, gémit une dernière fois et se laisse retomber sur le lit, à côté de moi. Elle est en nage, une mèche de cheveux collée sur le côté de son visage. On dirait qu'elle a mal et qu'elle n'a pas du tout mal. J'essaie de trouver des explications à son comportement. Cela tient-il au fait que je l'ai poussée dans l'eau ? Va-t-elle émerger de sa peau comme un papillon de son cocon ? Puis s'écraser contre la fenêtre, contre les paumes d'Obbe ? Je veux lui dire que je suis désolée, que je ne voulais pas la pousser dans le lac. Je voulais simplement voir comment Matthies a bu la tasse, mais elle n'a pas bu la même que lui. Comment cela a-t-il pu se mélanger dans ma tête ? Je veux lui parler de mon cauchemar, lui demander de me promettre qu'elle ne s'aventurera pas en patins sur le lac à présent que l'hiver arrive au village en traîneau. Mais Hanna a l'air heureuse. Juste au moment où je veux me détourner d'elle, fâchée, j'entends le frou-frou familier. De la petite poche de sa chemise de nuit, elle sort deux FireBall rouges. Satisfaites, on suçote et rejette de l'air, allongées l'une à côté de l'autre, riant quand la boule devient trop chaude. Hanna se presse contre moi. Notre savoir est aussi mince que ses bretelles spaghetti qui gémissent. À côté, la porte de la chambre claque, les pleurs de maman. Pour le reste, tout est silencieux. On a pu certes entendre, voici quelque temps, la main de papa s'activer avec amour sur le dos de maman à la manière d'une tapette à tapis pour éjecter tout ce qu'elle avait aspiré au cours de la journée : tout ce gris, la poussière des jours, les couches de chagrin. Il se trouve que la tapette a disparu depuis déjà belle lurette.

Hanna fait une grosse bulle. Qui éclate.

— Qu'est-ce tu faisais, y a deux minutes ?

— Je sais pas, elle répond. Ça m'arrive assez souvent ces derniers temps. Tu caftes pas à papa et à maman, hein ?

— Non, bien sûr que non, je susurre. Je prierai pour toi.

— Merci. Tu es la sœur la plus adorable qui soit.

12

Quand je me réveille, les plans que j'échafaude me semblent toujours plus grands que durant le reste de la journée – de même que le matin, un surcroît de liquide dans nos disques intervertébraux nous fait paraître plus grands de quelques centimètres. Aujourd'hui toutefois, ils gardent leur taille initiale : aujourd'hui, on va aller de l'autre côté. Est-ce à cause de cela que je me sens bizarre et que tout, alentour, paraît si sombre ? Derrière l'étable, Obbe et moi regardons la première neige descendre sur nous. De gros flocons collent à nos joues : on dirait que Dieu répand du sucre glace sur nos têtes ainsi que maman, ce matin, sur les premiers *oliebollen* de décembre, ces croustillons dont le gras coule le long des commissures quand on plante les dents dedans. Cette année, maman est en avance, elle les a préparés elle-même et entreposés dans un seau : une couche de croustillons, une couche de Sopalin, une couche de beignets aux pommes. Elle a descendu deux seaux pleins à la cave, aux Juifs, lesquels méritent eux aussi de fêter le

Nouvel An. Après avoir épluché quantité de pommes, elle a les doigts crochus.

Obbe a les cheveux blancs de neige. Si je fais un sacrifice, me promet-il, il ne caftera pas que je pisse encore au lit ; en conséquence, le Jugement Dernier sera reporté. Il a choisi le seul coq dont papa est fier, lui qui n'attache pourtant pas d'importance au « menu bétail ». « Fier comme une vache à sept pis », selon son expression. Fierté qui repose sur les plumes de parure rouge vif de l'arrière-train et les vertes du cou, sur la taille des barbillons et l'éclat de la crête. Ce coq est le seul être de la ferme que les événements ont laissé impassible ; il parade, poitrail en avant. D'ailleurs, il se tient sans inquiétude devant nous, nous considérant de ses yeux endormis. Dans la poche de ma parka, les crapauds remuent. J'espère qu'ils ne vont pas attraper froid. J'aurais dû les mettre dans un gant.

— Dès qu'il aura chanté trois fois, tu pourras t'arrêter, me dit Obbe.

Il me tend le marteau à panne fendue. C'est la deuxième fois que je m'en empare. Je pense à papa, à maman, à Bouclette, à Matthies, à mon corps rempli de savon vert, à Dieu et à Son absence, à la pierre dans le ventre de maman, à l'étoile qu'on désespère de trouver, à ma parka qu'il me faudra bientôt ôter, à la sonde dans le derrière de la vache. Il ne chante qu'une seule fois avant que la panne reste plantée dans sa chair et qu'il s'effondre, mort. Avec ce même marteau, maman m'a ordonné de casser ma tirelire. Aujourd'hui, c'est du sang et non de l'argent qui apparaît. C'est la première fois que je tue un animal de mes propres mains ;

jusqu'à présent, je m'étais contentée d'être complice. Le jour où j'ai écrasé une araignée chez grand-mère, elle m'a dit : « La mort est un processus qui se décompose en actions, ces actions se décomposent elles-mêmes en phases. La mort n'advient pas, elle est provoquée. Dans le cas présent, par toi. Toi qui es donc à même de tuer. » Grand-mère avait raison. Mes larmes commencent à faire fondre les flocons. Des secousses traversent mes épaules, j'essaie de me maîtriser, sans y parvenir. Avec nonchalance, Obbe retire le marteau et le rince dehors, sous le robinet :

— Toi, t'es vraiment malade ! Tu l'as fait !

Il se retourne, prend le coq par les pattes et gagne le pré. Sous le vent, la tête pendouille. Je regarde mes mains qui tremblent. D'effroi, je me suis rapetissée. Quand je me redresse, mes articulations sont comme des goupilles fendues. Elles me maintiennent en un tout, non sans bouger indépendamment les unes des autres. Soudain, une phalène mouchetée volette à côté de moi, les ailes comme éclaboussées de taches d'encre. Je soupçonne ce papillon de s'être échappé de la collection d'Obbe. Impossible qu'il en soit autrement. En décembre, il n'y a nulle part le moindre papillon, tous hibernent. Je l'attrape dans la conque de mes mains que je porte à mon oreille. Toucher à ce qui appartient à Obbe, ses cheveux, ses jeux, quoi que ce soit d'autre – y compris le haut de son crâne sur lequel il ne cesse pour sa part d'appuyer –, c'est courir le risque de le voir se fâcher ou blasphémer. J'entends le papillon qui panique entre mes paumes. Je les rapproche alors l'une de l'autre et froisse ce qu'elles contiennent comme s'il s'agissait d'un bout de papier sur lequel figurent des gros mots. Silence.

Seule la violence en moi fait du boucan. Elle grandit, grandit, pareillement à la tristesse. À ceci près que celle-ci réclame plus d'espace, ainsi que Belle l'a dit, tandis que la violence s'en empare sans rien demander. Je laisse tomber le papillon mort dans la neige, de ma botte le recouvre d'une petite couche : une tombe glaciale. De colère, je frappe du poing le mur de l'étable, m'écorchant quelques jointures. Je serre les mâchoires et regarde les étables. Le jour approche où elles seront de nouveau peuplées – papa et maman attendent un nouveau cheptel. Papa a même pris la peine de repeindre le silo. Ce qui n'a pas manqué de m'angoisser : il va encore plus taper dans l'œil de maman, tel un ver luisant au cœur de son désir de mourir. Tout, pourtant, semblera revenir à la normale, comme si tout le monde reprenait le cours habituel de la vie après la mort de Matthies et la fièvre aphteuse, tout le monde sauf moi. Le désir de mourir serait-il contagieux ? À moins qu'il ne saute, à l'exemple des poux dans la classe d'Hanna, d'une tête à une autre : la mienne. Je me laisse tomber en arrière dans la neige, écarte un peu les bras, les fais aller et venir.

Je donnerais beaucoup pour m'envoler, pour devenir une porcelaine. On me laisserait tomber par accident, je me casserais en mille morceaux, quelqu'un s'en apercevrait et comprendrait, qu'à l'instar de tous ces foutus angelots dans leur papier alu, je ne suis plus utile à rien. De moins en moins de bouffées quittent ma bouche. Je sens encore le contact du manche du marteau dans ma paume, j'entends le coq chanter. « Tu ne tueras point, tu ne te vengeras point. » Je me suis vengée, ce qui ne peut se traduire que par une nouvelle plaie. Tout à coup, je sens deux mains sous mes aisselles, elles me remettent sur mes jambes. Quand je me retourne, je me trouve nez à nez avec papa. Son béret noir n'est plus noir mais blanc. D'un geste lent, il porte la main à ma joue. Pendant un moment, je crois qu'on va se taper dans la main comme au marché aux bestiaux, que l'on va juger de la qualité de ma viande, mais ses doigts se recourbent, me caressent la joue, si fugacement que je doute que ça se soit vraiment passé – peut-être me suis-je figuré une main faite du froid et de nos haleines ou pourquoi pas du vent. Grelottant, je fixe la tache de sang que papa ne voit pas. Peu à peu, la neige recouvre la mort.

— Rentre, j'arrive tout de suite pour t'enlever ta parka.

Papa gagne le côté de l'étable pour mettre en route le broyeur de betteraves. Il tourne fermement le levier, la roue rouillée grince, des morceaux de betterave sont éjectés autour de lui, la plupart atterrissant près de la machine, dans une corbeille en fer. Le régal des lapins. M'éloignant, je laisse un sillage dans la neige. De plus en plus souvent, j'espère que quelqu'un va me trouver. Que quelqu'un va m'aider à me trouver moi-même et me dire : froid, froid, tiède, chaud, toujours plus chaud, brûlant.

Quand Obbe revient, rien dans son attitude ne trahit quoi que ce soit. Tournant le dos à papa, il se plante devant moi, pose la main sur la fermeture Éclair de ma parka et la remonte d'un coup sec, coinçant la peau de mon menton. Je crie et recule d'un pas. Je descends tout doucement la fermeture, tâte l'endroit douloureux : les gorges du curseur métallique ont emporté un petit bout de peau.

— Ainsi s'exprime la trahison, et ce n'est que le commencement. Malheur à toi si tu dis à papa que c'était mon plan, susurre Obbe.

D'un geste vif, il passe l'index sur sa pomme d'Adam puis se retourne et lève la main pour saluer papa. Mon frère a le droit de l'accompagner dans l'étable. Pour la première fois depuis une éternité, papa va en effet remettre les pieds là où l'on a éradiqué ses vaches. Il ne me demande pas si je veux les suivre. Il me laisse dans le froid, une parcelle de chair entre les dents de la fermeture Éclair et une joue qui rougeoie à la suite du frôlement de sa main. À l'image de Jésus, j'aurais dû tendre mon autre joue, histoire de voir s'il ne s'agissait pas d'une plaisanterie de sa part. Alors que je regagne la maison, je tombe sur Hanna qui fait rouler une boule de neige.

— Il y a un géant sur ma poitrine, je lui dis.

Elle s'arrête et lève les yeux. Le froid glacial lui rougit le nez. Elle porte les gants en laine bleue de Matthies, que le vétérinaire a rapportés du lac et qu'on a mis, le fameux soir, à décongeler sur une assiette, derrière le poêle, comme deux morceaux de viande. Mon frère aîné avait trouvé ridicule que maman les relie l'un à l'autre par une ficelle : elle avait peur qu'il en perde un, or rien n'est pire que des doigts gelés, avait-elle dit, oubliant combien c'est grave, un cœur qui reste froid trop longtemps.

— Qu'est-ce qu'il fout là, ton géant ? demande Hanna.

— Rien si ce n'est peser de tout son poids.

— Depuis quand ?

— Ça fait un moment, mais cette fois, il veut plus dégager. Il est arrivé quand Obbe est entré dans l'étable avec papa.

— Oh ! fait ma sœur, tu serais pas un peu jalouse ?

— Pas du tout !

— Mais si. Les lèvres qui mentent, le Seigneur les abhorre !

— Je ne mens pas.

Je gonfle la poitrine puis la rentre comme si un marteau à panne fendue était fiché en moi. La sensation perdure, de même qu'en sortant de la douche celle du poids d'Obbe longtemps après qu'il s'est allongé sur moi. Je ne suis pas jalouse parce qu'Obbe accompagne papa, mais parce qu'alors qu'il a tout autant que moi la mort du coq sur la conscience, il ne se retrouve pas la tête la première dans la neige. Pourquoi ne se retrouve-t-il jamais transi de froid du fait des glaçantes manigances dans lesquelles il nous entraîne ? J'ai envie de parler à Hanna du coq, de lui rapporter le sacrifice qu'il m'a fallu faire pour garder en vie papa et maman, mais m'en abstiens. Je ne veux pas l'inquiéter inutilement. Si je le faisais, elle ne viendrait peut-être plus se coucher contre moi, contre la poitrine qui recèle tant de choses et qui est capable de bien plus qu'elle ne saurait imaginer. C'est l'un de ces après-midi, je me dis, où je colle à la colle blanche la page en cours de mon journal à la suivante – pour m'en débarrasser – de sorte à les séparer avec précaution bien plus tard – afin de voir si j'ai vraiment vécu l'épisode en question.

— Les géants, on peut les rapetisser en se grandissant soi-même, me dit Hanna.

Elle empile deux grosses boules de neige, la tête sur le tronc. Cela me ramène à celui que j'ai baptisé Harry, un bonhomme de neige que j'ai fait avec Hanna et Obbe il n'y a pas si longtemps – c'était un 25 décembre.

— Tu te rappelles Harry ? je lui demande pour changer de sujet.

Ses commissures se plissent davantage, ses joues s'arrondissant comme deux boules de mozzarella sur une assiette blanche.

— On avait planté la carotte à la mauvaise place. Maman était dans tous ses états, elle a donné aux lapins tout le stock prévu pour l'hiver.

— C'était de ta faute, je ricane.

— Non, à cause des magazines de Van Luik, rectifie Hanna.

— Le lendemain matin, Harry était parti, papa était dans le séjour, dégoulinant de neige.

— Un communiqué d'une grande gravité, fait ma sœur d'une voix d'homme. Harry est mort.

— Depuis, on n'a plus jamais mangé de petits pois carottes. Rien que des petits pois. Elle a trop peur qu'on ait des mauvaises pensées à la vue d'une carotte.

Hanna est pliée de rire. Avant de me rendre compte de ce que je fais, j'écarte les bras. Hanna se lève, balaie la neige de ses genoux, m'attrape. Ça fait bizarre, se câliner en plein jour – on dirait que les bras sont alors plus raides, plus gauches, tandis que le soir ils semblent enduits de vaseline tout comme nos visages. De la poche de son manteau, elle sort une cigarette en piteux état. Elle l'a trouvée dans la cour, sans doute est-elle tombée du dos de l'oreille d'Obbe – tous les gars du village se trimballent ainsi, une cigarette calée là. Hanna la serre entre ses lèvres, puis la fiche au milieu de la figure du bonhomme de neige, juste en dessous de la carotte.

13

Je regarde ma main, les jointures rouges. Deux sont écorchées, la chair y est plus rosée qu'ailleurs, aux bords rouges sanglants, têtes de crevettes arrachées. Je gagne la grange, place le bout d'une botte contre le talon de l'autre pour la retirer sans utiliser mes doigts. Je ne veux pas non plus utiliser le tire-botte, abandonné puisque plus personne ne le sollicite – depuis que les vaches sont parties, papa et maman ne portent que leurs sabots en caoutchouc noirs. Autrefois, on avait un tire-botte en fonte, mais il s'est déformé à cause du pied estropié de papa. J'envoie valser mes bottes et emprunte la porte qui relie la grange à la cuisine. Là, tout est nickel, les chaises sont toutes placées à égale distance de la table, les tasses retournées sur un torchon près de l'évier, les cuillères à café alignées juste à côté. Sur le plan de travail, un bloc-notes où est griffonné : « J'ai mal dormi. » Au-dessus, la date, la veille de l'abattage. Sous forme de phrases lapidaires, maman a tenu un journal à partir du jour où l'épidémie de fièvre aphteuse s'est déclarée. Le jour de l'abattage, elle a inscrit : « Le cirque a commencé. »

Ni plus ni moins. À côté du bloc-notes, un petit mot : « Visiteurs dans la pièce de devant, ne pas faire de bruit. »

En chaussettes, je me faufile dans le séjour et colle l'oreille contre la porte de la pièce attenante. J'entends les conseillers presbytéraux, voix solennelles. Une fois par semaine, ils passent demander si « la prédication porte ses fruits », si « la parole semée annonce une bonne récolte ». Sommes-nous de bons croyants ? Écoutons-nous Dieu et la prédication de Renkema ? Puis ils embraient invariablement sur le pardon tout en tournant de petites vrilles dans leurs tasses à café, les mêmes que celles que leurs regards percent dans mon estomac. Papa et maman reçoivent seuls les visiteurs sauf une fois par mois où l'on prend part aux réunions. On nous demande essentiellement, à nous les Rois mages, quelles parties de la Bible nous connaissons bien, quel usage l'on fait – ou l'on croit faire – d'Internet et de l'alcool, comment on vit l'exubérance de la croissance, le changement de notre apparence… Suit invariablement la mise en garde : « À la sanctification succède la justification. On ne saurait les séparer. Méfiez-vous du pharisianisme. »

Le nouveau cheptel arrivant sous peu, papa se charge des préparatifs. Aussi maman accueille seule aujourd'hui les visiteurs. De l'autre côté de la porte, j'entends l'un des anciens demander :

— Dans quelle mesure votre quotidien est-il pur ces derniers temps ?

Bien que je presse l'oreille contre le bois, la réponse m'échappe. Quand maman murmure, c'est suffisamment significatif : elle ne veut pas que Dieu l'entende alors que l'on sait tous que les oreilles des conseillers presbytéraux sont aussi les Siennes – après tout, c'est Lui qui les a façonnées.

— Vous reprendrez un sablé ? fait tout à coup maman, cette fois à voix haute.

Elle ouvre la boîte de biscuits dont la tête de la reine Beatrix orne le couvercle. De ma place, je renifle leur délicate odeur sucrée. Un sablé, il ne faut pas se risquer à le tremper dans le café, il se désagrège en moins de rien ; il ne vous reste plus qu'à racler le fond de la tasse à la petite cuillère. Or, à chaque fois, les anciens les trempent avec la même circonspection que le pasteur met à plonger dans l'eau le fragile croyant tout en prononçant la formule baptismale de Matthieu.

Je porte les yeux sur la pendule : la visite ne fait que commencer, ils en ont encore au moins pour une heure. Ça m'arrange, personne ne viendra me déranger. Je frappe doucement à la porte de la cave et chuchote :

— Braves gens ?

Pas de réponse. Après avoir tué le coq de papa, je ne fais certainement plus partie des braves gens. « Mauvaises gens » ne produit pas plus d'effet : aucun va-et-vient précipité, aucun branle-bas de personnes qui cherchent à se cacher derrière les pots de compote même s'il n'en reste plus beaucoup – Obbe et Hanna en mangent à toutes les sauces.

Je pousse la porte, tâtonne pour trouver la cordelette qui permet d'actionner l'interrupteur. La lumière tremblote deux ou trois secondes avant de se décider à éclairer l'escalier. De la cave monte une odeur graisseuse de cuisson qui provient des seaux remplis de croustillons et de beignets aux pommes. Je ne vois pas le moindre Juif, pas la moindre étoile phosphorescente sur un quelconque manteau. Mais des bouteilles de sirop de cassis intactes sur la même étagère que des dizaines de boîtes de saucisses de Francfort et les pots de liqueur d'œuf. Ont-ils pris la fuite ? Maman les a-t-elle prévenus, leur a-t-elle trouvé une autre planque ? Je ferme la porte derrière moi, descends l'escalier et m'avance dans la cave, tête baissée pour ne pas accrocher une toile d'araignée, dentelle grise de silence puisque plus personne ne se cache ici. Je glisse la main dans ma poche, sur les crapauds. Enfin l'un sur l'autre ! Ils se collent comme deux glaçons à la toile de ma parka.

— Je vais vous rendre la liberté, je les rassure en me remémorant les paroles de l'Exode : « Tu n'opprimeras point l'étranger ; vous savez vous-mêmes ce qu'éprouve l'étranger, car vous avez été étrangers dans le pays d'Égypte. »

Il est temps de les relâcher, car leur peau est aussi froide que les grenouilles et souris en chocolat fourrées de fondant que maman a achetées au supermarché et dont je lisse toujours du dos de l'ongle les petites parkas argentées en vue de les conserver.

Hier, à la télé, la présentatrice aux bouclettes a croqué la tête d'une grenouille violette. Puis elle a montré l'intérieur blanc : de la glace. Elle m'a adressé un clin d'œil, assurant que tout allait s'arranger, que saint

Nicolas s'était perdu en route, mais qu'un paysan vigilant lui avait montré le bon chemin. Tous les enfants recevraient leurs cadeaux à temps, à condition que la cheminée soit tout aussi bien ramonée que leurs cœurs.

Le programme terminé, maman a regardé *Lingo,* plantée derrière sa table à repasser. Un jour, Hanna a suggéré qu'elle participe au quiz, qu'on l'y inscrive. J'avais nerveusement secoué la tête : une fois maman de l'autre côté de la vitre de l'appareil, on ne la récupérerait jamais, si ce n'est sous la forme de pixels quand de la neige envahit l'écran. Que deviendrait dès lors papa ? Et qui devinerait le mot caché ? Maman est douée, hier ça commençait par la lettre t. Pour la première fois, elle ne l'a pas trouvé. Moi, j'ai su tout de suite qu'il s'agissait de : t é n è b r e s. Un signe que je ne peux, à mon avis, ignorer.

Je m'immobilise près du congélateur. Je fais glisser la nappe posée dessus, aux plombs en forme de fruits inutiles à chacun des angles – à la cave, ça ne souffle jamais – et soulève le couvercle. Je ne vois que des pains de Noël aux fruits secs congelés : chaque année, le boucher, le club de patinage et le syndicat en offrent à papa et maman. On n'arrive pas même à en entamer un, les poules elles aussi en ont plus qu'assez, ils finissent par pourrir dans le poulailler.

Le couvercle pèse une tonne, il faut tirer fort pour le désolidariser du joint en caoutchouc. Maman nous a toujours mis en garde : « Si tu bascules dedans, on te reverra pas avant la Noël. » Je visualisais alors à chaque fois le corps d'Hanna, congelé, maman l'évidant pour en jeter la croûte qu'elle n'aime pas.

Vite, je m'empare du manche à balai posé là, qui sert à maintenir le couvercle ouvert, puis me glisse dans l'ouverture, dans le trou de glace. Immédiatement, le froid me coupe le souffle. Je pense à Matthies. A-t-il éprouvé la même chose ? A-t-il étouffé tout de suite ? Soudain, les mots que le vétérinaire a dits en sortant mon frère du lac avec Evertsen me reviennent : « Les gens en hypothermie, il faut les manier comme de la porcelaine. Le moindre frôlement peut leur être fatal. » Depuis, on se montre tellement prudents vis-à-vis de Matthies qu'on évite de parler de lui. Il ne faudrait pas qu'il se brise en mille morceaux dans nos têtes.

Je m'allonge entre les pains de Noël, mains croisées sur le ventre, mon ventre de nouveau gonflé et surchargé. La punaise pointe la tête dans ma parka, je sens le froid des parois du congélateur, j'entends le claquement de patins à glace. Je sors les crapauds de ma poche et les pose à côté de moi. Ils ont la peau bleutée, ils gardent les yeux fermés. J'ai lu quelque part que des nodules calleux noirs apparaissent sur les pouces du mâle une fois qu'il se tient sur la femelle ; cela lui permet de mieux se cramponner à elle. Je suis émue de les voir immobiles à ce point, collés l'un à l'autre. De mon autre poche, je sors les petits rectangles d'aluminium colorés que portaient les grenouilles en chocolat ; précautionneusement, j'en habille mes crapauds pour qu'ils restent au chaud. Sans réfléchir plus avant, je donne un coup de pied dans le manche à balai tout en murmurant : « Mon cher Matthies, j'arrive. » S'ensuit un grand boum. Un clignement et la lumière s'éteint. Il fait nuit noire et grand silence. Silence glacial.

PAPIER À BASE DE FIBRES CERTIFIÉES

Le Livre de Poche s'engage pour l'environnement en réduisant l'empreinte carbone de ses livres.
Celle de cet exemplaire est de :
450 g éq. CO_2
Rendez-vous sur
www.livredepoche-durable.fr

Composition réalisée par Lumina Datamatics, Inc.

Achevé d'imprimer en août 2022 en Espagne par
BLACKPRINT
Dépôt légal 1er publication : septembre 2022
LIBRAIRIE GÉNÉRALE FRANÇAISE
21, rue du Montparnasse – 75298 Paris Cedex 06

29/4130/7